CARTAS PARA UMA
FALSA DAMA

CAROL TOWNEND

CARTAS PARA UMA FALSA DAMA

TRADUÇÃO DE
LEANDRO SANTOS

HARLEQUIN®

Rio de Janeiro, 2017

Título original: Mistaken for a lady

A Harlequin é um selo da HarperCollins Brasil.

Contatos:
Rua da Quitanda, 86, sala 218 – Centro – 20091-005
Rio de Janeiro – RJ
Tel.: (21) 3175-1030

CIP-BRASIL. CATALOGAÇÃO NA PUBLICAÇÃO
SINDICATO NACIONAL DOS EDITORES DE LIVROS, RJ

T673c

Townend, Carol
Cartas para uma falsa dama / Carol Townend ; tradução Leandro Santos. – 1. ed. – Rio de Janeiro : Harlequin, 2017.
256 p.

Tradução de: Mistaken for a lady
ISBN: 978-85-398-2365-9

1. Romance americano. I. Santos, Leandro. II. Título.

17-41430 CDD: 823
CDU: 821.111-3

Prólogo

Outubro de 1175 – Mansão Paimpont, no condado de Champanhe

Suspirando, Francesca deixou sua pena de lado. Sua aia, Mari, colocava lenha na lareira, resmungando soturnamente. Mari a acompanhava havia anos, e seu familiar rosto estava marcado por linhas de preocupação. Apesar da diferença de idade entre elas, Francesca considerava Mari, além de aia, sua amiga.

— Mari?

— *Milady*?

— Quer ouvir o que escrevi?

Mari usou um atiçador de chamas para mexer na lenha.

— Se for necessário.

— Gostaria da sua opinião.

Mari franziu o cenho, e o atiçador foi largado na lareira.

— Não sei por que quer ler isso para mim. A senhora a enviará à Bretanha independentemente do que eu disser.

— De qualquer maneira, aprecio sua opinião. — O olhar de Francesca se fixou em seu anel de carimbo, o anel que Tristan lhe dera no dia do casamento. Um nó se formou na garganta. As feições de Tristan permaneciam vívidas em sua mente; os deslumbrantes olhos azuis, o farto cabelo preto, o maxilar firme. Tristan era um homem incrivelmente lindo, a ponto de ser chamado com frequência de *Tristan le Beau*; Tristan, o belo. Infelizmente para Francesca, a imagem dele não desaparecera com o tempo; ela não fora capaz de esquecê-lo.

As rugas em torno da boca de Mari se aprofundaram quando ela se aproximou da mesa e olhou com uma expressão fechada para o velino.

— *Milady*, se apreciasse minha opinião, não estaria escrevendo esta carta. É desperdício de tinta. Aquele homem não é digno disso.

Francesca inspirou lentamente.

— Aquele homem, como você o chama, é o conde Tristan des Iles. E, até o momento, é meu marido. Gostaria que se lembrasse disso. — Mari resmungou algo que talvez tivesse sido um pedido de desculpas e Francesca prosseguiu: — Não estou pedindo que me dê sua opinião a respeito de lorde Tristan, Mari. Você já deixou perfeitamente claro o que pensa dele. Gostaria da sua opinião a respeito da carta, não do meu marido.

— A senhora o quer de volta — disse Mary. — *Milady*, ele não respondeu a nenhuma de suas outras cartas. O que a faz pensar que responderá a esta?

Uma tola esperança. Francesca passou o dedo indicador pelas três potentilhas estampadas na frente de seu anel, sentindo uma forte palpitação dentro do peito. Era deprimente a dor continuar tão forte, mesmo depois de quase dois anos. *Tristan.* Francesca tentava esquecê-lo durante o dia. Contudo, toda noite, ele retornava. Aparecia em seus sonhos, noite após noite inquieta. Olhos azuis de cílios escuros sorriam na direção dos dela, braços fortes a seguravam e aqueles hábeis e maliciosos dedos começavam a afrouxar os laços, afastando o vestido dela para o lado...

Na esperança de não estar corando, ela olhou para Mari.

— E se minhas cartas não tiverem chegado até ele? É possível.

Mari fez um som de desdém.

— Uma carta pode se extraviar, mas a senhora escreveu várias. É impossível que *todas* tenham se perdido.

Francesca mordeu o lábio. Mari tinha certeza de que tudo que ela receberia de seu marido seria o silêncio. Francesca, porém, precisava fazer uma última e desesperada tentativa de entrar em contato com ele. Sim, seu matrimônio com Tristan tinha sido arranjado, mas ela estava certa de que não fora a única a sentir o choque de deleite no dia do casamento. Mari jamais entendera isso.

Tristan e eu gostávamos um do outro, gostávamos de verdade um do outro.

Infelizmente, essa admiração nunca tivera a oportunidade de se transformar num amor duradouro, ao menos não da parte de Tristan. Primeiro, ele foi convocado para defender a Bretanha em nome da pequena duquesa. Em seguida, *lady* Clare chegou a Fontaine e Francesca perdeu o título de herdeira. Francesca foi criada acreditando ser a filha do conde Myrrdin. No entanto, acabou descobrindo que não era sequer uma parente distante. Ela não era ninguém e, embora inadvertidamente, casara-se com Tristan com base numa farsa.

No passado, Francesca tivera certeza de que seus sentimentos por Tristan eram genuínos. Acreditara piamente que Tristan gostava dela, pois, após o casamento, ele fora o amante mais atencioso do mundo. Ela presumira que, um dia, Tristan retribuiria seu amor. E era por isso que estava determinada a enviar aquela última carta. Eles não tiveram uma chance de se conhecerem.

— Mari, se o conde Tristan não responder, eu saberei, sem sombra de dúvida, que nosso casamento terminou.

— A senhora disse isso da última vez que escreveu. Ele não respondeu.

As unhas de Francesca se cravaram em suas palmas quando um medo mais profundo veio à tona. *Eu nunca dei um filho a ele. Ele precisa de um herdeiro, e eu fracassei nisso.* Teria sido por isso que ele jamais voltara para buscá-la? Tristan temia que ela fosse estéril?

— Preciso saber das intenções de milorde diretamente dele.

Mari fez um som de exasperação.

— A senhora não vê aquele homem há quase dois anos; suas cartas anteriores não tiveram resposta... Do que mais precisa saber? Desde que a senhora partiu da Bretanha, não há nada que a impeça de recomeçar sua vida.

Francesca respirou fundo.

— Quando lorde Tristan e eu nos separamos, a Bretanha estava tomada pelo caos. O ducado precisava dele. — Francesca olhou fixamente para o bastão de cera sobre a mesa, usado para selar as cartas. Era prateado, para representar o campo da mesma cor no brasão de seu marido. — E ainda precisa.

— *Milady*, ele é seu marido. Certamente, poderia ter reservado algumas semanas para se certificar de que a senhora estava bem...

Francesca se flagrou colocando-se no lugar do marido, embora soubesse que isso de nada adiantaria. Ela e Mari já haviam tido essa discussão por diversas vezes. Mari não abriria mão de sua posição. Na mente dela, Tristan abandonara Francesca.

— Mari, você está esquecendo a política. Meu senhor é detentor de amplas terras no ducado. E, por essa honra, ele tem o dever de apoiar a duquesa. A duquesa é menor de idade; depende do conde Tristan e de outros lordes leais à Bretanha. Muitos nobres não dão importância às suas responsabilidades, mas não Tristan. A duquesa e o ducado dependem dele.

Balançando a cabeça, Mari contraiu os lábios.

— Não há esperança, a senhora está apaixonada. Estava apaixonada quando partiu de Fontaine, e continua apaixonada. Ele não é digno disso.

Francesca se levantou e, irritada, andou até a lareira. Não foi fácil falar calmamente, mas ela conseguiu.

— Até que nosso casamento seja encerrado de fato, o lorde Tristan permanece sendo meu marido. — Abrindo e cerrando os punhos, ela retornou à mesa.

— *Milady*, ele deveria ter vindo procurá-la no ano passado.

— Por Deus, isso não foi possível. O rei da Inglaterra havia atacado vários condados bretões e o conselho dependia do meu senhor para defender os povos locais. — Francesca retornou mais uma vez à lareira. As chamas estavam começando a crescer, lambendo as bordas das toras, banhando-as em dourado. Irritadamente, ela girou sua saia e se virou novamente na direção da mesa.

— O conde Tristan deixou o ducado. Ao menos, foi o que fiquei sabendo — falou Mari.

— Milorde foi à Inglaterra em nome do ducado. Ele precisava proteger os interesses da duquesa Constança.

— E os próprios interesses, tenho certeza. Aquele homem pensa apenas em política.

Francesca estava dolorosamente ciente de que sua aia tinha razão; era um fato que Tristan punha a política acima de todo o resto. A política e o dever. E, sendo a esposa dele, Francesca falhara em seu principal dever: ela não tinha lhe dado um herdeiro.

Tristemente, ela pegou o velino e o enrolou.

— Percebo que você não quer ajudar.

Mari estendeu a mão.

— Eu lamento muito, *milady*. Por favor, leia sua carta.

— Obrigada. Tenha em mente que esta será a última vez que escreverei para ele. — Desenrolando o pergaminho, Francesca começou.

Querido marido,

Escrevo-lhe de sua mansão em Provins.

Rezo para que esteja com boa saúde e que não tenha sofrido nenhum mal desde minha última carta. Chegou até nós a informação de que as batalhas que se desencadearam entre o rei Henrique da Inglaterra e os lordes rebeldes tiveram a uma conclusão satisfatória. Acredito que as negociações entre o rei, o filho dele, o príncipe Godofredo, e os rebeldes resultarão numa paz duradoura e vivo na esperança de que você possa finalmente ser dispensado de alguns de seus deveres.

Gostaria de lhe perguntar a respeito de nosso casamento. Deve estar com a sensação de que se casou com uma impostora. Em relação a isso, posso apenas me desculpar. Por tudo que é mais sagrado, eu lhe juro que honestamente acreditava ser a filha do conde Myrrdin. Assim como você, eu acreditava ser a herdeira das terras de Fontaine.

Por favor, saiba que estou ansiosa para ouvir seus planos a respeito de nosso casamento. Ele continuará? Caríssimo lorde, tem sido meu maior desejo que nosso casamento permaneça. Porém, como não recebo notícias suas, posso apenas concluir que seu desejo é que nosso casamento seja anulado. Se essa for a situação, por favor, saiba que não serei um obstáculo. O senhor se casou com a herdeira do condado de Fontaine apenas para descobrir que, além de não ser uma herdeira, não tenho sequer sangue nobre.

Venerado marido, creio que entenda que eu não tinha ciência de minha verdadeira situação até a chegada de lady Clare a Fontaine, provando ser a verdadeira filha do conde Myrrdin.

Não sou uma lady. Não lhe trago terras e nem receitas, salvo as que podem vir de uma insignificante mansão em St. Méen. Como mencionei em minha última carta, o conde Myrrdin e sua filha legítima, lady Clare, concederam-me a graça de ficar com ela.

Milorde, suplico-lhe para que me informe se nosso casamento permanecerá.

Ficarei grandemente entristecida se a decisão for por uma anulação. No entanto, compreenderei. Nobres precisam se casar com ladies que lhes tenham igualdade em títulos e terras. Contudo, caso decida me manter como sua esposa, quero lhe garantir que, embora minhas mãos estejam praticamente vazias, trago comigo um coração terno e tenho pelo senhor a mais alta estima.

Peço-lhe que dê a nosso casamento... e a nós... outra chance.

Milorde, eu ficaria agradecida se o senhor me dissesse o que pensa. O senhor está sempre nos meus pensamentos.

Sua respeitosa e amorosa esposa,

Francesca

Francesca fitou os olhos de Mari.

— Está clara?

— A senhora não está se chamando de *lady* na carta.

Francesca olhou fixamente para o velino.

— Não tenho nenhum título por direito. Não posso ter essa presunção. Se lorde Tristan encerrar nosso casamento, não serei ninguém.

— A senhora sempre será uma *lady* para mim — falou Mari firmemente.

— Obrigada. — Francesca abriu um fraco sorriso. — Então? A carta passa pelo seu crivo?

— A senhora a enviará, independentemente da minha aprovação. *Milady*, lorde Tristan a negligenciou por tempo demais. — Mari balançou a cabeça. — Em minha opinião, a senhora ficaria melhor sem ele.

Francesca sentiu sua própria expressão congelar.

— Mari, por favor, entenda. Lorde Tristan não pode agir por impulso. Ele pensa nos interesses da Bretanha.

A boca de Mari se contorceu.

— Lorde Tristan é um homem, não é? No meu modo de ver, é uma grande pena quando um homem não consegue pôr sua esposa acima de tudo.

Francesca olhou com tristeza para sua aia.

— Lorde Tristan é mais do que um homem. Ele é um conde. Eu sabia com quem estava me casando. — Ela segurou a carta com força. — Quem me dera ele poder dizer o mesmo a meu respeito.

— Envie a carta, *milady*. Será bom saber as intenções dele. Onde está lorde Tristan no momento? A senhora sabe para onde enviá-la?

Francesca inspirou fundo.

— Não exatamente, mas se eu enviá-la para o Château des Iles, a carta chegará a ele, cedo ou tarde.

— Isso pode levar semanas.

— Obrigada, Mari, sei disso.

Com um nó na garganta, Francesca pegou a cera prateada para selar a carta. Seria aquela a última vez que usaria a cera de seu marido? Se Tristan quisesse que o casamento fosse dissolvido, ela precisaria aceitar isso. Francesca deixou de lado a lembrança daqueles sorridentes olhos azuis. Deus, mesmo naquele momento, conseguia sentir a textura do cabelo escuro ao passar os dedos pelos fios. O desejo se tornou um profundo latejamento, uma lança nas entranhas de Francesca. *Tristan, venha me encontrar, por favor.* Inclinando-se sobre a mesa, ela selou a cara. Piscando os olhos com força, Francesca pegou a pena e a tinta e foi até o armário da parede para guardá-las.

Tristan faria o que bem entendesse e, se ele não a quisesse, Francesca precisaria aceitar essa realidade. Ao menos ela saberia. Criaria uma nova vida para si. Primeiro, iria para a mansão de Monfort. Sua amiga Helvise lhe pedira conselhos para administrar o local e Francesca aceitara ajudar. Podia não ter a linhagem certa, mas fora treinada para cuidar de um castelo. Uma pequena mansão estava perfeitamente dentro de suas competências. E depois disso?

Poderia se casar novamente. Sempre quisera filhos. Existia a chance de, com outro homem, ter melhor sorte. Ela estremeceu. Pensar em ir para a cama com outro que não Tristan não era nada agradável.

Primeiro, contudo, seu casamento precisava de uma última chance. A carta precisava ser enviada. Naquele mesmo dia. E, se o pior acontecesse, se Tristan não respondesse, ela se obrigaria a esquecê-lo. Já passara tempo demais vivendo no limbo.

— Mari?

— Sim, *milady*?

— Por favor, peça ao cavalariço para que sele Princesa. Preciso de ar puro.

Capítulo 1

Primeiro de maio, 1176 – cidade mercantil de Provins,
no condado de Champanhe

TRISTAN ATRAVESSOU RAPIDAMENTE A CAVALO pela Cidade Baixa, seu escudeiro, Bastian, a seu lado. Haviam levado muitos dias para chegar à mansão dele em Champanhe, onde esperava encontrar Francesca.

Não foi o que aconteceu. Ao chegar a Paimpont, seu comissário, *Sir* Ernis, dissera que Francesca fora a um baile no palácio do conde Henry. E justamente um baile de *máscaras*! No primeiro dia de maio. As coisas não podiam ser piores.

Ela fazia ideia de como aquele baile podia se tornar vulgar? De como podia se tornar obsceno? Tristan pensara que Francesca fosse inocente. Superprotegida. Era possível que ela tivesse mudado. Era possível que tivesse adquirido o hábito de frequentar tais eventos.

Com um suspiro, Tristan pedira água quente e cavalos descansados. Em seguida, exaustos, ele e Bastian subiram mais uma vez nas selas.

Tristan tinha notícias urgentes para Francesca, notícias terríveis que a deixariam perplexa. O conde Myrrdin de Fontaine, o homem que ela pensara ser seu pai, estava no leito de morte. O conde queria ver Francesca antes de morrer, e Tristan fora incumbido de levá-la.

A cabeça de Tristan latejava depois de ter passado tanto tempo na estrada. Seus olhos ardiam e tudo dentro dele estava mais tenso do que um alaúde exageradamente tensionado. Contar a Francesca a respeito da doença de conde Myrrdin certamente seria um desafio. Ele queria acabar com isso de uma vez. Com certeza, a notícia a deixaria mal. Mesmo assim, quanto antes Francesca soubesse que o homem que ela considerara seu pai estava em seu leito de morte, melhor. Ela precisava se preparar para a longa cavalgada de volta à Bretanha.

Ficaria ela ainda mais triste quando soubesse que teria de fazer essa jornada com o marido que ela não via fazia quase dois anos? Impaciente consigo mesmo, Tristan conteve seus pensamentos. Desde que se separara de Francesca, aprendera, a muito custo, que pensar nela criava um caos em suas emoções. Ela afetava seu julgamento, e Tristan não podia permitir isso. Era um conde e possuía responsabilidades. Emoções eram perigosas, emoções destruíam vidas. Permitir que uma emoção forte se arraigasse significava mandar às favas o bom julgamento.

Ele estava ali para levar Francesca até o conde Myrrdin.

Estava ali para pedir uma anulação. Uma esposa que não se dera o trabalho de responder nenhuma de suas cartas, uma esposa que não se dera o trabalho de replicar quando ele a convidara para visitar des Iles não era uma esposa que servisse para ele.

Tristan olhou de relance para seu escudeiro. Bastian era jovem e, sem dúvida, estava esgotado. Os territórios de Tristan no ducado da Bretanha estavam a muitos quilômetros de distância. Eles haviam cruzado diversos condados para chegar a Champanhe.

— Aguentando bem, rapaz?

— Sim, milorde.

— Você não precisava ter vindo comigo esta noite. Podia ter ficado na mansão. Um dos cavalariços podia ter me acompanhado.

Bastian ficou tenso.

— Sou seu escudeiro, lorde Tristan. É meu dever acompanhá-lo.

Na Cidade Baixa, a praça do mercado estava sem nenhuma tenda, embora uma certa atmosfera festiva garantisse que as tavernas prosperassem. De fato, toda a população parecia ter saído das estreitas casas de madeira para as ruas. Homens perambulavam por ali com canecas de cerveja na mão; garotas haviam trançado flores em seus cabelos. A atmosfera estava relaxada. Festiva. E tudo em honra do antigo festival de Beltane. Tristan sabia o que isso significava. Poderia apostar que todos os homens de sangue quente de Provins tinham uma única coisa em mente.

Ele contraiu os lábios. Tinham lhe dito que Francesca fora a um baile na companhia apenas de um cavalariço e de sua aia. Se as coisas fugissem do controle, ela estaria em segurança? Sentiu a cabeça pesar enquanto eles trotavam ao entardecer, rumando colina acima na direção do palácio. Andorinhões piavam no céu, um agradável sinal de que o verão estava chegando, um sinal que devia ter deixado Tristan com um humor melhor.

Conteve um bocejo. Deus, como estava cansado! Seu estômago roncava, sua pele coçava. O rápido banho em Paimpont não fora muito eficiente para remover a poeira da estrada. Tristan a sentia grudando em cada um de seus poros e estava louco por um banho adequado.

O que Francesca faria quando o visse? Ela não o esperaria. Pelos céus, ele a deixara em Fontaine achando que seu serviço à duquesa Constança duraria apenas uns dois meses, mas acabaram ficando separados por dois anos. Dois anos. Sem dúvida, Francesca devia ter mudado. Era uma pena, pois a garota com a qual se casara fora muito meiga. Ele segurou as rédeas com força quando, contra sua vontade, sua mente invocou a imagem dela. Uma menina meiga com francos olhos acinzentados e um comprido cabelo escuro que parecia seda. *Como ela está atualmente?* Não sabia ao certo o que esperar ou o que sentiria quando a visse. Deus do céu, e de que isso importava? Quando Francesca fugira da Bretanha sem ao menos pôr os pés no castelo dele em des Iles, deixara perfeitamente claro que não se enxergava como sua mulher.

O problema era que, agora que Tristan estava prestes a vê-la novamente, ficara impossível não pensar nela. E era doloroso fazer isso. Ao se recusar a entrar no condado dele, Francesca, na realidade, desertara-o. E, apesar dos esforços de Tristan, sua bela e jovem esposa conseguira ocupar a maior parte de seus pensamentos ao longo dos últimos meses. Na realidade, desde que ficara sabendo que Francesca fora removida de sua posição de filha do conde Myrrdin, ele não tivera paz.

Francesca partira da Bretanha no pior momento possível. Com o ducado infestado de rebeldes, todos os condados estavam caóticos. O conselho convocara Tristan para lhes dar apoio, e ele não pudera ir até Francesca. Ele se sentira mal. Pior do que mal. E, dado o fato de que ela não fizera nenhuma tentativa de entrar em contato, sentiu-se muito pior do que deveria.

Inicialmente, Tristan não quis que o casamento deles fosse anulado. Sentiu algo o dilacerando por dentro e amaldiçoou a si mesmo por sua tolice. Fora cativado pela inocência de Francesca, por seu aparente afeto por ele. Fora dominado pela assustadora atração física que surgira no instante em que haviam posto os olhos um no outro e se apegara à esperança de que, depois que a poeira da rebelião baixasse, eles pudessem fazer o casamento dar certo. Ansiara por vê-la. Ainda ansiava.

Tristan recebeu a informação de que Francesca partira para a mansão dele em Champanhe assim que ficou sabendo que não era a filha do conde Myrrdin. Os criados lhe enviaram essa notícia assim que ela chegara.

O que Tristan não entendia era o motivo de ela ter partido da Bretanha. Francesca amava aquele lugar, que fora seu lar. Ela amava o velho conde Myrrdin e, certamente, isso não mudaria, mesmo que tivesse sido provado que ela não era sua filha.

Francesca teria fugido porque *lady* Clare, a verdadeira filha do conde Myrrdin, dificultara as coisas para ela?

Ou teria partido por não suportar continuar vivendo em sua amada Fontaine sabendo que jamais lhe pertenceria?

O fato de Francesca ter ido embora do ducado, sem esperar que ele concluísse seus deveres, machucara Tristan. Todos esses meses haviam se passado e ela não respondera a uma única carta dele. Isso também o machucara. Mas o casamento fora arranjado. Será ele devia se sentir assim?

Já que Francesca ignorara continuamente as cartas, Tristan se recusava a perder mais tempo. Precisava pedir a anulação. Precisava de um casamento político bem-arranjado. Precisava de herdeiros.

Ele enrijeceu seu coração. A verdade nua e crua era que Francesca não se refugiara no castelo dele em des Iles, como lhe convidara a fazer. Ela fugira do ducado. Seu silêncio era mais uma prova de que não queria saber dele. O silêncio era uma forma de deserção. E a deserção, definitivamente, era motivo para anulação.

Em algum lugar nas profundezas de sua memória, um par de sinceros olhos acinzentados, os olhos de Francesca, sorriu para ele. O sorriso fora terno e genuíno. Ao menos, fora nisso que acreditara. Novamente, uma faca o dilacerou internamente.

Tristan contraiu o maxilar. Estava na hora de encerrar aquele casamento. Francesca não era uma herdeira. Esse matrimônio não trouxera nada a ele além de tristeza, e a confusão que sentira na separação deles se recusava a se dissipar. Por vezes, se tornava algo muito parecido com dor. Talvez isso não fosse tão surpreendente assim. Ele gostara muito de Francesca; a ausência de resposta dela a suas cartas o magoara de verdade.

Bastian olhava fixamente para o portão do palácio do conde Henry.

— É esse o palácio, milorde?

— Sim.

Bastian lançou para ele um olhar atormentado.

— O que vai usar como máscara, milorde? *Sir* Ernis não disse que a máscara era obrigatória?

— Não se preocupe, Bastian, tenho a coisa perfeita.

A máscara de Francesca era verde, para combinar com seu vestido. Parada numa escadaria do lado de fora do salão do palácio, ela afastou seu véu para o lado enquanto Mari o amarrava no lugar.

— Obrigada. Está pronta, Mari?

— Sim, *milady*.

Balançando o véu para se certificar de que ele fluía perfeitamente sobre os laços de sua máscara, Francesca entrou no salão. Uma onda de barulho e calor a atingiu. Despreparada para a multidão e para o calor, Francesca recuou tão rapidamente que Mari, que vinha logo atrás, trombou com ela.

— Sinto muito, *milady*.

As sobrancelhas de Francesca se ergueram.

— Céus, metade de Champanhe deve estar aqui. É difícil imaginar que há espaço para mais alguém.

Um criado carregando uma bandeja com cálices passou pela porta com uma velocidade que Francesca nem imaginava ser possível. Ele desviou agilmente de uma criança que brincava com um velho cão de caça e se esquivou por um triz de um banco tombado.

Por trás de sua máscara, os olhos de Mari cintilaram.

— Oh, *milady*, não é empolgante? O primeiro de maio é sempre o melhor dos festivais.

— É uma celebração pagã — disse Francesca. — Não é oficial e nem é sancionada pela Igreja.

— Melhor ainda, pois podemos nos divertir de verdade. — Mari cutucou levemente a base das costas dela. — E então? Não acha que precisamos de um cálice de vinho?

Endireitando o corpo, Francesca adentrou a multidão. O som de um alaúde vinha da galeria do menestrel. Um tambor soava levemente ao fundo.

Verdade fosse dita, Francesca não tinha nenhum interesse em participar da festa. Não estava com humor para isso. Ela fora até ali apenas para agradar Mari, que não falava de nada além daquilo desde que *Sir* Ernis mencionara tolamente que haveria um baile de máscaras no palácio.

Mari era mais uma acompanhante do que uma criada e, apesar de seus modos extrovertidos, ela era uma leal apoiadora. Teria sido de péssimo tom negar aquilo a ela, e Francesca sabia que Mari nem sonharia em ir ao baile sem ela. Sendo assim, apesar de não estar com humor para frivolidades, ela se convencera a ir.

A máscara de Mari a fazia sorrir. Era um arranjo deslumbrante e complexo de penas de pavão, linha dourada e fitas. As penas dançavam e balançavam em torno do rosto de Mari enquanto ela se espremia em meio à multidão, fazendo cócegas nas pessoas pelas quais ela passava.

A máscara de Francesca era muito mais modesta. Ela ignorara os elogios de Mari, que dissera que uma jovem como ela, uma cujo marido claramente desistira dela, devia se dispor a atrair um novo interesse amoroso. A partir de um material muito comum, ela recortara uma máscara simples, cobrira-a com o que restara de tecido verde de seu vestido e a contornara com algumas contas de vidro que encontrara no fundo de sua caixa de costura.

— *Milady*, a senhora precisa mesmo aproveitar ao máximo este baile — murmurou Mari atrás dela. — Precisa pensar em seu futuro. Seu casamento terminou. Se quiser filhos, terá que se casar novamente. — Mari sinalizou em direção ao teto com o olhar, onde havia diversas cores de cavaleiros enfileiradas e pendendo de vigas. — Veja todos esses pendões. Há muitos cavaleiros aqui esta noite, a senhora poderia escolher qualquer um. — Ela baixou a voz. — Encontrar um novo marido.

— Mari, por favor. — Quando as palavras de sua aia a atingiram, fazendo-a sentir um calafrio, Francesca foi dominada por uma horrenda suspeita. Mari teria insistido em ir ao baile não por diversão, mas por querer que Francesca escolhesse um novo marido?

Bem, esse dia podia estar quase chegando. A separação entre ela e Tristan seria formalizada muito em breve, certamente. Ainda assim, ela não estava preparada para sair à caça de um marido. Não antes de saber do próprio Tristan o que ele pensava.

Provavelmente, o longo silêncio significava que, a qualquer momento, Francesca receberia um aviso de que ele pedira ao Papa a anulação do casamento. Tristan tinha um bom motivo para fazer isso. Ela falhara com ele da pior maneira possível; não era ninguém e, além de tudo, não lhe dera um herdeiro.

Determinada a não olhar mais para as cores dos cavaleiros, Francesca manteve seu olhar fixo nas mesas dispostas próximas às paredes. Ela fora até ali naquela noite para que Mari pudesse relaxar. Quanto a seu futuro, já discutira a ideia de se mudar para Monfort com sua amiga Helvise e pensaria melhor nisso em algum outro dia.

Francesca seguiu em frente, rumando na direção de uma bandeja de cálices ao lado dos suportes de vinho. Céus, ela nunca vira mesas tão lotadas! Grandes pratos de carne, montanhas de massas, amêndoas adoçadas com mel... Infelizmente, seu estômago parecia recheado de chumbo, e ela duvidava de que fosse capaz de comer alguma coisa.

Ajudaria se ela conseguisse esquecer como gostava da companhia de Tristan. O problema era que, toda vez que Mari falava dos planos de Francesca para o futuro, Francesca se flagrava pensando no pouco tempo que passara com Tristan. Antes de ter descoberto que não tinha qualquer ligação de sangue com o conde Myrrdin, ela fora tão feliz!

Minha vida foi uma mentira. Nada nela foi real.

Lágrimas chegaram com tudo aos olhos dela, e a bandeja de cálices pareceu sair de foco em meio a uma névoa. Piscando rapidamente os olhos, ela endireitou o corpo. Sabia o que precisava fazer. Ela precisava colaborar e permitir que Tristan tivesse um casamento mais proveitoso. Com uma nobre. Com uma herdeira que lhe daria herdeiros.

Francesca estendeu a mão para pegar um cálice e desviou sua mente de Tristan.

— O conde Henry é generoso — disse ela animadamente.

Mari estava olhando de olhos arregalados para um palanque que estava envergado sob o peso de tantos barris de vinho. As penas de pavão dela estremeceram.

— *Dieu du ciel*, o comissário do conde Henry deve ter atacado o estoque de todos os mercadores de vinho de Champanhe. Sem dúvida, aquele palanque quebrará.

— Tenho certeza de que os barris logo ficarão vazios. — Francesca entregou o cálice para Mari quando uma das penas de pavão de sua aia balançou diante do rosto de um grande homem com uma cabeleira branca. O homem espirrou.

Francesca pegou outro cálice. Quando ela se virou novamente, com o vinho na mão, Mari não estava mais ali.

— Mari?

Francesca não viu nem sinal dela. Não, espere, ali estava ela, já quase do outro lado do salão. No centro, um espaço fora aberto, a dança estava para começar. O homem com a cabeleira branca pegou o braço de Mari e a estava puxando para a multidão. Mari olhou por cima do ombro, e Francesca viu o brilho nos olhos dela por trás da máscara. Ela estava sorrindo.

Retribuindo o sorriso, Francesca gesticulou para que Mari se juntasse à dança. Com sorte, Mari logo ficaria tão entretida que Francesca poderia se recolher aos aposentos reservados para as mulheres. Ela não estava mesmo com humor para um baile de máscaras. E, sem dúvida, não estava com humor para caçar um marido.

Pensativa, ela tomou um gole de vinho e começou a contornar o salão. Ela não tinha dado mais do que um par de passos quando um homem alto, com um bagunçado cabelo loiro, postou-se diante dela.

Com um floreio, ele se curvou para ela.

— Quer dançar, bela *lady*? — perguntou ele, estendendo a mão.

A máscara do homem era preta, e Francesca teve um vislumbre de olhos azuis. Seu coração palpitou, e ela pensou imediatamente em Tristan. Céus, isso precisava parar! Ela estava vendo Tristan em todos os homens que conhecia. Era absurdo. Aquele homem nem tinha a mesma cor de cabelo dele.

Seria um cavaleiro? Francesca não queria dançar. No entanto, se ele fosse um cavaleiro, havia o risco de que ela o insultasse recusando. Ele certamente tinha o porte confiante de um cavaleiro. Ela baixou o corpo num cumprimento.

— Lamento muito, senhor, mas não sei dançar.

— Uma pena — falou ele, bastante tranquilo.

Uma mulher tentou se espremer para passar por Francesca, atingindo--a nas costelas com o cotovelo.

— Com licença, senhorita. — Com um movimento da cabeça, ela indicou o barril de vinho. — Não consigo alcançar a torneira.

O belo homem segurou o braço de Francesca.

— Venha. Estamos atrapalhando aqui. — Ele a guiou para longe das mesas de comes e bebes. Não demorou muito para que Francesca percebesse que ele estava indo diretamente na direção de um dos corredores... Um corredor que, àquela hora, estava escuro, cheio de sombras, iluminado por uma fileira de lanternas. Francesca resistiu ao puxão em seu braço.

— Senhor, com licença. Preciso encontrar uma amiga no solar das damas.

— Tudo a seu tempo. — Por trás da máscara preta, olhos azuis... Os olhos azuis errados... cintilaram. — Primeiro, vamos para um lugar tranquilo e nos apresentar um ao outro da maneira correta. — A pegada dele ficou mais firme e, antes que Francesca pudesse protestar, ela já estava no corredor.

Da galeria dos menestréis, havia uma visão panorâmica do que acontecia no salão — o que era ótimo, pois Tristan estava usando seu elmo, e não uma máscara. Ele precisara colocá-lo para ter permissão para entrar, e a visão pelas fendas para os olhos era um tanto restrita. Mesmo assim, ele certamente avistaria Francesca com facilidade dali de cima. E ele a reconheceria mesmo que ela estivesse de máscara, ele tinha certeza disso.

Depois de fazer um curto cumprimento com a cabeça para um tocador de alaúde, ele se virou para o parapeito. Seu olhar foi fisgado por uma esbelta dama de cabelo escuro, num grupo perto da lareira. Uma rápida observação lhe disse que não era Francesca. As mãos da mulher não se pareciam com as dela. Anéis demais. Ele analisou rapidamente um grupo de pessoas que começavam a dançar hesitantemente no centro. Novamente, uma ou duas das mulheres tinham a constituição de Francesca. Contudo, nenhuma tinha a elegância dela. Em seguida, ele observou as pessoas que estavam perto das mesas de comidas e bebidas, lutando para alcançar as carnes e barris de vinho. Uma dama de vestido vermelho e máscara da mesma cor parecia jovem demais; outra, de vestido azul e um pesado véu de seda, era pequena demais; já outra... Não, nenhuma delas se parecia com Francesca.

O olhar dele seguiu em frente, passando por mais convidadas até que, por fim, perto da porta que levava a um corredor, Tristan avistou um grande homem de cabelos claros puxando uma mulher alta e esbelta de vestido verde na direção de uma das portas. Os pelos da nuca de Tristan se eriçaram. Francesca!

Antes que ele se desse conta disso, já estava descendo com tudo pela escadaria em espiral.

Ele não viu o rosto dela. Ela emagrecera, e seu cabelo de ébano estava oculto por trás do véu, mas Tristan não precisava dos detalhes para saber que estava olhando para sua esposa. Sussurrando um palavrão, ele passou pelos convidados, empurrando-os sem a menor cerimônia.

A mente dele trabalhava sem parar. O que diabos ela estava fazendo no salão na companhia de um desconhecido?

Um nome surgiu de forma indesejada no cérebro de Tristan. Joakim Kerjean. A pulsação dele disparou, sua mente se enchendo de perguntas.

Antes de partir do Château des Iles, Tristan ficara sabendo que um cavaleiro de cabelo loiro chamado Joakim Kerjean estivera perguntando a respeito de Francesca no vilarejo. Não conhecendo o homem, Tristan passara a fazer sua própria investigação. Ele não fora muito longe. Tudo que conseguira descobrir fora que *Sir* Joakim Kerjean tinha algumas terras não muito longe da mansão de Francesca em St. Méen. Isso, por si só, não era nenhum problema. O que era preocupante era o fato de que *Sir* Joakim, após ter recebido a informação de que Francesca estava morando na mansão de Tristan em Champanhe, pedira orientações mais precisas de como chegar até lá. Claramente, o tal Kerjean estava determinado a encontrá-la. Por quê?

Se a mansão de *Sir* Joakim fizesse fronteira com as terras de Francesca, ele podia estar querendo o terreno dela. Podia estar pensando num casamento.

O homem seria um caçador de fortunas? Tristan podia estar pensando numa anulação do casamento, mas não tinha nenhuma intenção de permitir que Francesca caísse nas mãos de um caçador de fortunas. Se Francesca quisesse se casar novamente, era o dever de Tristan garantir que ela se casasse com alguém que a tratasse com o respeito que merecia. *Sir* Joakim precisaria se provar um homem decente antes que Tristan permitisse que ele se aproximasse dela.

Tristan continuou atravessando a multidão aos trancos. Aquele homem loiro podia não ser Kerjean. O que importava no momento era se Francesca o estava acompanhando por vontade própria ou não.

Aquele homem podia ser o amante dela. Tristan cerrou os punhos, dominado por uma emoção tão forte que ele nem quis analisá-la. Ele estava prestes a pedir a anulação do casamento. O que Francesca fazia não era mais de sua conta. Sendo assim, por que diabos vê-la entrando num corredor escuro com outro homem o deixava irritado?

— Com licença, senhores. — Tristan passou empurrando vários cavaleiros, sem disfarçar sua impaciência. O fato de ele ter encontrado Francesca naquele baile, por si só, já ia contra tudo que ele acreditara a respeito da pacata vida dela na mansão Paimpont.

Antes de Tristan tê-la deixado para se juntar ao conselho bretão em Rennes, ele fizera questão de dizer a ela como era importante que ele se mostrasse um súdito leal do ducado. Ele teve certeza de que Francesca compreendera que ele precisava cumprir seu dever.

Fazia muito tempo que Tristan tinha ciência de que, de todos os vassalos da duquesa, o domínio dele sobre seu condado era o mais fraco. Ele o detinha por pura concessão. O problema era que, se ele fizesse algo errado, perderia mais do que seu condado. Tristan não contou à sua esposa que ele queria compensar a vergonhosa bagunça que seu pai deixara. Dizer isso teria lhe parecido uma traição.

Antes de deixar Francesca para trás, ele lhe avisara que só poderia escrever para ela ocasionalmente. Ela abrira um de seus zelosos sorrisos para ele e dissera que entendia. Tristan tivera certeza de que ela o esperaria. Contudo, ela não respondera nenhuma de suas cartas e ali estava ela, entrando sorrateiramente num corredor com um desconhecido num baile. Isso não era um ato digno de uma mulher inocente.

Não era o que ele esperava da jovem mulher com quem ele se casara. *Pensei que você fosse a filha do conde de Fontaine. Pensei que você fosse inocente.*

Que inferno! Não era nada agradável ter suas ilusões destruídas daquele jeito. Quando eles haviam se casado, ele fora enfeitiçado pela inocência dela. No entanto, ela fora mesmo inocente? Tristan já não tinha mais certeza de nada. Quem ela era? O que ela era? Ele não fazia ideia.

Aquele homem a está forçando a fazer aquilo? É o homem que estava bisbilhotando des Iles? É Joakim Kerjean? Cravando as unhas nas palmas das mãos e contraindo o maxilar, Tristan passou por um casal abraçado e entrou no corredor.

Velas ardiam numa fileira de lanternas dispostas em candeeiros de parede. No final do corredor, ele teve um vislumbre de uma saia verde.

— Solte-me! — A voz de Francesca estava ríspida. Ansiosa. — Tire suas mãos de mim, senhor!

— *Milady*! — Tristan avançou com tudo na direção dela, acabando velozmente com a distância entre eles.

Uma grande sombra se moveu. A luz da lanterna recaiu sobre o cabelo loiro do homem quando ele olhou na direção de Tristan antes de se curvar determinadamente sobre Francesca.

Tristan ouviu um acentuado estalo quando ela atingiu o rosto do homem com um tapa. O alívio por aquele não ser um caso amoroso duelou com a raiva. Como aquele cão ousava molestá-la? Tristan chegou até eles e tudo que conseguiu pensar foi que queria Francesca a salvo. A máscara verde dela estava torta, seu peito subia e descia.

Forçosamente, ele se posicionou entre os dois e arrancou seu elmo. A peça caiu no chão com um baque metálico. Apaticamente, ele pensou que não devia tratar um elmo de Poitiers daquele jeito, pois custara uma fortuna. Mas isso não importava. Ignorando o som de surpresa de Francesca ao reconhecê-lo, Tristan olhou irritadamente para o molestador.

— Se tocar novamente em minha esposa, morrerá.

O homem ficou de queixo caído. Seu olhar baixou para Francesca, e ele fez cara feia.

— Não me disse que tinha um protetor.

Francesca empinou o queixo, e as contas de sua máscara cintilaram.

— O senhor não se deu o trabalho de perguntar — disse ela. — E, mesmo que eu tivesse lhe dito, duvido que teria me dado atenção. Pode ir embora.

A boca do homem se contraiu.

— Existe uma palavra para descrever mulheres como você — disse ele com a voz mal-humorada.

A raiva explodiu, sombria e primitiva. Tristan sentiu vontade de esmurrar o homem até deixá-lo no chão.

— Cuidado com o que diz.

Resmungando obscenidades, o homem passou por ele, dando-lhe um tranco com o ombro. Pesados passos se afastaram pelo corredor, e Tristan descobriu que saber se aquele homem era Kerjean ou não se tornara totalmente irrelevante.

Francesca estava bem? Não estava machucada?

A luz de uma vela se avivou e se apagou em seguida. Não importava. A única coisa da qual Tristan tinha ciência era Francesca, parada diante dele, uma porta às costas dela. Seu rosto estava nas sombras. Sua máscara cintilava.

Francesca se curvou numa mesura enquanto tirava a máscara. Seus olhos acinzentados estavam brilhando com algo muito parecido com felicidade.

— Tristan! É maravilhoso vê-lo!

Tristan se flagrou retribuindo o sorriso antes mesmo de lembrar por que estava ali. O conde Myrrdin, o homem que ela considerava seu pai, estava morrendo, e Tristan prometera levá-la até ele.

Francesca tocou a mão dele, e todos os sentidos de Tristan formigaram.

— Sua chegada foi oportuníssima. Eu lhe agradeço.

Tristan envolveu os dedos dela com os dele.

— Podemos conversar aqui dentro. — Empurrando a porta e entrando, ele a puxou consigo para dentro do aposento. Ele tinha uma vaga lembrança de que o cômodo era usado como escritório pelo comissário do palácio, *Sir* Gervase de Provins. O lugar era enclausurado e escuro. Nada de velas, o que não importava.

Fechando a porta com o calcanhar, Tristan tateou em busca do trinco e o prendeu na porta. Tudo que ele conseguia pensar era que eles estavam juntos novamente. *Finalmente.*

Puxando Francesca para si, ele deslizou o braço em torno da cintura dela. Precisava beijá-la. Um último beijo. Que Deus o ajudasse. Depois do casamento, o sabor dela fora tão doce que ele precisava saber se isso mudara. Um beijo. Ele tocou o rosto dela, os dedos permanecendo em sua face. Tão macia. Quente. Uma leve fragrância feminina chegou até ele; jasmim e rosa. Ela sempre gostara de jasmim. *Francesca.*

A voz dela estava trêmula. Assim como seu corpo.

Baixando a cabeça, Tristan fez seus lábios encontrarem os dela. Sua intenção era manter o beijo delicado e curto. Ele precisava lhe contar a respeito do conde Myrrdin e o faria assim que o beijo terminasse. Aquele beijo, o primeiro deles depois de quase dois anos, era *tudo.*

A sensação o engoliu. Céus, quase foi demais para ele. Finalmente, ele a tinha em seus braços outra vez, e os lábios de Francesca eram tão macios quanto ele se recordava. Ela permaneceu nos braços dele, trêmula, enquanto ele continuava a beijá-la, mordiscando sua boca, esperando, ansiando pela reação dela. Levemente, levemente. Ele sentiu o gosto de canela e mel. Francesca tomara vinho com especiarias.

Ela precisava sentir algo, precisava reagir, precisava.

O sangue dele começou a ferver. Contudo, se manteve controlado. Dali a um instante, eles conversariam mas, primeiro, ele tinha o absurdo desejo de que ela reagisse à maneira de antigamente.

Não demorou muito. Tristan sentiu um último tremor percorrer o corpo dela. Num instante, ela estava prostrada nos braços dele, aparentemente nada além de uma pilha de nervos. No seguinte, ela soltou um pequeno suspiro e seu corpo desabou na direção dele, como fizera nos primeiros dias do casamento deles. O latejamento dentro de Tristan se intensificou, tornou-se uma dor de verdade. *Mon Dieu*, como ele sentira falta daquilo! Ela o deixava em chamas com um único toque. Ele nunca vira nada parecido com aquilo.

Alguns segundos depois, pequenas mãos seguraram firmemente os ombros dele. Francesca recuou, e seu fraco murmúrio chegou até ele pela escuridão.

— Tristan.

O triunfo o preencheu por completo. Os fios de luz que entravam em torno da porta eram finos, a escuridão era quase absoluta. Se ela não passava de uma sombra, o mesmo valia para ele.

— Meu coração. — A velha expressão carinhosa escapou antes que ele pudesse pensar. E a mão dele envolveu a cabeça de Francesca. Tristan não conseguiu evitar puxá-la novamente para que sua boca encontrasse a dele. Eles se atiraram nos braços um do outro como antigamente e continuaram a se beijar. Os beijos se tornaram mais profundos. Mais selvagens. Era como se Tristan tivesse sido arrastado de volta no tempo, e eles fossem recém-casados. Enquanto eles se beijavam, Tristan quase conseguiu pensar que jamais se sentira culpado por ter escondido segredos dela. Quase conseguiu imaginar que eles nunca haviam se separado, que aquele silêncio entre eles nunca existira. Seu sangue martelava em seus ouvidos. Era impossível respirar. Havia tantas coisas a serem resolvidas, mas tudo estava sendo abafado pela necessidade de beijar e tocar.

Com dificuldade, ele recuou. Precisava contar a ela a respeito do conde Myrrdin. Conversar era a última coisa que ele queria fazer, pois Tristan estava rígido como ferro. Ele queria continuar a tocá-la; queria mantê-la perto de si; queria beijá-la até que ambos perdessem a razão. Ele já estava na metade do caminho. Céus, não queria soltá-la jamais!

Seus pensamentos se transformaram num borrão e, apesar de sua determinação... *Preciso contar a ela que o conde Myrrdin a convocou a Fontaine...* Tudo em que Tristan conseguia pensar era seu desejo por ela. Ele resistiu ao impulso de pressionar seu corpo junto ao dela e se flagrou pensando se a anulação do casamento poderia ser um erro afinal. Então, a velha amargura despertou. *Ela não foi a des Iles, ela me desertou. Nunca respondeu minhas cartas.*

Tristan a ouviu engolir em seco. A respiração de Francesca estava instável.

— Tristan, é maravilhoso vê-lo, mas devíamos nos beijar com tantas coisas a serem resolvidas entre nós?

Estava na ponta da língua dele responder que ela era sua esposa e que tinha todo o direito de beijá-la. Tristan precisou lembrar a si mesmo que ela fugira da Bretanha sem olhar para trás.

— Provavelmente, não, Francesca. Trago notícias de Fontaine.

Maldita fosse a escuridão; ele não conseguia discernir a expressão dela. Tudo que ele conseguia enxergar era sua silhueta. A silhueta muito feminina dela, tentadoramente delineada pela luz que entrava ao redor da porta. O desejo se contraiu dentro dele, sombrio e feroz. Francesca não era a mulher que ele pensara que fosse, e a vida deles juntos se desintegrara, transformando-se num desastre. Ele precisava de uma *lady* com um título de nobreza e uma reputação imaculada. Apesar disso, Tristan nunca quisera uma mulher como queria Francesca, e ele não tinha palavras para contar isso a ela.

Cegamente, estendeu as mãos em busca de Francesca, mas seus braços não encontraram nada.

Capítulo 2

FRANCESCA INSPIROU FUNDO PARA SE acalmar, olhou fixamente para a silhueta escura de Tristan e tentou analisar o calor que inundara cada veia de seu corpo. Era o paraíso estar com ele novamente, puramente o paraíso, tanto que era quase impossível se concentrar no que ele dissera. Algo a respeito de uma notícia vinda de Fontaine.

Ela se sentia muito estranha. Tonta. Zonza de felicidade. Tristan viera buscá-la! Ele recebera sua carta e veio atrás dela. O coração de Francesca martelava dentro do peito. Ele teria decidido que o casamento deles permaneceria? Ele a reconhecera como sua esposa perante aquele cavaleiro valentão... Isso devia ser um bom sinal.

A menos que — o coração de Francesca murchou — Tristan fosse extremamente possessivo. Talvez ele tivesse vindo lhe dizer que a união deles seria anulada e a tomara para si apenas porque, até o casamento deles se encerrar, ela continuava sendo dele. Infelizmente, a decisão estava nas mãos de Tristan. Francesca tinha pouca influência sobre isso. Tristan le Beau era o conde das ilhas. Ela não era ninguém.

Deixando de lado a notícia de Fontaine, Francesca pigarreou.

— Pediu a anulação de nosso casamento, milorde?

— Ainda não.

— Por que não?

— Por que a pressa?

Francesca soltou uma leve risada e sentiu a felicidade recuando lentamente até que restasse apenas a conhecida incerteza. Quais seriam as intenções dele?

— Por que a pressa? Tristan, faz dois anos desde que estivemos na companhia um do outro. Não vejo pressa nisso.

Uma forte batida na porta a assustou.

A porta estremeceu, e Tristan grunhiu.

— Ah, inferno.

Outra batida fez as dobradiças da porta balançarem.

— Quem está aí dentro? — Era a voz de um homem, marcada pela impaciência. — Abra!

Tristan foi na direção da porta.

— Tristan, um momento, por favor. — Com as faces em chamas, Francesca endireitou seu vestido. Que Deus a ajudasse, ela perdera seu véu e deixara a máscara cair, e a ausência de luz significava que não havia esperança de encontrá-los.

— Abra esta porta!

— Gervase, é você? — perguntou Tristan.

— Sim, abra. Abra imediatamente. — A porta estremeceu. — Rápido, ou pedirei para que os guardas a arrombem.

— Acalme-se, homem. Sou eu, Tristan. Tristan des Iles.

— Quem?

— Tristan des Iles.

— O que diabos você está fazendo aqui? Pensei que estivesse na Bretanha.

Tristan soltou uma curta risada.

— Sairei em breve. Então, você entenderá.

Francesca se ajoelhou e tateou pelo chão, desesperada à procura de sua máscara e seu véu. Nada. As bandeiras frias, o canto do aposento, o pé de madeira da mesa... Era uma causa perdida. Com um suspiro, ela se levantou e arrumou seu cabelo. Ouviu um som farfalhante. Sem dúvida, Tristan também estava se endireitando. Atormentada, Francesca recordou que retirara a túnica dele de dentro do cinto, para poder passar as mãos pelo peito de Tristan.

Por que ele a beijara? Ele não negara que precisava anular o casamento. Ele precisaria de um casamento mais propício. Não devia tê-la beijado!

E ela não devia ter reagido ao beijo.

— Pronta, Francesca?

— Sim.

O trinco foi retirado, e a tranca fez um clique. A luz preencheu o aposento quando *Sir* Gervase entrou, uma lanterna em sua mão. Olhando de relance por cima do ombro, metade do palácio parecia ter se reunido no corredor, *Sir* Gervase fechou a porta firmemente. Sua boca se curvou num sorriso de compreensão.

O coração de Francesca se acelerou, suas faces ficaram em chamas. Estava óbvio o que ela e Tristan estavam fazendo. Na realidade, parecia que os dois tinham feito muito mais do que se beijar; o véu e a máscara dela estavam jogados num canto, e Tristan estava ajustando seu cinto.

Os olhos de *Sir* Gervase percorreram o aposento.

— Tristan, você é diabólico. — Ele olhou para Francesca com uma expressão confusa. — Quem é esta dama?

— Esta, Gervase, é minha esposa, a condessa Francesca des Iles.

Quando eles saíram do aposento, Francesca já pusera seu véu e sua máscara firmemente no lugar. O surgimento de Tristan deixara a mente dela em frangalhos. Não apenas isso, mas ela estava envergonhadíssima. Estava claro que o comissário do conde Henry pensava ter interrompido um tórrido momento de paixão. Agradecida porque a máscara esconderia seu rubor, ela permitiu que Tristan pegasse sua mão firmemente e a levasse através de uma barulhenta multidão. As pessoas sorriam e abriam caminho para que eles passassem.

Tristan não se deu o trabalho de recolocar seu elmo. Todos sabiam exatamente quem ele era. Havia várias pessoas rindo de forma contida, e, pelo canto do olho, Francesca viu um gesto obsceno.

Alguém sussurrou.

— Tristan le Beau.

— Sim, mas quem é a mulher?

— Não faço ideia.

Francesca nem quis ouvir o resto. Estava claro que todo o palácio pensava que eles tinham feito amor no gabinete de *Sir* Gervase. Era incrivelmente vergonhoso. Determinada a não olhar nos olhos de ninguém, Francesca fixou firmemente seu olhar no chão enquanto era levada por

Tristan. Apenas quando eles se aproximaram da entrada do salão foi que ela ergueu a cabeça. E ali, recostado no batente da porta, estava o cavaleiro de cabelo loiro que tentara beijá-la. Ele tirara a máscara e estava observando Tristan, a boca contraída, os olhos frios.

A pegada de Tristan ficou mais firme na mão dela. O cavaleiro loiro descruzou os braços e entrou no salão antes deles. Imediatamente, um grupo de dançarinos o envolveu, engolindo-o.

— Como tem passado, milorde? — *Sir* Gervase estava falando com Tristan. — Como está a situação na Bretanha?

— Tudo está bem, senhor, exceto por alguns assuntos pendentes — respondeu Tristan apaticamente. Ele estava olhando na direção das pessoas que dançavam, sua testa estava profundamente franzida. — *Sir* Gervase, quem é o homem de cabelo loiro?

— O nome dele é Kerjean, creio eu. *Sir* Joakim Kerjean.

Os homens conversaram enquanto atravessavam o salão na direção da escadaria, e Francesca descobriu que não conseguia desviar seu olhar de Tristan. Fazia tanto tempo desde a última vez que ela o vira, e aquele aposento estivera escuro demais para que ela visse se ele mudara. Céus, ele continua tão bonito quanto sempre fora. No salão fortemente iluminado, ele estava dolorosamente familiar. Tão lindo! Aquele cabelo preto estava farto como ela se recordava; seus ombros eram agradavelmente largos. E, através da túnica dele, Francesca conseguia ter vislumbres dos músculos tonificados que ela sentira na escuridão do gabinete de *Sir* Gervase. Quanto aos olhos dele, aquele límpido azul-safira era tão lindo quanto inconfundível. Como ela pudera, mesmo por um instante, ter imaginado que os vira em outro lugar? Os olhos daquele outro cavaleiro não se pareciam em nada com os de Tristan.

— Assuntos pendentes? — dizia *Sir* Gervase com uma expressão de confusão. Ele relaxou o cenho. — Ah, o problema na Bretanha. Creio que sempre há assuntos pendentes.

— Verdade. Faz décadas que há problemas lá. Felizmente, a lei prevaleceu.

Sir Gervase fez um som de aprovação.

— É bom ouvir isso. Milorde, e o príncipe Godofredo? Acha que ele será um bom marido para a duquesa Constança?

— Creio que sim. O príncipe parece ter os interesses da Bretanha em seu coração e tem um afeto genuíno por nossa pequena duquesa. Não vejo motivo para que eles não se casem quando ela tiver mais idade.

— Sendo assim, tudo está bem.

— Sim.

Sorrindo, *Sir* Gervase segurou o braço de Tristan.

— O conde Henry ficará satisfeito por saber que você veio ao baile.

— Ainda não o vi. Ele não está aqui?

— O conde Henry está jantando com uma comitiva dos mercadores da Apúlia.

Uma tocha tremeluzia ao pé da escadaria. *Sir* Gervase gesticulou para que eles prosseguissem.

— Fica no alto, infelizmente, o último aposento. Não é grande. — Ele sorriu. — Se tivesse me avisado com mais antecedência, eu teria encontrado algo mais majestoso. Estamos completamente lotados esta noite.

— Tenho certeza de que sim.

— Acabou de chegar? Enviarei alguém com comida e vinho, caso queira.

— Ficaria muito agradecido por isso. Francesca, está com fome?

— Não, obrigada.

Sir Gervase olhou para Tristan.

— Quer que alguém encontre seu escudeiro?

— Não há necessidade. O rapaz está exausto. Ficaremos perfeitamente bem. Obrigado.

Francesca avançou.

— *Sir* Gervase?

— *Milady*?

— *Sir*, minha aia, Mari, está no salão desfrutando o baile. Ela ficará preocupada quando não conseguir me encontrar. Eu ficaria agradecida se pudesse pedir a alguém para procurá-la e lhe dizer que estou com lorde Tristan e que falarei com ela durante o desjejum.

— Como saberei quem ela é?

Francesca sorriu.

— É impossível não identificá-la. Sua máscara está decorada com as penas de pavão mais compridas de todo o mundo cristão. Da última vez que a vi, ela estava dançando.

— Disse que o nome dela é Mari?

— Sim, Mari de Fontaine.

Sir Gervase baixou a cabeça.

— Considere isso feito, *milady*.

— Obrigada.

Com um sorriso, *Sir* Gervase retornou ao salão.

Pensativo, Tristan olhou para as mãos deles, unidas. Abrindo os dedos e os separando dos dela, ele recuou.

— Depois de você, *milady*.

Francesca ficou gelada. A voz dele estava ríspida, e ele não olhava mais nos olhos dela.

— Tristan, qual é o problema?

Ele a olhou e abriu um tenso sorriso. O coração de Francesca desabou até seus pés. O sorriso dele era falso, e seus olhos, aqueles lindos olhos azuis, não continham nenhum sorriso.

— Tristan?

— Depois de você, *milady*.

Engolindo em seco, Francesca segurou seu vestido e começou a subir pela escadaria. O que estava havendo? Ela não sabia o que pensar. O beijo de Tristan parecera um beijo de boas-vindas. E sua voz, a voz que falara tão ternamente com *Sir* Gervase, mudara por completo. Ela tentou relembrar o ocorrido. O que ela fizera? Francesca não conseguia pensar em nada. *Sir* Gervase teria dado más notícias a ele? Ela pensara ter prestado atenção na conversa deles. No entanto, era possível que algo tivesse lhe escapado, pois passara boa parte do tempo olhando fixamente para Tristan.

Parando no meio da curva da escadaria, ela se virou.

— Tristan, eu fiz algo de errado?

Ele a olhou apaticamente.

— Não sei. Fez?

Que resposta estranha! E dizê-la com aquele tom mal-humorado fazia parecer que ele a desprezava. Francesca analisou o rosto dele, na esperança de ver um resquício do calor que ela pensara ter sentido no aposento do primeiro andar. A luz da tocha iluminava plenamente o rosto dele. Contudo, nada revelava. Era como se ele estivesse usando uma máscara. Seus olhos azuis pareciam feitos de pedra. Distantes. Ela teria imaginado o calor? Teria criado em sua mente a existência daquela ternura de alguma forma?

Com um suspiro, ela continuou a subir pela escadaria. A Bretanha ficava muito longe; ele devia estar exausto.

— Quanto tempo levou sua jornada?

— Pouco mais de uma semana.

Ela o olhou com uma expressão surpresa.

— Céus, você deve ter passado o tempo inteiro a pleno galope. Não dormiu nem um pouco? Quando viajei a Troyes com *lady* Clare, levamos uma eternidade para chegar.

Tristan não respondeu, e eles continuaram subindo a escadaria.

Francesca abriu um triste sorriso, recordando. Tristan nunca sabia quando parar. Ele esgotara a si mesmo. Ela costumava vê-lo no pátio de treinamento em Fontaine, treinando sua esgrima com *Sir* Brian e outros cavaleiros do local. Ele dançava ao redor de seu oponente, a espada reluzindo, lançando-se de um lado ao outro, como se sua armadura pesasse pouco mais que uma pluma.

Entretanto, Francesca franziu o cenho, já vira Tristan esgotado muitas vezes. Mas não se recordava de ele ter ficado mal-humorado em nenhuma ocasião. E certamente não se recordava de ele já ter usado aquele tom frio com ela. O que ela fizera?

Jamais devia tê-lo beijado. Sem dúvida, esse era o problema. Ele a beijara, e ela devia saber que não devia reagir. Antes do casamento deles, Mari lhe avisara para nunca esquecer que era uma *lady*. E todos esperavam que *ladies* fossem quietas e modestas, dissera Mari. Elas precisavam se manter impecáveis. Distantes. Mesmo que uma *lady* passasse a amar seu marido, ela jamais devia lhe dizer isso. E, certamente, não devia jamais tomar a iniciativa de se juntar a ele no leito nupcial.

Tudo isso soara tão fácil antes de Francesca ter conhecido Tristan le Beau. A atração entre eles fora avassaladora. Ela sentira tamanha alegria e pudera jurar que o sentimento fora mútuo. Teria sido mais fácil para ela fugir do que fingir frieza em relação a seu forte e viril marido. Ela amara se juntar a ele no leito matrimonial. Amara conversar com ele até a madrugada. Em suma, aos 16 anos de idade, ela se apaixonara perdidamente por ele.

Não era de se admirar que Tristan jamais tivesse respondido suas cartas. Ela esquecera seu treinamento assim que eles haviam se casado e, com isso, prejudicara a imagem que Tristan tinha dela. Fora ávida demais. Não fora nada como uma *lady*. E, com *lady* Clare assumindo seu lugar em Fontaine, a verdadeira face de Francesca fora revelada ao mundo. *Não sou uma* lady, *nosso casamento acabou. Não posso permitir que um punhado de beijos me iluda e me faça ter esperanças.*

E, como se descobrir naquele dia que, na realidade, ela não era nenhuma *lady* não fosse ruim o suficiente, ela se comportara como uma mulher desvirtuada. O conde des Iles precisava de uma *lady* de verdade, uma que viesse de uma linhagem impecável e tivesse terras para ampliar o poder e a arrecadação dele.

Os beijos de Tristan não significavam nada; ele era ambicioso, precisava de um casamento dinástico.

Como ela fora burra no gabinete de *Sir* Gervase! Perdera-se no beijo dele. Um beijo que a fizera desejar coisas que não eram dela, que jamais poderiam ser.

Tristan queria uma *lady* de verdade. Francesca não tinha como usar a desculpa de que fora dominada pela paixão. Sabia que não devia fazer isso. Ela não podia nem mesmo alegar que a culpa da fraqueza em seus joelhos fora do fato de ela ter visto o lindo rosto dele ou seu poderoso corpo. Estivera escuro demais para que ela enxergasse direito. Estar nos braços dele simplesmente fora demais para ela.

Seu erro fora ter permitido que ele soubesse disso. Mari teria todo o direito de chamá-la de mentecapta. Ela esquecera seu treinamento e, ao reagir a tamanho calor, simplesmente confirmara sua falta de estirpe. Francesca piorara tudo.

Na última curva da escadaria, eles chegaram a uma reforçada porta de carvalho. Curvando-se para além dela, Tristan abriu a porta.

Velas ardiam em candeeiros nas paredes. O quarto, como *Sir* Gervase dera a entender, era mesmo pequeno. Havia uma cama de aparência decente, uma janela longa com persiana e não muito além disso.

A confirmação da identidade de *Sir* Joakim Kerjean atingira Tristan como um golpe no estômago. Abalado por uma absurda combinação de fúria e ansiedade, ele mal ouvira o resto do que *Sir* Gervase dissera.

Sir Joakim Kerjean era o mesmo homem que perguntara a respeito de Francesca em des Iles. O que o homem estava planejando quando a puxara para o corredor do palácio? Eles teriam se falado antes daquilo? Ela teria se tornado amante dele?

Tristan obrigou sua mente a retornar ao momento em que ele os encontrara do lado de fora do gabinete de *Sir* Gervase. Ele queria acreditar que Kerjean atraíra uma inocente Francesca para o corredor. Queria pensar que ela fora encurralada por um admirador indesejado e inesperado. Afinal, ela estapeara o homem com bastante força. Infelizmente, era possível que as coisas não fossem tão simples assim. Tristan precisava manter sua mente aberta a todas as possibilidades, por mais terríveis que ele pudesse considerá-las.

Pense, Tristan, pense. Francesca ainda era a esposa dele. O casamento deles estava em frangalhos. Mesmo assim, ele não conseguia deixar de sentir afeto por ela. Aquele beijo provara, como ele temera, que a paixão deles um pelo outro não estava totalmente morta. E o que Tristan estava sentindo naquele momento, a raiva, a onda de desprezo por Kerjean, a terrível incerteza que atrapalhava a clareza de seus pensamentos, parecia-se muito com ciúme. E o ciúme não o ajudaria naquela situação.

Pense. Quando Tristan os seguira até o corredor, tanto Francesca quanto Kerjean estavam de máscara. A possibilidade mais inofensiva era a de que nenhum dos dois soubesse a identidade do outro, a de que eles tivessem se encontrado puramente por acaso. À luz da investigação que *Sir* Joakim estivera fazendo em des Iles, a ideia de que Tristan tivesse se deparado com um flerte inocente era extremamente improvável. Infelizmente, a possibilidade de que eles haviam se encontrado por mero acaso precisava ser descartada.

Tristan desviou seu olhar de Francesca quando ela olhou pelo quarto e se obrigou a lembrar exatamente o que vira quando estava na galeria. Kerjean a segurara pela mão, puxando-a na direção daquele corredor. Ela teria ido de bom grado? Talvez não tivesse sido um encontro amoroso.

Ele estava começando a sentir um distinto mal-estar. Sem dúvida, fora uma má decisão de Francesca permitir que Kerjean a levasse para longe da segurança da multidão do salão. Talvez o que Tristan tivesse testemunhado tivesse sido simplesmente um leve flerte da parte dela, algo que fugira ao controle de Francesca.

Uma possibilidade muito mais perturbadora era a de que Kerjean tivesse tido o objetivo de obrigá-la a se tornar sua amante. Quais seriam as intenções daquele homem no longo prazo? Casamento? Se Kerjean achava que Francesca era sozinha no mundo, ele podia considerá-la presa fácil.

Pense, Tristan, pense.

Francesca dera um tapa no rosto de *Sir* Joakim. Ela estivera de costas para Tristan, não tinha como saber que ele estava prestes a interrompê-los e, mesmo assim, dera um tapa na cara do homem. Tristan ansiava por acreditar que aquele tapa era a prova da inocência dela. Kerjean, por outro lado, estivera de frente para Tristan, ele o vira chegando. E se o homem tivesse *dito* a Francesca para estapeá-lo, para fazer o encontro deles parecer inocente?

Tristan passou as mãos pelo próprio cabelo. O que havia de errado com ele? Se sentia como se estivesse enlouquecendo. Isso acontecia apenas quando ele estava com Francesca. Ela turvava seus pensamentos como ninguém mais era capaz de fazer. Na realidade, depois de eles terem se casado, Tristan temera ser governado por suas emoções. Temera que seu julgamento estivesse em risco e, quando o conselho o convocara a Rennes para ajudar a conter os rebeldes, isso quase o deixara aliviado. Ele tivera esperanças de que uma separação de Francesca clareasse sua mente.

E ali estava ele, após poucos momentos na companhia dela, confuso como nunca. Era profundamente perturbador.

Ele poderia estar com ciúme? Se esse fosse o caso, ele estava perdendo o duelo com esse sentimento. Mas não mais. Era de Francesca que ele estava falando. Ela jamais teria um amante, não enquanto ainda fosse casada. Jamais o trairia dessa forma, isso não era de sua índole.

Sussurrando um palavrão, Tristan deixou o pensamento em Kerjean de lado. *Preciso contar a Francesca a respeito do conde Myrrdin e devo fazer isso sem mais delongas.* Tristan queria dar a notícia da doença do conde Myrrdin de forma suave a ela. O conde fora como um pai para Francesca, e ela o amava. A notícia de que ele estava em seu leito de morte certamente a entristeceria.

— Francesca? — Tristan a olhou com hesitação. — É melhor você se preparar. Trago notícias de Fontaine.

Olhos acinzentados encontraram os dele. Olhos acinzentados e francos. Olhos ariscos que tinham pontos prateados e dourados dentro deles. Tristan se sentira atraído pelos olhos dela desde o início. Ela certamente não conseguiria olhá-lo daquela maneira se estivesse escondendo alguma traição, conseguiria?

— De Fontaine? — Ela perdeu a cor. — O que aconteceu?

Tristan inspirou fundo.

– Com a sua permissão, vou lhe dizer de forma bem direta. Não há como abrandar isso.

Ela engoliu em seco e uniu as mãos.

— Por favor, faça isso.

— É o conde Myrrdin. Ele está doente, Francesca, mortalmente doente. Ele pediu para que você e eu fôssemos até ele. — A mão dela se esticou na direção dele, recuando em seguida. Novamente sussurrando um palavrão, Tristan pegou a mão dela. Estava gelada; Francesca estava em choque. Ele pegou a outra mão dela.

— Papa, o conde, está morrendo? — A voz dela estava fraca, um sussurro de dor.

— Infelizmente, sim. — Delicadamente, ele acariciou a mão dela.

— Como ficou sabendo? *Lady* Clare?

— Sim, ela enviou uma mensagem ao meu comissário, Sir Roparz. A mensagem estava me esperando quando cheguei ao Château des Iles. Francesca, o conde está definhando rapidamente, e o último desejo dele é vê-la.

Francesca mordeu o lábio, afastou sua mão da dele e começou a andar de um lado para o outro.

— Preciso ir até ele. Amanhã. — Agoniados olhos acinzentados encontraram os dele. — Ele também quer vê-lo?

— Quer.

— Está planejando me acompanhar até Fontaine?

— É claro. Iremos juntos.

— Obrigada. — Ela foi até a cama, olhou-a fixamente e suspirou com pesar. — Então, foi por isso que veio a Provins. Para me dizer que o conde Myrrdin está morrendo.

— Sim, esse foi um dos motivos.

Ela assentiu e não disse nada, deixando Tristan a se perguntar o que se passava dentro da mente dela.

— Francesca, quando recebi a notícia, cavalguei o mais rápido que pude. Preciso lhe dizer que, mesmo que partamos amanhã, mesmo que viajemos com pouca carga e velozes como o vento, talvez não cheguemos a Fontaine a tempo.

— Partiremos ao amanhecer. O rosto dela estava cansado, pálido.

— Preciso dormir, Francesca. Assim como Bastian.

— Bastian?

— Meu escudeiro. Mas tenha a certeza de que partiremos pela manhã.

— Obrigada.

— Viajaremos com pouco peso. E rápido.

— Entendo.

Francesca estava sentada na beira da cama, observando Tristan devorar o pão e a carne que a criada levara até ali. Ela estava curiosa em relação às diferenças entre o homem com quem ela se casara e o homem que ela via diante dela.

Ele mudara de alguma maneira, uma maneira indefinível. Isso estava claro. Fazia dois anos. Ele enfrentara batalhas, encarara a morte. Vira amigos serem mortos. E, além disso, ao menos de acordo com o que ela ouvira, tornara-se um cortesão e tanto. Havia uma perturbadora qualidade tensa nele, e Francesca não sabia ao certo se gostava disso... Uma rigidez que ela não percebera antes. Ele sempre fora daquela maneira? O amor... não, certamente fora luxúria que explodira entre eles, não amor. A luxúria a teria cegado para a verdadeira natureza dele? Ela não o amava, não podia amar. Para amar alguém, era necessário conhecer essa pessoa, e estava ficando dolorosamente claro que Francesca não conhecia Tristan nem um pouco.

Não seria fácil dormir com ele. Ele esperava mesmo que ela se juntasse a ele na cama?

— Tristan?

Ele ergueu o olhar de sua refeição, um lindo desconhecido com olhos azuis rígidos como safiras.

— Sim?

— Não precisamos dividir este aposento. Posso perfeitamente dormir no solar com as outras *ladies*.

Ele rasgou um pedaço de pão e franziu para o queijo que havia no prato.

— Ficaremos juntos.

— Por quê? Porque não sou uma *lady*?

Ele semicerrou os olhos para ela, e, por um instante, Francesca pensou tê-lo desconcertado. Então, deu-se conta de seu erro; ele não esperara ser questionado. Sem dúvida, seus homens o obedeciam sem pestanejar. Ninguém ousaria contestar o lorde Tristan le Beau, Comte des Iles.

— Não seja ridícula.

— Tristan, imagino que vamos buscar uma anulação do casamento. Se não é de bom tom um homem e uma mulher se deitarem juntos quando não são casados, certamente não é de bom tom que um homem e uma mulher se deitem juntos quando estão planejando encerrar seu casamento.

A expressão dele ficou severa.

— Ficaremos juntos.

— Por quê?

— Quero saber onde você está. Quero saber o que está fazendo.

Ela franziu o cenho.

— Mesmo à noite, quando estou dormindo?

— Mesmo assim.

— Não confia em mim. Por quê? Tristan, por favor, diga o que há de errado.

Um músculo se repuxou no maxilar dele. Tristan não respondeu, apenas voltou sua atenção para a comida, deixando Francesca com seus pensamentos. Claramente, o beijo que ele lhe dera fora uma aberração. A anulação do casamento era claramente o que ele queria. Precisava libertá-lo para que ele pudesse ter um casamento adequado. Era uma pena ele tê-la beijado antes de ter lhe dito seus motivos para ir até ali à procura dela. O tolo coração de Francesca voara alto. Por um louco momento, ela pensara que Tristan estivera ali por causa dela.

Como ela era simplória por permitir que um beijo a afetasse tanto. Devia ter um pouco mais de sensatez. Francesca balançou a cabeça. Não podia permitir que ele a desconcertasse, especialmente quando ela estava planejando seguir em frente com sua vida. Mas fora mesmo uma pena ele tê-la beijado. Aquele beijo apenas provara que ela era uma tola se achava que seria fácil se casar com outro homem.

Tristan fora até ali para acompanhá-la a Fontaine porque o conde Myrrdin estava morrendo. Era isso que importava. Ele a levaria à Bretanha e, depois, eles se separariam.

Céus, na última hora, tanta coisa mudara! O conde Myrrdin estava morrendo e, segundo Tristan, ele poderia nem mesmo estar vivo quando chegassem. Um nó se formou na garganta dela. Francesca amava o conde Myrrdin, sempre tivera esperanças de retornar à Bretanha e presumira que ele fosse estar lá para recebê-la. De acordo com o que Tristan dissera, parecia que seria melhor ela rezar por um milagre.

Em silêncio, ela se levantou da cama e se virou de costas para seu marido, enquanto ele terminava a refeição. Francesca colocou sua máscara numa mesa de cabeceira, ao lado de uma jarra de água e de uma bacia. Ela soltou seu véu e começou a se despir.

Depois do casamento deles, Francesca e Tristan haviam dormido nus. Isso não mudaria naquela noite. Ela estava ciente dos olhos de Tristan, fixos nela, enquanto ela empurrava seus calçados para debaixo da cama e tirava o vestido. Francesca não tirou suas vestes íntimas.

Ela se lavou rapidamente, puxou as cobertas e subiu na cama. Rolando de lado, Francesca voltou suas costas para Tristan e esperou.

Ela ouviu o som de uma faca sendo largada sobre o prato. Ouviu o som de algum líquido... Era vinho sendo servido? Não, ele estava usando a água da jarra. Ela esperou um pouco mais.

Roupas farfalharam. A cama baixou com o peso dele.

— Boa noite, Francesca.

— Boa noite, milorde.

Tristan bocejou, mudou de posição sobre o colchão, e o quarto ficou em silêncio.

As horas se passaram lentamente.

Francesca mal conseguia acreditar que estava deitada na cama ao lado do marido que ela nunca esperara ver novamente. Um marido que, aparentemente, confiava tão pouco nela que não estava disposto a deixá-la dormir no solar. Ela fixou seu olhar numa vela, observando-a queimar lentamente até se transformar num pequeno toco antes de se apagar. As sombras vieram. Sem dúvida, Tristan estava dormindo. Sua respiração estava fraca e estável, e ele não se mexia fazia muito tempo.

Francesca suspirou, rolou cuidadosamente de costas e olhou fixamente para a escuridão. Temendo tocá-lo, ela estava tentando desesperadamente ficar imóvel. Ele parecera exausto e claramente necessitado de descanso. Seu rosto estava mais magro do que estivera no passado, e havia uma expressão de preocupação nele que Francesca nunca vira antes.

O sono chegava e partia em períodos entrecortados. Num instante, ela estava olhando para a escuridão, ouvindo a respiração de Tristan. No seguinte, um forte peso se apoiou no ombro dela. A cabeça de Tristan. Durante o sono, eles haviam se aproximado. O pé dele estava enganchado na panturrilha dela, sua mão estava quente na cintura de Francesca. Ele estava nu. Ao menos ela achava que estava. Francesca não tinha como ter certeza, e a exploração estava simplesmente fora de questão.

Delicadamente, ela se afastou aos poucos. A noite continuou em frente, com ela ouvindo a respiração dele.

Na segunda vez em que ela acordou, estava de lado, voltada para ele, a respiração de Tristan quente em seu rosto. Desta vez, a mão dele estava sobre a dela, quase como se ele a estivesse segurando.

Com um leve esforço, ela se libertou e rolou para longe dele.

Na terceira vez em que ela despertou, a luz estava penetrando pelas persianas, e as sombras recuavam. Ela estava de lado, seu corpo firmemente envolvido pelo de Tristan, como se ele fosse protegê-la até o fim dos tempos. Sim, sem sombra de dúvida, ele estava nu.

Parcialmente adormecida, ela ficou deitada ali, imóvel. Sua anágua subira, e ela conseguia sentir a aspereza das pernas dele junto às dela. Francesca conseguia sentir o cheiro dele, um perfume másculo e almiscarado que trouxe de volta lembranças doces; pernas enroscadas num emaranhado de lençóis; beijos demorados; carícias ternas que faziam o sangue dela ferver.

Céus, o que ela estava fazendo? O casamento deles terminara.

Ela sabia disso. E Tristan também.

Capítulo 3

DEIXANDO TRISTAN DESCANSAR DE SUA rigorosa jornada até Champanhe, Francesca se vestiu com o coração pesado e desceu até o salão para encontrar Mari. As mesas já estavam postas para o café da manhã, e Mari estava sentada com um grupo de mulheres num dos compridos bancos. A máscara de pavão estava sobre a mesa, ao lado de um cesto de pão. Estava um pouco surrada, com a pena mais longa amassada.

— Bom dia, Mari.

Mari se levantou de imediato com a energia de uma mulher com metade de sua idade.

— Bom dia, *milady*. Vou pegar pão fresco.

— Não há necessidade, Mari. Preciso falar com você. Imagino que tenha recebido minha mensagem ontem à noite dizendo que lorde Tristan está aqui.

Mari pegou sua máscara e foi com Francesca até a lateral do salão.

— Sim, *Sir* Gervase me contou. — Ela observou Francesca de forma analisadora. — A senhora não está feliz... O que aconteceu?

Francesca inspirou fundo para se acalmar. Mari passara a maior parte de sua vida em Fontaine; ela certamente ficaria mal quando soubesse da doença do conde Myrrdin.

— Lorde Tristan traz notícias preocupantes da Bretanha.

As penas de pavão estremeceram.

— *Milady*?

— O conde Myrrdin está seriamente doente. — Francesca tocou o braço de Mari. — É tão sério que entendo que é improvável que ele se recupere. Ele pediu para me ver. Quer ver lorde Tristan também. Vamos fazer a jornada de volta à Bretanha juntos.

— O conde Myrrdin está morrendo? Oh, *milady*, que notícia terrível!

— Lorde Tristan e eu partiremos esta manhã, antes do meio-dia. — Francesca piscou para conter as lágrimas. — Deseja nos acompanhar?

Mari segurou a mão de Francesca e assentiu ferozmente.

— É claro. De qualquer forma, a senhora precisará de uma aia.

Francesca conseguiu abrir um sorriso.

— Acho prudente lhe avisar que a jornada será apressada e, provavelmente, muito cansativa. Infelizmente, pelo que sei, não temos muito tempo.

Mari a olhou de forma entristecida, e uma lágrima escorreu lentamente por uma de suas faces.

— Conde Myrrdin — murmurou ela, a voz embargada. — Um dos melhores.

Os olhos de Francesca arderam.

— Sim. — Ela endireitou os ombros. — Mari, precisamos retornar à mansão e fazer as malas. Cada uma de nós levará um alforje.

— Apenas um, *milady*?

— Chegaremos a Fontaine mais rapidamente se viajarmos com pouca carga. Venha, é melhor retornarmos à mansão. Se ainda estiver com fome, poderá comer lá.

— Sim, *milady*. — Mari olhou de relance na direção da escadaria. — E lorde Tristan?

— Ele está exausto. Avisaremos ao escudeiro dele o que faremos, e eles poderão se juntar a nós na mansão quando lorde Tristan estiver pronto.

— Perfeitamente, *milady*.

Ao ver *Sir* Gervase entrar no salão, Francesca foi na direção dele.

— Eu me despedirei de *Sir* Gervase e a encontrarei no estábulo.

Uma hora depois, Francesca estava de volta a seus aposentos em Paimpont, ajoelhada diante de uma das três arcas de viagem que estavam encostadas junto à parede. Ela se sentia dividida.

O conde Myrrdin estava morrendo. Era difícil aceitar isso. O conde estava envelhecendo. Por isso, não devia ser tamanho choque para ela. No entanto, fora. Francesca passara todo aquele tempo imaginando que retornaria à Bretanha e o veria novamente. Ela nunca imaginara que esse reencontro aconteceria diante do leito de morte dele, presumindo-se que eles chegassem lá a tempo. Que tristeza. Ela não dera o devido valor ao conde Myrrdin!

E também havia Tristan, ali em Champanhe. Ela ainda não conseguira absorver por completo essa realidade.

Com tudo isso, Francesca se sentia totalmente entorpecida. Era apenas a segunda vez em sua vida que ela se sentia tão perplexa. A outra vez fora quando *lady* Clare e *Sir* Arthur Ferrer haviam chegado a Fontaine trazendo a notícia de que Francesca não era filha do conde Myrrdin. Depois disso, Francesca vivera num estado de torpor, duvidando de tudo e todos.

Lady Clare era a verdadeira filha do conde Myrrdin. Francesca, apesar de sua criação, não era ninguém.

Paralisada pela incerteza, Francesca não soubera mais como se comportar. Quem ela era? O que ela era? Ela fora criada como uma *lady*, mas não o era.

Investigações haviam sido feitas em relação à linhagem dela, mas nenhuma das pistas dera frutos. No final, ela se resignara ao fato de que seu histórico permaneceria envolto pela escuridão. Ela não era ninguém. De certa forma, teria sido melhor se tivessem descoberto que ela era uma mera camponesa. Ao menos assim teria encontrado seus pais.

Não sou ninguém. Por vezes, Francesca tivera dificuldade de articular uma frase. Sem saber o que se esperava dela e sem nenhum sinal de seu elusivo marido, ela se escondera em sua mansão em St. Méen tendo apenas Mari como companhia. Fora necessária uma visita da recém-nomeada *lady* Clare para fazê-la se abrir.

Lady Clare fora maravilhosa. Tão compreensiva! A nova *lady* de Fontaine tivera uma vida dura e deixara imediatamente claro que não dificultaria a vida de Francesca. *Lady* Clare lhe pedira para que a considerasse uma irmã. E fora *lady* Clare quem urgira o conde Myrrdin a permitir que Francesca ficasse com St. Méen. Por direito, o local devia ter sido entregue a Clare, como legítima filha do conde.

Mesmo com a bondade de Clare, Francesca tivera dificuldade de se adaptar à sua mudança de status. Ela se sentira ferida. Sua mente ficara um caos. Sentindo que precisava se recuperar num lugar onde não houvesse nenhuma lembrança de sua vida anterior, ela fora a Champanhe.

Com o coração pesado como chumbo, Francesca tocou a fria borda de metal da arca de viagem. Não havia tempo para ficar em choque naquele dia, embora, na verdade, fosse isso que ela sentia. Ela olhou apaticamente para as arcas. Elas continham todas as posses dela e, antes do baile, Francesca passara dias as arrumando, preparando-se para sua partida de Paimpont.

Não tendo recebido nenhuma resposta de Tristan, Francesca concluíra que não era mais bem-vinda ali. Ela estivera pronta para partir. Se Tristan tivesse chegado com aquela notícia alguns dias depois, ele não a teria encontrado mais ali.

Algumas semanas antes, depois de muita tristeza e ponderação, Francesca concluíra que o fim dos tempos chegaria antes de uma resposta de Tristan a suas cartas. Ela entrara em contato com Helvise, uma amiga que ela conhecera no mercado de Provins, e lhe dissera que estava pronta para ir a Monfort. Helvise tinha um histórico humilde, como Francesca e, quando ela admitira estar tendo dificuldades para administrar uma pequena mansão nos arredores da cidade, Francesca soubera que poderia ajudar. Francesca podia não ser uma *lady* de verdade, mas fora treinada para administrar um castelo, e responder às perguntas de Helvise fora brincadeira de criança. E, quando Francesca se dispusera a ir morar na mansão de Helvise para poder lhe ensinar tudo que sabia, a amiga se agarrara com tudo à proposta dela.

Francesca se dera conta de que, se ela continuasse morando na mansão de Tristan, jamais se libertaria dele. Passaria a eternidade esperando que ele aparecesse no pátio. Ora, se ela tivesse recebido uma moeda de prata para cada dia em que se flagrara desejando que Tristan a erguesse em sua sela e a carregasse de volta ao Château des Iles, ela seria uma mulher rica.

No entanto, a venda caíra de seus olhos. Já esperara o bastante. Queria um casamento de verdade. Com a graça de Deus, ela queria filhos. Era possível que ela e Tristan tivessem simplesmente tido azar. Claro, ela queria apenas os filhos de Tristan, mas, se não pudesse tê-los com ele, por mais que isso a entristecesse, encontraria outra pessoa. Não fazia sentido estar casada com um homem que ninguém via. Começar uma nova vida com Helvise lhe parecera a solução perfeita; havia um grande conforto na sensação de ser necessária.

Helvise precisava ficar sabendo dessa mudança de planos.

Preciso refazer as malas rapidamente. O conde Myrrdin está morrendo, e preciso ir até ele.

Com o coração pesado, Francesca pôs a mão dentro da arca e afastou para o lado seu vestido escarlate, perfeitamente dobrado. Tecidos vermelhos eram caros, usados apenas por nobres. O vestido não era adequado à cavalgada até a Bretanha e, mesmo que fosse, ela já não tinha mais a audácia de usá-lo.

Ela vasculhou a arca. Houvesse o que houvesse, ela precisava se lembrar de uma coisa: o único motivo de Tristan tê-la procurado era o fato de ele estar honrando o último desejo do conde Myrrdin de vê-la novamente. Tristan teria ido a Champanhe se não fosse pelo último pedido do conde? Ela duvidava disso.

Tristan mencionara a necessidade de que eles viajassem com pouca carga. Francesca precisaria de alguns de seus vestidos mais práticos, alguns mantos, um véu sobressalente, um par de calçados além de suas botas de montaria, um bom vestido, uma anágua extra...

Mari entrou com passos pesados no aposento, um alforje pendurado em cada ombro.

— Ned encontrou isto para nós, *milady* — falou ela, enquanto uma das bolsas deslizava para o chão com um baque. — Ele sugeriu que a senhora usasse esse. Parece bastante novo.

— Obrigada. — Francesca puxou a bolsa para si e a olhou com desconfiança. Não parecia grande o suficiente para conter tudo de que ela precisaria, mas serviria. — Está satisfeita com a outra?

— Sim, *milady*. Vamos, permita-me ajudar.

Francesca a dispensou com um gesto.

— Você tem suas próprias coisas a arrumar. Consigo fazer isso sozinha.

Mari assentiu. No caminho até a porta, ela abriu um melancólico sorriso para Francesca.

— Retornaremos a Champanhe, *milady*?

Francesca se apoiou sobre os joelhos.

— É claro. Não podemos falhar com Helvise.

Mari olhou fixamente para a pequena pilha de roupas que Francesca separara para a jornada.

— Não levará alguns de seus vestidos bons? Não precisará deles em Fontaine?

— Mari, não sou mais a herdeira de Fontaine. Isso não seria certo. De qualquer forma, lorde Tristan insistiu para que viajássemos com pouco peso. *Sir* Ernis cuidará de nossas coisas, tenho certeza. — Pensativamente, Francesca passou seu dedo indicador por uma linha de costura no alforje. — Mari, precisaremos informar a Helvise que nossos planos mudaram e que nossa visita a Monfort será adiada. Não me deixe esquecer.

— Pois bem, *milady*.

Tristan estava na guarita da mansão, dando instruções de última hora para *Sir* Ernis antes da partida deles.

— Ernis, como não viajaremos em grupo grande, tudo de que precisaremos em termos de comida será um pequeno suprimento de pão e queijo. Um pouco de cerveja e algumas garrafas de vinho. Não podemos carregar muita coisa. Precisamos simplesmente de algo para nos sustentar caso não encontremos uma estalagem quando a fome chegar.

— Claro, milorde. Tivemos frango ontem à noite. Posso pedir ao cozinheiro para embrulhar um pouco em musselina para sua refeição do meio-dia.

— Agradeço. Peça para que alguém entregue a Bastian. Ele ficará encarregado das provisões.

Um som de cascos de cavalos levou Tristan até a porta. Ned estava montado e saindo pelo portão. Considerando um tanto incomum que um cavalariço saísse cavalgando sozinho àquela hora, Tristan fixou seu olhar no dele, e o rapaz se aproximou.

— Milorde?

— Tem algo a fazer em Provins?

— Não, *mon seigneur*, vou para a mansão de Monfort. — Ned tocou seu alforje. — *Lady* Francesca me pediu para entregar uma carta.

— Ela está escrevendo para alguém em Monfort? — Tristan gesticulou para que o garoto seguisse em frente e olhou, pensativo, para seu comissário. Era natural esperar que Francesca tivesse feito amizades durante sua estadia em Champanhe. Tudo que Tristan sabia a respeito de Monfort era que o local ficava a alguns quilômetros de Provins. Como ele acabara de retornar, ainda não nomeara os proprietários de terras. — Ernis, quem detém o controle de Monfort?

— *Sir* Eric, milorde.

Tristan se recostou no batente da porta e cruzou os braços diante do peito.

— Nunca ouvi falar dele.

— *Sir* Eric foi criado em Jutigny com o conde Faramus de Sainte-Colombe. Ele se casou com a filha do conde, *lady* Rowena.

Tristan uniu as sobrancelhas.

— E minha esposa anda escrevendo para Monfort porque...?

Sir Ernis pigarreou e desenvolveu um intenso interesse pela ponta de sua própria bota.

— Eu... Não creio que *lady* Francesca esteja escrevendo para *Sir* Eric ou *lady* Rowena, milorde. Imagino que esteja escrevendo para uma das criadas dele.

As sobrancelhas de Tristan se ergueram.

— Ela está escrevendo para uma criada? — Ernis ergueu o olhar. Com um choque, Tristan se deu conta de que seu comissário estava profundamente desconfortável. — Essa tal criada ao menos sabe ler?

— Não faço ideia, milorde. O nome dela é Helvise, e creio que ela seja a governanta de *Sir* Eric. Milorde, ela conheceu sua esposa no mercado, e elas se tornaram amigas. Não sei muito a respeito, a não ser pelo fato de que Helvise tem um filho, e o senhor sabe como *lady* Francesca adora crianças.

Tristan sentiu uma pontada de culpa. Ele não sabia.

— E?

— *Lady* Francesca estava planejando visitar Monfort.

— Para ajudar com a criança.

— É possível. Helvise não é casada — disse *Sir* Ernis. — Também fiquei sabendo que Helvise pediu conselhos em relação à mudança de alguns planos domésticos em Monfort. *Lady* Francesca se dispôs a ajudá-la.

— Parece um tanto irregular.

— Milorde, não creio que exista motivo para alarme. Conheci Helvise, e ela me pareceu uma mulher inteligente e honesta.

— Ao menos isso já é alguma coisa.

— Se estiver preocupado, *mon seigneur*, talvez seja melhor falar com *lady* Francesca. Tudo que sei é que, cerca de uma semana antes do baile, ela pediu para que suas arcas de viagem fossem levadas para seus aposentos. Ela e Mari passaram dias arrumando as malas. Eu lhe contaria a respeito disso no meu próximo relatório a *Sir* Roparz, mas, como *lady* Francesca não chegou a ir de fato e ainda podia mudar de ideia, não vi motivo para dizer nada.

Tristan enganchou seu polegar em seu cinto. Francesca não mencionara que tinha planos de visitar Monfort. Contudo, ela e Tristan não tinham passado muito tempo juntos e, depois que ele lhe contara a respeito da doença do conde Myrrdin, sem dúvida, todo o resto desaparecera da mente dela. O que ela estaria tramando? Planejando começar uma nova vida em Monfort ou — o rosto de *Sir* Joakim Kerjean surgiu na mente dele — estaria pensando em se casar novamente?

Misericórdia, ao menos a jornada até Fontaine a levaria para longe de Kerjean.

— Obrigado, Ernis, eu me certificarei de perguntar a ela. Agora, em relação a seus relatórios, pode enviá-los diretamente a mim de agora em diante. Partiremos para Fontaine, onde certamente passaremos alguns dias. Depois disso, poderá me encontrar no Château des Iles.

Sir Ernis sorriu.

— Imagino que o senhor vá ficar feliz por permanecer num único lugar depois de tanto tempo acompanhando o príncipe.

Tristan murmurou, assentindo.

— Não posso negar; venho vivendo como um cavaleiro andarilho e estou francamente farto disso. Será bom ter o mesmo teto sobre a minha cabeça por mais de uma semana. — O sorriso dele desapareceu. O que diabos ele faria com Francesca? Com sorte, ele logo provaria que o encontro dela com *Sir* Joakim fora mera coincidência.

E depois? No palácio, Francesca dera a entender que esperava uma anulação do casamento. O que ela faria depois disso? Se ela queria filhos, precisaria se casar.

Ele fez cara feia. Havia um gosto amargo em sua boca; pensar em Francesca se casando novamente não lhe agradava. O motivo, ele não sabia dizer. Ela saíra da vida dele, não era mais sua responsabilidade. Na realidade, fazia muito tempo que Tristan chegara à conclusão de que os sentimentos que ela despertava dentro dele, tão envolventes que beiravam a obsessão, debilitavam-no. Eles anuviavam seu julgamento. Enfraqueciam-no.

Porém agora que ele a vira novamente, Tristan percebia que não podia simplesmente deixá-la de lado. Afinal, era Francesca, pelo amor de Deus! O que ele faria? Anularia o casamento deles e a esqueceria?

Não era possível. Ele pensara ser capaz de fazer isso, achara que seria relativamente fácil, mas isso fora antes de ele tê-la visto com Kerjean, antes daquele surto de ciúme que o dilacerara. Ele não conseguia esquecê-la. Não Francesca. Ele sempre a desejaria. As emoções que ela despertava nele, embora indesejadas, faziam Tristan se sentir verdadeiramente vivo.

Impacientemente, ele deixou suas emoções de lado em sua mente. O que importava era que, no dia do casamento deles, ele aceitara a responsabilidade por ela, e Tristan não era um homem que negligenciava seus deveres. Ele já pensava assim antes de ficar sabendo da doença do conde Myrrdin e, agora, sabendo que Francesca logo estaria sozinha no mundo, a determinação de Tristan se fortalecera. *Se Francesca quiser se casar novamente, eu precisarei garantir que esse casamento seja bom.*

Do contrário, o que aconteceria com ela? Ela não tinha mais ninguém para cuidar dela e, claramente, apesar dos meses que haviam se passado, ela permanecia sendo inocente. A suavidade de seus lábios sob os dele, a maneira como ela se derretera junto a ele... Céus, fora um grave erro beijá-la. Ele precisaria garantir que o casamento dela fosse bom. Com um homem sensato e honrado. Então, com Francesca em segurança, ele pensaria em seu próprio matrimônio.

Não deveria ser difícil encontrar um marido para Francesca. Sim, ele encontraria um marido para ela. Não demoraria muito. Afinal, ela era deslumbrantemente linda, tinha um coração bondoso e era extraordinariamente dotada entre quatro paredes. Mas...

Deus, aquele encontro com *Sir* Joakim retornara à mente dele. Parecia que ele não era capaz de esquecer!

— *Sir* Ernis?

— Milorde?

— Ouviu falar de um cavaleiro bretão de nome Joakim Kerjean?

— Não posso dizer que sim. Por quê?

— *Sir* Joakim estava no baile ontem à noite, e eu estava me perguntando se ele costuma visitar Provins com frequência.

— Milorde, não faço ideia. Caso queira, posso investigar.

— Eu ficaria feliz com isso. Não deixe de encaminhar todas as informações a respeito dele para mim em des Iles.

— Certamente, milorde.

Tristan jurara proteger Francesca e, se Kerjean tinha a intenção de se apresentar como um dos pretendentes de Francesca depois que o casamento deles fosse anulado, era o dever de Tristan se certificar de que o homem fosse honrado.

De certa forma, era uma pena que Tristan não pudesse continuar casado com ela. Assim, ele poderia ficar de olho em Francesca.

Claro, ele precisaria ignorar o fato de que ela fugira após a revelação de que *lady* Clare era a legítima filha do conde Myrrdin. Isso não seria nenhuma grande dificuldade. Francesca fora tão jovem, e as circunstâncias haviam sido extremamente infelizes.

O que mais o incomodava era a ausência de resposta dela às cartas dele. Tristan ficara em agonia com aquilo, dizendo a si mesmo que, provavelmente, ela tinha vergonha de que as revelações a respeito de seu histórico significavam que ela lhe propiciara um parco dote. Contudo, ter continuado sem responder... Era difícil ignorar isso.

Ele fechou sua expressão. A balança estava começando a pesar contra ela. A noite anterior teria sido a primeira vez que *Sir* Joakim a encontrara? Tristan achava difícil acreditar que não, mas ele não conseguia parar de se perguntar. *Eu a conheço bem de fato? A menina encantadora se transformou numa mulher calculista?*

Tristan segurou o ombro de seu comissário.

— Agradeço por sua constante lealdade, Ernis.

— Não há de que, milorde. Eu me certificarei de que a comida seja embalada e entregue a Bastian.

Tristan deixou Ernis e atravessou o pátio com passos rápidos. Ele queria ver o quarto principal antes de partirem. Fazia anos que ele não o via, e o que Ernis dissera sobre os planos de Francesca de visitar Monfort despertara a curiosidade dele.

Quando Tristan passou pelo salão, percebeu pela primeira vez a mesa de canto polida e o cheiro de cera. Ele parou para observar. Havia mudanças desde sua última visita. A centenas de quilômetros de seu condado na Bretanha, Paimpont era sua mansão mais distante. Sempre lhe parecera um tanto acabada. Abandonada. O pai de Tristan a negligenciara, e Tristan sempre tivera a intenção de compensar isso. Contudo, os acontecimentos haviam conspirado contra ele, que acabara nunca sendo capaz de dar a Paimpont a devida atenção. Agora, entretanto, o chão estava coberto por tapetes novos, o pano da mesa de treliça estava impecavelmente branco e uma jarra com flores silvestres ficava no centro dela, ao lado de um candelabro de prata polida. O salão nunca tivera uma aparência tão acolhedora. A boca dele se ergueu num dos cantos. Aquele não era o trabalho de *Sir* Ernis. Claramente, Francesca não ficara ociosa.

No segundo andar, Tristan abriu a porta do quarto e entrou, piscando os olhos ao ver as arcas de viagem enfileiradas junto à parede. Elas não estavam trancadas. Franzindo o cenho, ele abriu a tampa de uma delas e espiou lá dentro. Certamente aqueles deviam ser os melhores vestidos dela. Ajoelhando-se, ele os virou na mão. Aquele era o vestido lilás que ela usara no dia do casamento deles. E aquele outro, certamente, era o manto de brocado que ele lhe dera. Abrindo uma bolsa de couro cor de creme, ele retirou uma tiara de prata adornada com ametistas. Tristan dera aquilo a Francesca como presente de casamento.

Colocando a tiara de volta onde ele a encontrara, Tristan abriu outra tampa. A Bíblia de Francesca estava acomodada entre dois outros vestidos; um colar coral estava envolto num xale de lã. Ele recordou que ela lhe dissera que o conde Myrrdin lhe dera aquele colar quando ela era criança. Tristan abriu o último dos baús e encontrou mais tesouros de Francesca. Uma faca de mesa com cabo feito de osso; um colar de contas; uma tira de bordado feita com muita perícia. Os pertences de Francesca reduzidos a três arcas de viagem. Ele franziu ainda mais o cenho.

A viagem que ela estivera planejando fora mais do que uma visita. Francesca estivera pensando em partir de vez.

Bem, no que dependesse dele, isso não aconteceria. Não com tantos assuntos pendentes entre eles.

Tristan coçou o queixo quando um estranho pensamento lhe ocorreu. Talvez ele devesse assumir parte da culpa pelo desaparecimento de Francesca da Bretanha. Ele nunca lhe dissera quanto gostava dela. E, por não querer que ela ficasse com medo dos perigos representados pelo conflito entre o rei Henrique e seus filhos, Tristan não lhe explicara como era vital que o ducado tivesse o apoio dele.

Ele também escondera outras coisas dela, assuntos pessoais importantes. Ele nunca lhe contara a respeito de Esmerée, sua amante antes de seu casamento com Francesca.

Naturalmente, Tristan encerrara seu relacionamento com Esmerée antes de conhecer Francesca. De fato, agora, Esmerée estava casada e feliz com o melhor amigo de Tristan, *Sir* Roparz de Fougères. Ainda assim, talvez ele devesse ter contado a Francesca a respeito dela. Sua única desculpa era o fato de Francesca ser tão jovem quando eles haviam se casado. Ela fora tão inocente. E o venerara tanto. Nunca ninguém o idolatrara daquela maneira, e Tristan tivera medo de destruir isso.

Ele devia ter lhe contado a respeito de Esmerée? Seu relacionamento com Esmerée fora puramente físico, nunca houvera aquele perturbador senso de reconhecimento, de ter encontrado seu lugar que ele sentira com Francesca. Ele nunca vira motivo para mencionar casos antigos a sua inocente esposa.

Tristan fez uma expressão de dor. Ele estivera enganando a si mesmo. Houvera consequências de seu relacionamento com Esmerée. Ela dera à luz Kristina, a única filha de Tristan e, no instante em que isso acontecera, ele devia ter contado a Francesca.

Eu devia ter contado a Francesca a respeito de Esmerée, devia ter contado que tenho uma filha.

Contudo, as coisas não eram tão simples assim. Tristan pretendia assumir Kristina como sua filha, mas o prolongado distúrbio na Bretanha fora o culpado por seu silêncio. Se a aliança rebelde tivesse ficado sabendo que o conde des Iles tinha uma filha ilegítima, a vida de Kristina teria sido posta em risco. Até então, apenas três pessoas sabiam da verdade: ele próprio, Esmerée e seu amigo Roparz.

No entanto, com a aliança destruída e a paz de certa forma restaurada, a necessidade de discrição em relação a Kristina não era mais tão urgente. Ele estava livre para contar a Francesca a respeito dela.

Mas de que serviria contar isso a ela? Com ambos pensando num divórcio, isso importava?

Tristan fechou a arca com um baque e sussurrou um palavrão. Importava. Por algum motivo indecifrável, ele queria que Francesca soubesse de Kristina.

Obviamente, ele não podia lhe contar imediatamente. Já havia coisas demais na mente dela, com a doença do conde Myrrdin. Mas em breve.

Sim, ele contaria a Francesca a respeito de sua filha depois que ela se despedisse do conde Myrrdin... Papa, como ela o chamava.

Com os lábios contraídos, Tristan se levantou e foi até o alto da escadaria.

— Ernis, ainda está no salão? Ernis!

Pesadas botas soaram no assoalho lá embaixo.

— Milorde?

— Tranque os baús de lady Francesca e peça para que eles sejam enviados para nós, sim? Não há necessidade de enviá-los a Fontaine. Eles podem ir diretamente a des Iles, juntamente com seu próximo relatório.

Capítulo 4

Era um glorioso dia de primavera quando Francesca e Tristan saíram pela estrada à frente de Bastian e Mari. Um punhado de nuvens vagava pelo céu, as folhas dos arbustos estavam crescendo, e as cercas vivas estavam cheias de pardais.

— Vejo que ainda está cavalgando em Flint — falou Francesca, olhando para o cavalo cinza de Tristan.

— Ele combina comigo. — Com a expressão se abrandando, Tristan gesticulou para a égua de Francesca. — E eu vejo que você continua com Princesa. Fiquei pensando nisso. Achei que você pudesse tê-la deixado para trás.

— Ela é perfeita. Eu seria louca se a deixasse na Bretanha. — Francesca contraiu os lábios firmemente. Na realidade, Tristan lhe dera Princesa no noivado deles. O pelo dela era preto e brilhante, e ela era muito adorada. Francesca estava relutante em revelar quanto exatamente a égua significava para ela. Toda vez que montava nela, o que acontecia com frequência, ela pensava em Tristan.

Tristan fez um brusco movimento positivo com a cabeça, deixando Francesca a se perguntar se ela teria imaginado a suavidade na expressão dele.

— Quero aproveitar este clima ao máximo — falou ele, fazendo Flint acelerar. — Não vai ficar seco eternamente, e uma estrada seca é infinitamente preferível a ver os cavalos atravessando quilômetros de lama.

Francesca urgiu Princesa a acelerar. Seu coração estava pesado. O conde Myrrdin tinha um lugar tão importante em sua vida! Ela não o via fazia dois anos e, mesmo assim, ele vivia em sua mente, como se eles tivessem se falado ainda no dia anterior. Durante 18 anos, ela o venerara como um pai amoroso e generoso.

O conde tinha muitas excentricidades: o esquecimento que parecia contrastar tanto com a maneira como ele nunca deixava de honrar a memória de sua amada esposa, a condessa Mathilde; o emaranhado de seu cabelo e sua barba brancos como a neve; seus extraordinários olhos de cores diferentes, um acinzentado e o outro verde. Cada excentricidade servia apenas para ressaltar como ele era um homem peculiar e amável. O dia em que Francesca descobrira que o conde Myrrdin não era seu pai fora um dia sombrio.

A vida dela simplesmente desmoronara. De uma só vez, ela perdera um pai amado e também seu lugar no mundo. Fora praticamente impossível aceitar que ela não tinha nenhuma conexão com Fontaine. Ela era uma farsa, e seu posto de nobre não passava de uma mentira. Lançou um olhar de esguelha para Tristan; ela também perdera o respeito de seu marido. Sem ter sequer uma gota de sangue nobre fluindo em suas veias, ela perdera seu propósito na vida.

No entanto, aquela não era hora de remoer seu casamento desastrosamente inadequado. O homem que ela consideraria para sempre seu pai estava morrendo.

— O conde Myrrdin é o homem mais bondoso que conheço — murmurou ela, seus olhos ardendo. — Rezo para que ele não esteja sofrendo.

Francesca achou que Tristan não a tivesse escutado. Ele estava olhando por cima do ombro para Mari e Bastian. Bastian estava com um cavalo de carga, puxando-o pela rédea. A não ser por isso, eles estavam viajando com pouco peso, como Tristan sugerira.

Acompanhando o olhar de Tristan, ocorreu a Francesca por que ele insistira para que eles usassem roupas práticas e cotidianas. Ninguém os identificaria como o conde e a condessa des Iles. Sem dúvida, o conde e a condessa des Iles viajariam pelo mundo usando sedas coloridas e linho de qualidade. Eles teriam uma majestosa comitiva; guardas e criados para atender a todos os seus caprichos. Daquela maneira, apenas com Mari e Bastian, além de um solitário cavalo de carga, eles passariam pelas cidades e vilarejos muito mais rapidamente. Não haveria pompa e, certamente, nada de cerimônia. Eles estavam viajando no anonimato. Com um pano cobrindo o escudo de Tristan, as três potentilhas pretas estavam ocultas.

Ela sentiu um aperto dentro de si. Tristan queria que eles viajassem sem interrupções porque sentia vergonha dela? De sua esposa plebeia? Balançando a cabeça, Francesca deixou de lado esse pensamento. Tristan era um homem orgulhoso, não cruel.

Ele pigarreou.

— Sua aia Mari não é mais jovem. Tem certeza de que ela consegue nos acompanhar?

— Tenho. Mari é mais vivaz do que muitas mulheres com metade da idade dela. Ela nunca fica parada. E o pai dela foi cavalariço em Fontaine. Ela aprendeu a cavalgar desde pequena.

— Bom saber. É mais seguro se ficarmos juntos. — Tristan voltou seu rosto para a frente e urgiu Flint a acelerar. — Francesca, não creio que você precise se preocupar com o sofrimento do conde Myrrdin. Fiquei sabendo que *lady* Clare é muito competente.

— Sim, ela é de fato.

Penetrantes olhos azuis encontraram os dela.

— Eu não sabia ao certo se você a conhecia bem.

— Bem o suficiente para saber que ela não negaria suco de papoula se Papa estivesse sentindo dor.

Tristan a olhou fixamente.

— Duvido que suco de papoula seja necessário. Conhecendo o conde Myrrdin como conhecemos, acho seguro presumir que é mais provável que ela tenha dado início a uma de suas profundas abstrações.

Com os olhos se anuviando, Francesca olhou fixamente à frente.

— Rezo para que sim.

O couro rangeu quando Tristan esticou a mão para pegar por um instante a dela.

— Nossa principal preocupação será o fato de ele poder falar com você quando chegarmos a Fontaine.

Francesca sentiu sua garganta se fechar. Tristan tinha boas intenções, que Deus o abençoasse. Ele estava lhe avisando que eles poderiam chegar tarde demais. Piscando os olhos com força, Francesca assentiu, e Tristan recolheu a mão.

— Darei o melhor de mim para garantir que cheguemos lá o mais rapidamente possível. — Ele fez uma pausa. — Francesca?

— Sim?

— O que aconteceu quando *lady* Clare veio a Fontaine reivindicar sua herança?

Francesca se sentiu ficar rígida. Vergonha. Mágoa. Amargura. Contudo, os olhos azuis de Tristan estavam gentis. Pensativos.

— Tristan, tenho certeza de que já lhe contaram tudo.

— Contaram, de fato, mas eu gostaria de ouvir sua versão dos acontecimentos.

— Pois bem. A chegada de *lady* Clare foi muito inesperada. Ela chegou sem pompa, com apenas um cavaleiro a acompanhá-la.

— *Sir* Arthur Ferrer. Sim, disso, eu sabia. Ela revelou sua identidade de imediato?

Com um aperto no peito, Francesca olhou fixamente para suas próprias mãos.

— Ela não precisou fazer isso. No instante em que Papa pôs os olhos nela, ele viu a condessa Mathilde nela. — Francesca balançou a cabeça. — Assim como metade dos criados dele. *Lady* Clare tem cabelos ruivos. Mas a maior semelhança está nos olhos. Cada um tem uma cor.

— Um é acinzentado, e o outro, verde?

— Sim, são *exatamente* como os de Papa.

Tristan grunhiu.

— Sem dúvida, os olhos do conde Myrrdin são excepcionais.

O alforje de Francesca rangeu.

— Quando você os vir juntos... — A voz dela falhou. — *Se* você os vir juntos, perceberá que não há dúvida. Papa ficou tão chocado quanto eu, mas a reconheceu rapidamente como sua filha legítima. — Ela segurou as rédeas com força. — Tristan, eu lamento de verdade por você ter se casado comigo acreditando numa farsa. Se eu soubesse, jamais teria aceitado me casar com você.

Tristan fez um som de irritação.

— *Bon sang*, Francesca, eu jamais pensaria isso de você.

A garganta dela se fechou, seus olhos se encheram de lágrimas.

— Obrigada.

Ele grunhiu.

— Francesca, você passou toda a sua vida sendo considerada a filha do conde Myrrdin. Alguém tentou descobrir como um erro tão terrível pôde ter sido cometido?

— Sim, de fato, Papa investigou, e o sacerdote do castelo, padre Alar, contou tudo. Anos antes, ele havia ouvido a confissão de um dos moradores do vilarejo.

Tristan se curvou na direção dela, seu cenho levemente franzido.

— Sacerdotes não costumam revelar o que é dito numa confissão.

— É verdade, mas, dado o tempo que havia se passado desde a confissão e a importância do assunto, o padre Alar contou a Papa que um dos moradores do vilarejo havia confessado que sua irmã havia roubado uma criança e fugido com ela.

— Um morador do vilarejo roubou *lady* Clare do berço?

— É o que parece.

— E depois? Como foi possível que não percebessem a diferença entre você e *lady* Clare?

Francesca suspirou.

— Para responder a essa pergunta, precisamos nos aventurar no reino da especulação, infelizmente. A condessa Mathilde morreu dando à luz *lady* Clare, e Papa ficou tão triste que creio que ele não tenha tido muito tempo para um bebê.

Tristan assentiu.

— Isso faz sentido. Meu próprio pai ficou enlouquecido quando minha mãe morreu. — O olhar dele se fixou nela. — Quanto a você, a ama de leite deve ter percebido que estava amamentando uma criança diferente. Deve ter participado de tudo. Ela ainda está viva?

— Infelizmente, não. Embora eu concorde que ela deva ter tido ciência disso. Tudo que posso imaginar é que ela entrou em pânico quando *lady* Clare desapareceu e eu fiquei como substituta. O padre Alar contou a Papa que ele não tinha ouvido nenhuma confissão da ama de leite.

— Se a ama de leite trocou mesmo você por *lady* Clare, é provável que ela tenha ficado aterrorizada demais para admitir isso. Francesca?

— Sim?

— De onde você veio? E os seus pais verdadeiros? O conde Myrrdin ficou sabendo de algo a respeito do *seu* histórico?

Ela baixou o olhar.

— Não. A não ser por essa única confissão a respeito do roubo de *lady* Clare, não sabemos nada. Lamento, Tristan, meu histórico é um completo mistério. Realmente, não sou ninguém.

— Deus, a culpa não é sua, Francesca. Quero que você saiba como sinto pesar por não ter estado ao seu lado quando *lady* Clare chegou a Fontaine. Houve muito constrangimento entre vocês quando ficou claro quem ela era?

Francesca o olhou, surpresa. Com sua mente no conde Myrrdin e na doença dele, ela não esperara um pedido de desculpas de Tristan. E certamente não esperara todas aquelas perguntas. Ela fixou seu olhar num vinhedo à direita da estrada. As parreiras estavam podadas e presas em estacas, reluzentes cachos verdes se desenrolando das raízes.

— *Lady* Clare tem um coração muito terno. Gosto dela. Todos gostam.

— Você ficou irritada?

— Não de início. Acho que fiquei em choque.

— É compreensível.

— No início, não consegui acreditar que ela fosse filha de Papa, mesmo que as evidências estivessem presentes toda vez que eu a olhava.

— Os olhos de seu pai; o cabelo da condessa Mathilde.

— Exatamente. Tristan, quando você a conhecer, verá que é impossível questionar o parentesco de *lady* Clare. Ela é a herdeira de Fontaine. E foi bondosa comigo. Ela pareceu entender minha confusão, e, quando disse que iria com *Sir* Arthur a Troyes, decidi acompanhá-la.

O olhar de Tristan ficou atento.

— Fiquei surpreso quando Roparz me enviou a informação de que você havia se estabelecido em Paimpont. Eu estava afundado até o pescoço em assuntos do ducado à época, de olhos bem abertos para o príncipe Godofredo.

— Deve ter sido um desafio.

— Foi como pisar em ovos. O rei Henrique não confiava no príncipe. Céus, ninguém confiava em ninguém. Fui enviado à Inglaterra durante algum tempo.

Francesca o olhou fixamente.

— Quanto tempo passou lá?

Francesca sempre quisera saber mais sobre até onde ia o envolvimento de Tristan na política bretã, e aquela era a primeira vez que ele falava abertamente daquilo. No passado, ele mantivera sua boca bem fechada em relação a seu trabalho, e Francesca odiara isso. Odiara o fato de ele esconder coisas dela, odiara a realidade de que uma parte tão grande da vida dele estivesse fora dos limites para ela. Ela se apaixonara por ele e, ingenuamente, acreditara que Tristan fosse se abrir para ela.

Como era estranho ele ter decidido começar a falar quando o casamento deles estava destruído.

— Praticamente um ano. Fui enviado até lá por causa da revolta contra o rei Henrique da Inglaterra.

— A Revolta dos Príncipes.

Francesca sabia um pouco a respeito. Os filhos do rei Henrique, querendo mais terras e arrecadamento do que seu pai estava disposto a lhes dar, haviam se rebelado contra seu pai. Até mesmo a rainha de Henrique, Leonor, fora envolvida. Contudo, os príncipes e a mãe deles não haviam prevalecido, e o castigo do rei Henrique fora veloz e certeiro. Dizia-se que a rainha Leonor fora levada à Inglaterra, onde fora encarcerada; e os lordes rebeldes que haviam apoiado os príncipes também haviam sido punidos. O exército do rei Henrique destruíra grandes porções de terra na Bretanha.

Tristan abriu um melancólico sorriso.

— Sim. O rei Henrique queria ficar de olho no príncipe Godofredo. Por isso, convocou-o à Inglaterra. E, como eu estava vigiando o príncipe, em nome do ducado, também precisei ir. No final, o rei e seus filhos chegaram a um acordo em Montlouis. Depois, o tratamento foi confirmado em Falaise.

— *Sir* Ernis me contou que, depois da revolta, o ducado estava prestes a ruir.

Tristan fez uma expressão de dor.

— Foi muito pior do que isso. Houve um completo colapso da lei e da ordem. Lordes insatisfeitos e seus cavaleiros autonomeados sem nenhuma pretensão de honra aproveitaram a oportunidade de conquistar o que podiam. Todo cavaleiro que se achava no direito de reivindicar terras montou um pequeno exército para isso. Foi um caso.

Lentamente, Francesca balançou a cabeça.

— Ouvi rumores, claro, mas não sabia do tamanho do problema.

Algo a estava incomodando dentro de sua mente. Francesca perdeu o fôlego. As cartas dela! Elas teriam se perdido? Com Tristan indo de um lugar para o outro, era fácil entender que elas poderiam ter se perdido. Olhando nos olhos dele, ela observou atentamente sua reação.

— Tristan?

— Humm?

— Você recebeu minhas cartas?

Provavelmente, ele puxara as rédeas, pois seu cavalo empinou.

— Que cartas? — A expressão dele estava confusa. A não ser por isso, ficou indecifrável.

— Tristan, você precisa saber que venho escrevendo para você. Enviei diversas cartas, cartas longas. A última foi em outubro.

— Para onde você as enviou?

— Château des Iles.

O olhar de Tristan a perfurou; ele a observava tão atentamente quanto ela o observava.

— Não recebi nenhuma carta. Quando estava na Inglaterra, deixei instruções para que Roparz me encaminhasse minha correspondência. Nunca recebi nada seu.

— Não pode ser.

— Não recebi nenhuma carta sua.

Francesca queria muito acreditar nele. A vida deles juntos fora curta, e o conhecimento que ela tinha do caráter de Tristan era limitado, mas nunca o vira mentir. Ela deixou sua voz leve e conseguiu abrir um pequeno sorriso.

— Creio que isso explique por que você nunca respondeu.

— Francesca, eu não poderia responder a cartas que nunca recebi, mas escrevi para você de fato.

Francesca perdeu o fôlego.

— Escreveu?

— Não me diga que — a voz dele estava inexpressiva — você nunca as recebeu.

Ela balançou a cabeça.

— Elas não podem ter se perdido — falou ele. — Não todas.

Ela franziu o cenho.

— Quantas você escreveu?

— Quatro, imagino. Sim, quatro. — Ele fez uma pausa. — Eu teria escrito mais. No entanto, a ausência de uma resposta sua me fez pensar que eu estava perdendo meu tempo.

— Tristan, o que pode ter acontecido?

Ele analisou o rosto dela.

— Deixe-me ver se entendi direito. Você escreveu para mim. Eu escrevi para você. Nós dois escrevemos por diversas vezes, e nenhuma de nossas cartas foi entregue? — Olhos azuis penetraram os dela. — Você jura que escreveu?

— Muitas vezes.

Tristan soltou um palavrão.

— O que diabos aconteceu? Nos últimos dois anos, recebi vários relatórios de *Sir* Ernis. E nem uma palavra sua.

Francesca enrolou as rédeas em seu dedo indicador.

— Não consigo entender.

— Assim como eu. Você enviou todas as suas cartas para o Château des Iles?

— Sim, foi Ned quem as levou. Ele me disse que entregou todas em segurança.

— Ned é um bom rapaz, não consigo imaginar o que possa ter dado errado. — Tristan olhou pensativamente para a estrada à frente. — Francesca, Roparz é meu comissário em des Iles e me disse que... Bem, esqueça. Isso está no passado, Francesca. Eu lhe juro que nenhuma de suas cartas chegou até mim.

Enquanto a jornada deles pela estrada de Paris continuava, Tristan sentia o olhar de Francesca repousar pensativamente sobre ele. Entretanto, toda vez que ele olhava na direção dela, ela estava de cenho franzido para a sedosa crina preta de Princesa. Quando o cenho de Francesca ficou ainda mais franzido, Tristan concluiu que não havia mal em repetir o que ele lhe dissera antes.

— Francesca, não recebi suas cartas.

Silêncio.

Tristan não tinha como saber se Francesca acreditava nele. Ele não gostava nem um pouco quando não acreditavam nele. A culpa se assentou pesadamente em seu coração. Aquilo era culpa principalmente dele. Devia ter feito mais para impedir que o relacionamento deles se deteriorasse tanto. Ao se concentrar na política e nas batalhas, subestimara seriamente a importância que Francesca tinha para ele. Pior ainda, ele usara o dever como uma desculpa para manter emoções turbulentas trancafiadas dentro de si. O casamento deles começara tão bem. Ela não merecera aquele abandono.

O vento ergueu o véu dela, soprando-o a suas costas. Com um suspiro, ela esticou a mão por cima do ombro e puxou o véu para frente, torcendo--o habilmente numa corda para deixá-lo mais fácil de ser controlado. Outra mulher teria precisado parar o cavalo para realizar uma manobra como aquela, mas não Francesca. Ele a observou prender o véu eficientemente debaixo de seu manto, e uma simples frase se repetiu sem parar dentro de sua cabeça.

Francesca escreveu para mim. Francesca escreveu para mim.

Tristan daria qualquer coisa para saber o conteúdo daquelas cartas. O fato de elas não terem chegado até ele precisaria ser investigado posteriormente mas, nesse meio-tempo, a pergunta dela, *Você recebeu minhas cartas?*, mudava tudo.

Quando Tristan respondera ao chamado às armas, ele deixara para trás uma esposa que enxergava o mundo com olhos inocentes. Ele seria o primeiro a admitir que eles não haviam se conhecido direito. Isso não parecera algo importante. Francesca era jovem, e Tristan achara a falta de malícia dela inesperadamente atraente. Fora algo extraordinariamente revigorante e muito lisonjeiro. O rosto dela se iluminava quando ele simplesmente a olhava.

Não tinha dúvida de que o deleite de Francesca com os desfrutes do leito nupcial não fora fingido. Isso não se devia ao fato de ele ser um dos maiores lordes da Bretanha; não tinha nada a ver com sua riqueza, nem com o poder ou o status que Francesca teria como condessa dele. Havia uma incrível chama entre eles, algo que fora tão agradável quanto inesperado.

Naquela época, Francesca não ocultara uma única emoção sequer. Eles haviam se casado depois de terem se conhecido apenas uma semana antes, e ela fora ao leito nupcial com a mesma avidez dele. Sua sensualidade não treinada fora tão excitante quanto atraente.

Ela levara três dias após o casamento para lhe dizer que o amava. Teria sido impossível para ela não ter contado isso a ele, percebeu Tristan. Ela fora a pessoa mais franca e honesta que ele já conhecera.

Outra semana se passara depois do casamento deles antes que Tristan se desse conta de que estava correndo o risco de se apaixonar seriamente também. Ele não contara isso a ela. Não pudera. Simplesmente não era um homem que expunha seu coração. Ele jurara fidelidade, e era sua intenção honrar esse juramento. Também jurara dar valor a ela. Ele tivera confiança que Francesca entenderia o que ele sentia. Seu corpo falava com o dela na cama, e o dela respondia. Ela entendia.

Ao menos fora o que ele pensara. Quando Esmerée dera à luz Kristina, Tristan, naturalmente, retornara a des Iles por um curto período de tempo para garantir que ela estivesse sendo bem-cuidada e para conhecer sua filha. Fora quando os segredos haviam começado.

A culpa se assentou pesadamente dentro dele. Ele devia mesmo ter contado a Francesca a respeito de Esmerée, devia ter lhe contado a respeito de Kristina. Não fizera isso por causa da aliança rebelde. Parecera mais seguro assim. Se a aliança tivesse descoberto que Tristan tinha uma filha, a vida de Kristina teria ficado em perigo. Uma criança inocente poderia ser usada como moeda de troca.

Sendo assim, em vez de confiar a verdade a Francesca, Tristan mentira para si. Ele dissera a si mesmo que não importava se ele erguesse barreiras entre eles. Ele se convencera de que seu casamento com Francesca não era uma questão de amor, mas um acordo político traçado em benefício dos condados de Fontaine e des Iles. Por isso, ele não tinha nenhuma necessidade de contar a ela a respeito de Kristina.

Na realidade, não era apenas isso. Ele não quisera que nada estragasse a extraordinária atração que encontrara com sua esposa. Saber que Roparz estava cuidando de Esmerée dera a Tristan uma desculpa para relegar sua ex-amante e sua filha ao segundo plano. Elas faziam parte de seu passado; Francesca era seu futuro. Ele não quisera que ela mudasse de forma alguma. Kristina e Esmerée não haviam sido mencionadas.

E, mais tarde, quando Tristan fora convocado a Rennes a serviço da pequena duquesa, estivera confiante de que sua esposa ingênua, inocente e amorosa estaria esperando por ele quando retornasse.

Não dei o devido valor a Francesca. Pensei que ela fosse continuar com toda aquela cintilante inocência.

Tristan não gostara de deixá-la, e o fato de ele ter se sentido dilacerado o surpreendera. Afinal, estava acostumado a ficar separado de sua família. Quando ele era menino, os longos silêncios de seu pai quando Tristan fora enviado para ser criado por lorde Morgan haviam lhe ensinado a conter suas emoções. E, depois do que acontecera com seu pai... Por um instante, Tristan fechou os olhos.

Emoções eram confusas e complicadas, não serviam a grandes lordes. Era o dever de um lorde se concentrar na política, lutar contra inimigos, ter terras. Esse era um dos conselhos que se recordava de seu pai, o conde Bedwyr, ter lhe dado pouco depois de sua mãe morrer.

Infelizmente, o pai dele não seguira o próprio conselho... Com consequências trágicas. Tristan aprendera com o fim trágico de seu pai. Emoções precisavam ser dominadas, precisavam ser controladas.

Mesmo assim, depois que Tristan partira de Fontaine para servir ao ducado, ficara perplexo com sua ânsia de ter notícias de Francesca. O silêncio dela o torturara, embora não o tivesse surpreendido de fato. O pai dele nunca lhe escrevera enquanto estivera sendo criado sob a tutela de lorde Morgan. Então, por que Francesca lhe escreveria?

Agora, porém...

Ela *escrevera* para ele. Tristan a observou de perfil; a doce curvatura de seu nariz, o belo rosado de sua boca. Os longos e escuros cílios. Uma onda de desejo surgiu dentro dele. Ele a queria. Desde aquele primeiro encontro antes do casamento deles, ele a quisera. Isso não mudara. Tristan a quisera no gabinete de *Sir* Gervase e sempre a desejaria.

Se ao menos eles pudessem voltar no tempo e recapturar parte da alegria dos primeiros dias deles juntos... Seria possível?

Com frequência, Tristan tentara imaginar como teria sido para Francesca, acreditando ser uma *lady* da nobreza, apenas para descobrir que não era nada do tipo. Enquanto ele esperara, em vão, que Francesca lhe escrevesse, nunca lhe ocorrera que ela, por sua vez, poderia estar esperando cartas dele.

Ela teria esperado? Teria ansiado por notícias dele?

Se esperar pelas cartas dela o deixara louco de incerteza, o que o aparente silêncio dele teria feito com ela? Ao perder o que ela acreditava ser seu direito por nascença, Francesca já tivera motivo suficiente para se sentir amargurada. E isso ainda fora acrescido de dois anos do que ela devia ter pensado ser abandono e descuido dele. Não era de se admirar que Francesca esperasse uma anulação do casamento.

Uma cegante revelação o fez ficar paralisado na sela. Ele não queria abrir mão dela. Queria o que ele nunca tivera: espaço para conhecê-la melhor. *Quero dar uma chance ao nosso casamento. Não quero a anulação.* O rosto de *Sir* Joakim surgiu na mente dele, e Tristan cerrou os dentes. Ele certamente não queria que Kerjean se casasse com ela.

Quero ficar com ela. O coração de Tristan disparou, seu sangue ferveu. Pensar em convencer Francesca a permanecer como sua esposa lhe deu vida nova, o que foi bastante enervante.

Ele aproveitaria ao máximo aquela jornada à Bretanha. Exploraria cada faceta do caráter de Francesca. Daria a ela uma chance de confiar novamente nele e, ao final da jornada, Tristan pediria para que a esposa continuasse com ele. E, se Francesca não o quisesse de fato, faria todo o possível para vê-la feliz e assentada antes de encontrar uma nova esposa.

Percebendo que ele a observava, Francesca abriu um leve sorriso para Tristan.

— Tinha esquecido como é cavalgar tão rápido.

Tristan aproveitou aquela mudança de assunto.

— Não anda galopando pelos vinhedos de Champanhe?

— Certamente, não. Tenho vivido uma vida pacata... Pacata demais.

O que correspondia perfeitamente ao que *Sir* Ernis dissera a ele. Francesca era tímida, percebeu Tristan com uma certa surpresa. Esse era um aspecto da personalidade dela que ele não identificara até então, principalmente porque a paixão entre eles ardera com tamanha velocidade.

Nunca lhe ocorrera que Francesca pudesse ser tímida com outras pessoas. Atuando como comissário do conde Myrrdin, ele não tivera muitas oportunidades de observá-la fora de Fontaine, onde, antes da chegada de *lady* Clare, ela se sentira naturalmente em casa.

Tristan conhecera Francesca uma semana antes do casamento deles. Eles haviam se cortejado ao cavalgar pelas trilhas e caminhos que se cruzavam no bosque acima do castelo de Fontaine. Uma das primeiras coisas que Tristan percebera nela era que Francesca era uma excelente amazona. Princesa fora o presente óbvio de noivado, e Francesca a mantivera bem-cuidada; os flancos da égua reluziam como ébano polido. A esposa ficava deslumbrante sobre ela; uma bela mulher de cabelos escuros sobre uma delicada égua. O olhar de Tristan se fixou nas rédeas de Princesa quando uma alça com presilha arredondada brilhou levemente ao sol; um ornamento de prata, complementado por uma potentilha preta laqueada.

Ele dera a Francesca um conjunto de ornamentos como presente de Natal. Parecia que ela ainda os usava. Seus grandes olhos acinzentados estavam cheios de sombras. Ela estava pensando no conde Myrrin. Provavelmente, o fato de ela não estar à vontade na companhia de Tristan não ajudava a situação. *Passamos tempo demais separados. Ela aprendeu a desconfiar de mim.*

Não havia dúvidas de que a garota com quem Tristan se casara desaparecera. Aquela deslumbrante e cintilante ingenuidade já não existia mais. Infelizmente, ele tinha quase certeza de que as cartas perdidas eram apenas parte da história. A culpa era dele. Não lhe dera o devido valor quando partira para servir ao ducado, e esse fora o resultado. Sua meiga, linda e amorosa esposa mudara. De uma forma invisível, ela ficara marcada. Tristan não sabia ao certo se seria capaz de resolver as coisas entre eles, mas, por Deus, ele tentaria!

Tristan a olhou diretamente.

— Você não acredita que escrevi para você. — O abdômen de Tristan se contraiu quando ele parou para ouvir a resposta dela. Ele já não podia mais se iludir; não queria a anulação do casamento. Enquanto ele esperava notícias dela, se apegara à esperança de que, um dia, ela o acolheria de volta. O silêncio se estendeu enquanto ele era atentamente observado por ela.

— Não sei ao certo, milorde.

Milorde. Ele não ignorou o fato de ela ter usado uma maneira mais formal de lhe direcionar a palavra. Ela estava desconfortável, usando a formalidade para mantê-lo distante. Pois bem, ele não a pressionaria. Ainda.

— Discutiremos isso quando pararmos para descansar os cavalos.

Uma mecha do cabelo de ébano de Francesca flutuou ao vento.

— Como quiser, milorde. No entanto, se diz que não recebeu minhas cartas, é claro que preciso acreditar.

Um vilarejo passou num borrão de movimento. Eles reduziram a velocidade para um trote sobre uma ponte e aceleraram novamente. Tristan olhou para trás. Ficou feliz por ver que Mari e Bastian estavam pouco atrás deles. Era o cavalo de carga, e não Mari, que reduzia a velocidade deles.

Irritado, ele girou os ombros. O instinto lhe dizia que alguém os estava seguindo. Olhou além de Mari, para a estrada que eles haviam percorrido. Não havia nada lá, apenas Mari, Bastian e o cavalo de carga. A sensação permaneceu; uma leve comichão de desconforto descendo por sua espinha. Certamente Kerjean não era tolo o suficiente para segui-los, era? Com o aviso que Tristan lhe dera em Provins, parecia improvável.

Ainda assim, a comichão persistiu na espinha dele. Alguém os seguia e, cedo ou tarde, essa pessoa se revelaria.

Com os campos passando por eles, o rosto de Francesca estava tenso de concentração. Aquela linha entre as sobrancelhas dela permanecia, uma linha que avisava a Tristan que, apesar das palavras dela, Francesca tinha ressalvas em relação a ele e estava se mantendo distante.

— Não manteremos esse ritmo indefinidamente — falou ele.

— De fato. Forçaríamos demais os cavalos.

— Meu objetivo é chegar a Melun amanhã.

— Ficaremos no castelo?

Tristan fez um gesto negativo.

– Creio que não. Melun é uma fortaleza do domínio real francês e, se lorde Ursio estiver lá, irá me pressionar em busca de informações das relações dos bretões com o rei inglês e o príncipe Godofredo. Eu gostaria de evitar isso se pudesse. Ficaremos na abadia de São Miguel; a estalagem deles é a melhor de todas.

— E esta noite? Onde passaremos?

— Há uma estalagem em La Chapelle. Ela marca o meio do caminho entre aqui e Melun. As acomodações são limpas, e a comida é tolerável.

— Pois bem, confiarei em seu julgamento. — A voz dela estava fria; seus olhos, distantes.

Tristan olhou de relance para os ornamentos prateados nas rédeas de Princesa e conteve um sorriso. Com sorte, não demoraria muito para que ele fizesse o rosto de Francesca se iluminar como antigamente.

Capítulo 5

Eles pararam para descansar os cavalos na metade do caminho até La Chapelle e chegaram à estalagem ao anoitecer. Francesca não estava acostumada a cavalgar tanto, e ver o cercado daquele estábulo iluminado por tochas foi algo muito bem-vindo. Com o corpo rígido, ela desmontou, alongando disfarçadamente seus músculos cansados, enquanto Bastian levava os cavalos até o estábulo.

Tristan ofereceu o braço a ela.

— Dolorida?

— Um pouco. — Ela fez uma expressão de dor e permitiu que ele a levasse para dentro da estalagem. — Não estou acostumada a passar o dia inteiro montada num cavalo.

A boca de Tristan se ergueu num dos cantos.

— Foi apenas metade de um dia. Partimos apenas ao meio-dia.

— Mesmo assim, confesso que mal consigo andar.

A estalagem estava movimentada por ser uma parada regular para viajantes que rumavam para Paris ou Chartres. Tristan abriu um rápido sorriso para ela e a acomodou num banco num dos cantos. Havia uma vela de gordura no centro da mesa, cuja superfície estava manchada.

— Você ficará aquecida o suficiente aqui enquanto providencio comida e acomodações? — perguntou ele.

— Sim, obrigada.

Tristan passou pelas mesas até chegar ao balcão, seu cabelo reluzindo como azeviche à luz das velas. Uma das empregadas da estalagem surgiu das sombras, e Francesca apoiou o queixo na mão para vê-lo falando com a garota.

Ela gostava de olhar para Tristan, sempre gostara. As feições morenas e másculas dele eram inegavelmente atraentes, e isso não mudara. Tristan riu de algo que a garota disse antes de se virar e retornar até ela.

— Estamos com sorte — falou ele. — Há um pequeno cômodo debaixo das calhas que, às vezes, é utilizado como quarto. Ficaremos com ele. Mari e Bastian podem dormir no salão comum.

Francesca conseguiu ocultar sua tristeza. Era desanimador não ter a confiança dele. Claramente, Tristan não estava disposto a perdê-la de vista. Ela forçou um sorriso.

— Eu poderia dormir por um mês, e tenho certeza de que ouvirei agora que partiremos ao amanhecer.

Os lábios dele se curvaram quando se sentou.

— Você me conhece muito bem.

Ela olhou fixamente nos olhos dele.

— Conheço? Não tenho a sensação de que conheço nem um pouco. — A não ser pela conversa quando eles haviam partido naquela viagem, eles praticamente não haviam se falado. A maior parte da cavalgada daquele dia fora em completo silêncio.

O banco rangeu quando ele se virou para observá-la.

— Quer saber mais a meu respeito?

A pergunta de Tristan a surpreendeu. Ele sempre fora reservado e, com frequência, Francesca desejara saber mais sobre ele. Durante aqueles dois últimos anos, viera desenvolvendo em sua mente uma imagem dele, uma imagem que ela estava começando a perceber que podia estar completamente equivocada.

— Creio que sim. — Se Tristan escrevera mesmo para ela, o julgara de forma errada. Claro, mesmo que ela o tivesse julgado mal, Francesca ainda assim precisaria se afastar para permitir que ele tivesse um casamento mais propício. De qualquer forma, seria bom ter a oportunidade de entendê-lo melhor.

Quando eles haviam se conhecido, a fascinação de Francesca por Tristan fora totalmente carnal. Fora jovem demais para se dar conta de que devia ter reservado algum tempo para saber mais a respeito do homem.

A reputação dele de ser altamente ambicioso a deixara com medo de fazer perguntas demais. Naquela época, ela estivera deslumbrada com seu lindo marido e tivera certeza de que ele não reagiria bem à curiosidade de uma menina inexperiente que não sabia nada sobre o mundo da política e do poder. Aquela era a chance dela. Tristan podia não confiar nela, mas isso não a impedia de querer saber tudo a respeito dele.

— Desculpe por ter ficado em silêncio mais cedo.

— Você estava pensando.

— Sim.

Um menino que trabalhava no local se aproximou com um garrafão de vinho e duas canecas de argila.

— A carne não demorará, milorde.

O menino se afastou e, mais uma vez, aquele terno olhar azul se fixou nela.

— Por favor, continue, Francesca. Estou a seu dispor. — Tristan pegou o garrafão de vinho, encheu as canecas e deslizou uma na direção dela.

O vinho estava encorpado e pesado, com muitas especiarias. Francesca bebeu de forma pensativa. Queria saber como Tristan passara os dois últimos anos. Não devia ter sido fácil manter boas relações com um príncipe desvirtuado e caprichoso. Dado o fato de que essa tarefa era mais diplomática do que militar, tanto o barão Rolland quanto o rei inglês deviam tê-lo na mais alta conta.

Percebendo como a estalagem estava movimentada, Mari e Bastian tinham precisado se acomodar numa mesa um tanto distante deles. Francesca se curvou na direção de Tristan e manteve a voz baixa.

— Com a taverna tão cheia, será que posso lhe perguntar a respeito do que aconteceu nos últimos dois anos? Eu adoraria saber como é o príncipe Godofredo.

Tristan olhou pela estalagem, e sua boca se contraiu.

— Talvez isso não seja prudente — murmurou ele, sua cabeça tocando a dela. — As pessoas daqui parecem fazendeiros e mercadores, mas aparências podem enganar.

Ela murmurou, concordando. Estava dolorosamente ciente de que, embora quisesse de fato saber a respeito dos assuntos de Tristan com o ducado, ela estava muito mais interessada no que estivera no coração dele.

Ele teria pensado nela com frequência? Teria ficado entristecido quando suas cartas não haviam sido respondidas? Ele teria decidido tirá-la de sua vida para sempre?

Ele teria sido fiel?

Com esforço, Francesca escolheu outra pergunta.

— Você nunca falou muito sobre seus pais.

Tristan recuou, e seus largos ombros se ergueram.

— Não há muito o que falar. Eu mal os conheci. Fui enviado para ser criado por lorde Morgan de Vannes. Eu estava lá quando meu pai enviou a notícia da morte de minha mãe.

Francesca piscou os olhos.

— O conde Bedwyr enviou a notícia a você? Ele não foi lhe contar pessoalmente?

Tristan a olhou de forma estranha.

— Claro que não. Lorde Morgan me contou que meu pai estava ocupado com os ritos do funeral.

Claro que não. Que estranho!

— Mas você foi ao funeral?

Com uma máscara no lugar de seu rosto, Tristan balançou a cabeça.

— Meu pai achou melhor que eu permanecesse com lorde Morgan em Vannes.

Francesca se flagrou com dificuldades de entender. Tinham lhe dito que o conde Bedwyr venerava sua condessa e que, depois da morte dela, ele fora dominado pelo luto. Certamente ele também amara seu filho, não? Era difícil imaginá-lo abandonando Tristan daquela maneira. Ela abriu a boca para expressar sua reprovação ao fato de Tristan ter sido deixado sozinho em seu luto numa casa estranha, quando Tristan tocou a mão dela.

— Francesca, percebo o que você está pensando, e você está enganada. Muito enganada. Lorde Morgan é o homem mais generoso do mundo, e a esposa dele, *lady* Renea, é uma boa mulher. Eu não fui abandonado.

Francesca olhou fixamente para a mão de Tristan sobre a dela. Era tão maior do que a dela, tão forte! Aqueles longos dedos de guerreiro poderiam ser delicados. Amorosos. O polegar dele se movimentou... Francesca se perguntou se ele tinha noção do que estava fazendo, acariciando levemente o dorso da mão dela. Ela sentiu um latejamento dentro de si, doce e agoniante. O toque de Tristan... Céus, ele ainda tinha o poder de fazê-la se derreter!

Erguendo os olhos para encontrar os dele, Francesca engoliu em seco e encontrou as palavras.

— Se está dizendo... Mas não consigo deixar de pensar que seu pai o tratou de forma severa.

— Francesca, é uma prática comum que os filhos de nobres sejam criados em outras casas. A intenção é ensiná-los a cuidarem deles mesmos.

— Eu sei, eu sei. Mas esse método nunca me agradou.

Com um choque, Francesca se deu conta de que, de certa forma, ela e Tristan haviam sido criados por outras famílias. Claro, os casos deles haviam sido totalmente diferentes; ela crescera acreditando que o conde Myrrdin era seu pai, ao passo que Tristan, conhecendo seu pai, fora enviado para treinar na casa de outro lorde. A diferença entre eles certamente era o fato de ela ter sido criada sabendo o que era ser amada. O mesmo poderia ser dito a respeito de Tristan?

— Tristan, lorde Morgan nomeou você cavaleiro?

— Sim. — Um músculo se repuxou no maxilar de Tristan. — Na realidade, considerei uma bênção ter sido enviado a Vannes. Com a morte de meu pai, um ano depois da minha mãe, é provável que tenha sido melhor eu ter conhecido lorde Morgan.

— Isso ajudou a suavizar o baque?

— De certa forma, embora, como eu já disse, meu pai tenha sido uma figura distante. Ele nomeou lorde Morgan como meu guardião. Lorde Morgan administrou des Iles até eu ter idade suficiente para assumir o comando.

Estranhamente emocionada, Francesca olhou fixamente para as mãos deles e resistiu ao impulso de entrelaçar seus dedos aos de Tristan.

— Lorde Morgan não foi ao nosso casamento. Por quê?

— *Lady* Renea estava doente.

Francesca esperou, franzindo o cenho quando ele não disse nada mais. Era típico de Tristan contar apenas metade da histórica.

— Tristan, você não pode parar assim. *Lady* Renea... Ela se recuperou?

— Sim, ela se recuperou bem.

— É bom saber. — Ela inspirou fundo. — Tristan, não me importa o que você diga. Para mim, seu pai o tratou muito mal evitando que você fosse ao funeral da sua mãe. Papa, quero dizer, o conde Myrrdin, jamais teria se comportado dessa maneira.

Ele deu de ombros.

— Como eu lhe disse, eu não conhecia muito bem o meu pai. No entanto, pelo que pude julgar, o conde Myrrdin era bem diferente. Talvez isso tenha a ver com a idade dele.

Francesca hesitou. À medida que o conde Myrrdin envelhecera, ele começara a sofrer com períodos de falta de clareza, o que aumentara com o passar dos dias.

— Está se referindo ao torpor de Papa?

— De forma alguma. — O polegar de Tristan se movimentou levemente sobre a pele dela, para frente e para trás, para frente e para trás. Aquilo foi tanto um conforto quanto uma distração. — Se quer saber, eu estava pensando no caráter generoso do conde Myrrdin. Na maneira como ele me acolheu quando cheguei a Fontaine. Jamais esquecerei a ternura dele.

Francesca relaxou.

— Ele gosta de você. — Ela olhou fixamente para a mão de Tristan, gostando do calor do toque dele mais do que deveria, considerando o fato de que, provavelmente, Tristan estava planejando a anulação do casamento deles. Aquilo era muito confuso. Delicadamente, ela recolheu a mão. — Acha certo fazer isso?

— O quê? Ah, peço perdão.

Ela observou, entretida, ao ver uma cor escura preencher as faces dele. Tristan? Corando? Ele pareceu levemente perplexo, o que foi muito estranho.

Um constrangedor silêncio recaiu sobre eles, e Francesca brincou com sua caneca de vinho. Quando o silêncio se estendeu, ela começou a falar.

— O conde Myrrdin nem sempre sofreu desse torpor. Ele costumava ter uma mente extraordinariamente clara.

— E era conhecido por sua perícia com as armas. Foi um guerreiro e tanto na juventude.

— Foi o que fiquei sabendo. — Ela suspirou. — Tristan?

— Sim?

— Papa se retirou do mundo da política muito antes de nosso noivado. Ocorreu-me que a falta de interesse dele em tudo que acontecia fora de Fontaine pode ter me afetado.

— É mesmo?

Ela passou o dedo em torno da borda molhada de sua caneca de vinho e abriu um pequeno sorriso.

— Sempre que eu lhe perguntava a respeito de assuntos do ducado, ele mudava de assunto.

Os olhos de Tristan estavam cheios de solidariedade.

— Ele era velho, a mente dele estava cansada. Já vi isso acontecer com outras pessoas. O mundo delas começa a encolher, e elas perdem o interesse no que acontece em outros lugares.

— Sei que ele não pôde evitar. Papa perdeu o interesse no mundo fora do castelo muito antes de você e eu termos nos casado. Suspeito de que o mundo dele tenha começado a encolher depois da morte da condessa Mathilde. Minha maior tristeza é o fato de que, toda vez que eu lhe perguntava a respeito dos assuntos da Bretanha, ele perdia a sequência de raciocínio. — Ela abriu um pequeno sorriso. — Era quase impossível decifrar o que ele estava dizendo.

— Deve ter sido frustrante.

— Foi mais do que frustrante. Eu queria tanto poder conversar de forma inteligente com você. Você deve ter me achado muito desinformada. — Um pensamento humilhante ocorreu a Francesca. Teria sido por isso que Tristan a mantivera na cama nos primeiros dias do casamento deles? Ele a teria considerado ignorante demais para ser levada a sério?

Ele sorriu, os olhos brilhando, entretidos.

— Você se rebaixa demais. Francesca, eu gostava de estar com você. Era algo mais revigorante do que qualquer outra coisa que eu já tivesse vivenciado. Você não me exigia nada.

— Suspeito de que Papa soubesse que a culpa de eu não ter sido mais bem-informada tivesse sido dele. Um dos motivos de ele ter escolhido você como meu marido foi o fato de ele respeitar sua perspicácia e confiar no seu julgamento. De qualquer forma, eu era ignorante demais para me casar com um conde. Devo ter sido uma imensa decepção.

Tristan pressionou sua coxa na dela. O movimento foi sutil e deliberado, ao menos foi o que Francesca pensou.

— Longe disso. — A boca dele se curvou. Ele estava observando a boca de Francesca com sede no olhar, e ela sentiu um frio na barriga. — Se bem me lembro, depois do casamento, não tivemos tempo para conversar.

O rosto dela entrou em chamas, e Francesca desviou rapidamente o olhar.

— É verdade.

Eles haviam passado tempo demais um nos braços do outro. Embora eles tivessem conversado bastante, fora sobre assuntos domésticos inócuos, como a ampliação do estábulo de St. Méen para acomodar mais cavalos de Tristan. Eles haviam discutido a decoração do solar da mansão e quantas almofadas Francesca devia bordar com as cores de Tristan. Ora, ele até mesmo lhe dera sua opinião em relação à flâmula desenhada por ela.

Quando Francesca olhou novamente na direção dele, Tristan ainda estava olhando fixamente para sua boca, como se quisesse devorá-la. Inevitavelmente, os olhos deles se encontraram e, por um instante, ela perdeu o fôlego. Aquele olhar fez doces lembranças retornarem com tudo: lençóis amassados, a maciez do cabelo escuro dele enquanto os dedos dela passavam por ele. Aquele olhar... Céus, era carnal demais para uma ceia tranquila numa taverna.

A vela tremeluziu. O menino que trabalhava na taverna estava ao lado de Tristan, um prato de cordeiro numa das mãos, um cesto de pão no outro.

— Aqui está, *mon seigneur* — falou o menino, colocando o prato de madeira diante deles com um baque. — Se puder cortar a parte de que o senhor e sua *lady* precisam, levarei o restante do prato a seus amigos ali. — Com um movimento da cabeça, ele indicou Mari e Bastian.

Tristan pegou a faca de corte, e Francesca se deu conta de que ela não conseguiria ouvir mais nada dele antes que eles terminassem de comer.

Afastando sua vela de uma corrente de ar, Tristan se aproximou do quarto. O senhorio lhe dissera que havia apenas uma cama e, dada a maneira como Francesca recolhera a mão para longe da dele quando percebera que ele a estava acariciando, Tristan estava preocupado. Na esperança de adiar uma discussão, ele tomara a precaução de pedir ao senhorio que a acompanhasse até o segundo andar assim que Francesca deixara seu prato vazio de lado. Isso devia ter acontecido fazia meia hora. Se ela fosse protestar em relação a dividir uma cama com ele, certamente já o teria feito àquela altura.

Tristan poderia ter pedido que um estrado fosse levado ao aposento. Contudo, ele não fizera isso. Queria dormir com ela. Nada aconteceria, ele estava certo disso. Ele a queria por perto, gostava da companhia dela. Sem dúvida, isso era uma fraqueza dele. Francesca era seu calcanhar de Aquiles. Ele gostara de segurar a mão dela antes da ceia. Até ela perceber. Dera-lhe uma estranha sensação de ternura ver aqueles grandes olhos acinzentados se encherem de sentimentos quando ele lhe contara a respeito da morte de sua mãe. Deus, os próprios olhos de Tristan haviam se enchido de lágrimas. Outra fraqueza. A solidariedade sempre o deixava desconfortável. Era algo tão diferente que ele mal sabia como reagir. Como ele dissera a Francesca, Tristan passara tanto tempo com lorde Morgan que mal se recordava de sua mãe. Ele não podia aceitar aquela ardência de lágrimas em seus olhos. Francesca vencia os bloqueios dele como ninguém jamais vencera. Era seu ponto fraco.

Ele bateu na porta do quarto e esperou.

— Tristan, é você?

— Sim.

— Entre.

Ela estava sentada na cama com as cobertas erguidas firmemente até seu queixo. Sua expressão estava desconfiada, e parecia algo seguro presumir que ela estivesse de anágua, como na noite anterior. Não que ele devesse pensar nisso. Nada aconteceria entre eles.

Calmamente, Tristan colocou a vela numa prateleira na parede.

— Não há necessidade de me olhar assim — falou ele suavemente. — Não vou me aproveitar de você. — Ele colocou sua espada ao lado da cama, sabendo, por experiência própria, que era melhor tê-la à mão ao dormir num lugar desconhecido.

Sob as cobertas, o peito de Francesca subia e descia.

— Não me parece certo dormirmos juntos. Mari concorda comigo.

Tudo que Tristan recebera da aia dela haviam sido caras feias. Ele conteve sua resposta, a de que Mari o odiava e, portanto, naturalmente, ela não aprovaria que eles dormissem juntos, e falou:

— Dormiremos juntos até que eu saiba o que esperar de você.

Ela empinou o queixo.

— O que exatamente você quer dizer com isso?

Dando de ombros, ele se virou de costas e começou a tirar a roupa. Com os próprios calcanhares, ele tirou as botas, e pendurou as roupas num suporte na parede; o corselete de couro, a camisa, a calça...

— Tristan, se vai compartilhar esta cama comigo, precisa colocar a camisa de volta.

Havia um toque de pânico na voz dela. Os lábios de Tristan se curvaram. Ele sabia que Francesca não tinha medo dele.

— Está com medo de não conseguir resistir a mim, meu coração?

Ela fez um som irritado.

— Não é apropriado, já que não pretendemos ficar juntos.

Totalmente nu, ele se virou de frente para ela.

Com um grito, ela mergulhou debaixo das cobertas.

— Pelo amor de Deus! Tristan, apague a vela.

Extinguindo a chama da vela com os dedos, ele tateou até chegar à cama, subiu e soltou um lento suspiro.

— Boa noite, meu coração.

— Não devia me chamar assim — falou ela com a voz abafada. — Não é adequado.

— Não? — Cruzando os braços atrás da cabeça, Tristan sorriu para a escuridão. O colchão não era grande e, em tese, ele devia estar sentindo Francesca deitada a seu lado. Mas ele não estava sentindo, o que só podia significar que ela estava equilibrada na beira do colchão. Ele se perguntou quanto tempo ela seria capaz de permanecer empoleirada ali sem cair da cama.

— Durma bem.

Francesca bufou. Ela ficou deitada, imóvel, durante algum tempo. Em seguida, mudou de posição. E mudou novamente. Toda vez que ela mudava de posição, seu corpo se aproximava inevitavelmente do dele. Não demorou muito para que Tristan sentisse o calor do corpo dela.

— Relaxe, Francesca — murmurou ele. — Dormimos na mesma cama ontem à noite. Que mal pode haver em outra noite juntos?

Finalmente, ela ficou parada. Quando a respiração dela ralentou, Tristan se permitiu fechar os olhos. Ele se sentia incrivelmente contente. O cordeiro estivera macio, o prato fora farto, sua barriga estava cheia. Fazia anos que ele não se sentia tão à vontade. Ele bocejou. Estava agradavelmente cansado; não esgotado como na noite anterior. Tristan tinha perspicácia suficiente para saber que aquele contentamento nada tinha a ver com o exercício feito e nem com o cordeiro. Ele se devia a Francesca. Estar na companhia dela novamente era uma inesperada bênção.

Saber que ela lhe escrevera durante o tempo que eles haviam passado separados mudava tudo.

Rolando de lado, Tristan inspirou o perfume dela. Estava sorrindo quando o sono o dominou.

Algum tempo depois, um alto baque o despertou. Ele pegou sua espada. A porta balançou, um barulho leve e fraco entrou por uma rachadura na parte inferior; alguém estava subindo aos trancos e barrancos pela escada. Um homem soltou uma risada abafada e soluçou antes de o barulho passar diretamente pelo quarto deles.

Francesca se sentou na cama.

— O que está havendo?

— Alguém que bebeu demais estava tendo dificuldades para subir a escada, imagino — falou Tristan, recolocando sua espada debaixo da cama. — Você está em segurança. Coisas assim são esperadas numa taverna como esta.

Francesca se recolheu às pressas para debaixo das cobertas.

Tristan estava totalmente desperto, assim como ela, ao que parecia. O colchão balançou quando ela ajustou sua posição. A cama rangeu. Francesca afastou as cobertas. Puxou-as novamente.

Era totalmente escuro no aposento. Não fazia diferença; Tristan não precisava de luz para visualizá-la. Sedosas mechas de cabelo preto como a noite certamente estavam balançando; a anágua dela estava deslizando de um dos ombros; suas pernas...

Mon Dieu. Tristan cerrou os dentes para conter o ímpeto de puxá-la para seus braços e acariciar o cabelo dela. Francesca costumava gostar quando ele a abraçava assim. *Em breve*, disse Tristan a si mesmo. Não naquela noite. Primeiro, ele precisava lhe contar a respeito de Esmerée e Kristina e, por mais que ele quisesse fazer isso, não lhe parecia certo, pois ela estava louca de preocupação com o conde Myrrdin.

Francesca precisava superar muitas coisas. Se ele quisesse conquistá-la, haveria muita turbulência pela frente.

— Não consegue dormir? — perguntou ele.

Os lençóis farfalharam, e Tristan sentiu a cálida respiração em seu braço.

— Sinto muito, Tristan, sei que estou incomodando. Não consigo deixar de me perguntar como Papa está. — A voz dela falhou. — Eu devia estar com ele. Eu o amo tanto e, se chegarmos tarde demais, não poderei lhe dizer isso. Não agradeci a ele por ter cuidado tão bem de mim. Eu devia ter feito isso.

— Estava planejando retornar?

— Sim. — Ela fez uma pausa. — Não. — Outra pausa. — Céus, Tristan, eu não sei. Estava confusa quando parti da Bretanha, o mundo havia sido virado de ponta-cabeça, e todos os meus instintos berravam para que eu fugisse.

— Você queria descobrir quem era longe da proteção de Fontaine. É compreensível.

— É mesmo? Foi um erro passar tanto tempo longe. Foi egoísmo. Sei que Papa me ama, seja lá quem eu for... — A voz dela desapareceu, e um pesado suspiro preencheu o ar. — É que... Eu não achava mais que aquele era o meu lugar. Queria saber quem eu era. Quem eu era de verdade.

As palavras escaparam antes que Tristan se desse conta disso.

— Minha esposa? — *Meu ponto fraco.*

— Nós mal nos conhecíamos. Você me disse que queria um herdeiro, e trabalhamos arduamente para conseguir isso. Na realidade, não fizemos muito além disso. — Ela suspirou levemente. — E fracassei com você também nesse aspecto. Cheguei de mãos vazias e não consegui lhe dar um herdeiro.

Tristan fez uma expressão de dor. Ele jamais teria imaginado que a compatibilidade sexual deles voltaria para assombrá-lo. No entanto, era o que parecia estar acontecendo. Porém, ele não negaria o prazer que eles encontravam um no outro; não depois de terem deixado metade dos funcionários de Fontaine escandalizados com sua relutância em sair do quarto.

— Francesca, não fale de si mesma como se fosse uma égua procriadora.

— Bem, era o que eu era. Uma égua procriadora que não conseguiu lhe dar um herdeiro.

Tristan encontrou a mão dela e, levemente, entrelaçou seus dedos aos de Francesca.

— Isso nunca me preocupou. Você era jovem, e eu esperava que tivéssemos uma vida inteira juntos. Você foi muito mais do que isso para mim.

— Fui?

— Você sabe que sim. — Não querendo continuar com aquele assunto, Tristan se recostou, pensativo, nos travesseiros. O relacionamento deles estava mudando rapidamente. A descoberta de que as cartas deles haviam se perdido dera início ao processo, e era impossível dizer onde ele terminaria. O que Tristan sabia, porém, era que, por ele, a falta de linhagem de Francesca não tinha nenhuma importância. Apesar da inconveniência das emoções que ela evocava, apesar da maneira como anuviava seu julgamento, ele estava começando a entender que seria feliz com ela a seu lado até o fim de seus dias. O polegar dele acariciou a palma dela.

Era cedo demais para que ele declarasse suas intenções. Sua tardia confissão em relação a Kristina não era o único obstáculo. Francesca guardara dentro de si a mágoa por dois anos. Ela precisava de tempo para se adaptar às novas circunstâncias entre eles. O gelo precisava se derreter. Por mais que Tristan quisesse, não podia apressá-la. Com mudanças demais acontecendo cedo demais, ela certamente hesitaria. Ele precisava ir com calma. Ele usaria a lógica, acabando com as objeções dela uma a uma.

Ele começaria aceitando a culpa por não ter contado tudo a ela antes de ter partido para servir ao ducado. Tristan tentaria fazer o que ele passara a vida inteira evitando. Embora isso fosse contra tudo que seu pai lhe ensinara, ele tentaria ser franco em relação a seus sentimentos. Sua natureza reservada a afastara.

— Eu não devia ter partido de Fontaine sem lhe dizer o que você significava para mim. — Tristan brincou com os dedos dela e, ao mensurar o comprimento deles na escuridão, sentiu um anel. Os pensamentos dele explodiram. Certamente era o anel que ele lhe dera no dia do casamento. Sim, sem dúvida, ela estava usando o anel de ouro do selo dele. — Você está usando meu selo.

Francesca libertou sua mão e, um instante depois, pressionou o anel na palma dele.

— Sinto muito, eu tinha me esquecido. Sabia que precisaria devolvê-lo.

Ele recuou.

— Santo Deus, Francesca, não o estou pedindo de volta. Espere até termos certeza do que queremos. — Ele recapturou a mão dela e colocou o anel de volta onde era seu lugar.

Em algum lugar da estalagem, uma porta bateu.

— Tristan, você precisa fazer uma aliança adequada.

— A nossa é uma aliança adequada.

— Não, não é. Você precisa de uma *lady* com um título de nobreza, um dote, uma *lady* com parentes influentes que se tornem seus aliados. Eu não sou ninguém.

— Você é minha esposa. — Ele encostou seu ombro no dela e se curvou na direção de Francesca. A cama rangeu. Tristan encontrou o rosto de Francesca e o beijou. A tensão emanava dela em ondas, e ele se obrigou a recuar. — Francesca, não quero mais ouvir bobagens. Viajaremos à Bretanha e veremos se somos capazes de recapturar parte do prazer que encontramos um no outro depois de nosso casamento. Se conseguirmos isso, será meu mais sincero desejo que você permaneça como minha esposa.

— Prazer — murmurou ela com uma voz triste. — Tristan, você não precisa de mim. Precisa de uma *lady* da nobreza.

— Tudo de que preciso numa *lady* está em você. — Ele baixou a cabeça e tocou o ombro dela. Descobrindo que a anágua dela descera de fato de seu ombro, ele conseguiu beijar a pele nua. O perfume de jasmim envolveu sua mente... *Francesca...* E a pulsação dele disparou. Céus, o que ele estava fazendo? Acabara de dizer a si mesmo para não apressar as coisas com ela, e ali estava ele, focando toda a sua atenção nela como um garoto apaixonado.

— Está falando disto?

— É claro. Você é minha esposa. — Antes que Tristan pudesse evitar, ele já a envolvera com o braço, trazendo-a para seu peito. — Relaxe,

Francesca. Estou simplesmente abraçando você. — Ele imbuiu sua voz de ternura. — Planejo reconquistá-la.

O corpo de Francesca ficou rígido.

— Nada de beijos. Você não deve me beijar.

— Está vendo? Você teme meus beijos, e não porque não gosta deles, mas porque gosta demais.

Francesca balançou a cabeça, e uma mecha de cabelo sussurrou no ombro dele. A pele de Tristan formigou, e ele cerrou os dentes para conter a onda de desejo. *Mon Dieu*, ficar deitado com Francesca estava se provando um diabólico teste para sua força de vontade. Ele conteve um grunhido e tentou não se recordar dos momentos em que os membros dela, longos e flexíveis, haviam se entrelaçado aos dele.

— O senhor, milorde, é o homem mais arrogante que já conheci.

O tom dela não estava irritado, embora Tristan não conseguisse decifrá-lo exatamente. Dúvida? Esperança?

— Pela minha honra, não haverá mais beijos. — Ao menos naquela noite.

Louvado fosse, ela acreditou nas palavras dele. Soltando um longo suspiro, Francesca apoiou a cabeça nele e deslizou a mão para a cintura de Tristan.

Progresso. Ao menos Tristan esperava que aquilo fosse um progresso. Com Francesca, nunca era possível ter certeza.

Capítulo 6

No DIA SEGUINTE, O GRUPO deles seguiu a estrada rumo ao oeste. Uma leve garoa caía, e todos, inclusive Francesca, estavam encolhidos debaixo de seus mantos. Tristan lhe dissera que, com sorte, eles chegariam à abadia de São Miguel em Melun ao anoitecer. Eles se acomodariam na abadia antes de partirem novamente na manhã seguinte. À medida que a manhã avançou e a chuva ficou mais forte e constante, Francesca se flagrou rezando para que eles tivessem melhor sorte no dia seguinte.

A estrada à frente estava pontilhada de poças, a lama espirrava, e a umidade parecia penetrar o manto e o vestido dela. Suas coxas pareciam molhadas. Francesca sentia uma comichão nelas. Grandes gotas de chuva atingiam seus olhos; elas ficavam presas como joias na crina de Princesa antes de serem levadas pelo vento.

Com o avanço da manhã, a ideia de se secar diante de uma grande lareira numa estalagem se tornou cada vez mais atraente. As estalagens das abadias eram famosas por sua hospitalidade com os nobres. E, apesar de eles estarem viajando sem pompa, Francesca não tinha dúvida de que Tristan, Comte des Iles, seria recebido acaloradamente.

Ele estava sentado tranquilo na sela, seu rosto oculto pelo capuz do manto. Ele inclinou a cabeça para trás, analisou as nuvens e se virou para Francesca enquanto ela afastava disfarçadamente seu vestido encharcado das coxas.

— Não precisa ficar tão triste, meu coração. Duvido que a chuva perdure. Está clareando no oeste. Devemos ficar secos daqui a algumas horas.

— Espero que sim. Tristan, por favor, não me chame de meu coração.

— Pois bem, se isso a deixa desconfortável.

— Deixa. — Francesca baixou os olhos para sua mão enluvada, a mão que ainda usava o selo dele. O que ele estava fazendo? Flertando? Brincando com ela para se divertir no caminho até Fontaine?

No quarto, na noite anterior, ele dissera estar planejando reconquistá-la. Ele lhe dissera que, no passado, ela significara muito para ele. Contudo, se isso fosse verdade, por que nunca dissera aquilo antes? No passado, eles haviam feito amor incontáveis vezes. Ela se recordava distintamente de ter lhe dito que o amava e, nem uma vez sequer, recebera uma resposta. Sentindo-se reconfortada pela natureza passional dele... Como ela fora jovem, como fora ingênua... Ela tivera certeza de que, algum dia, ele lhe diria isso — o que nunca acontecera.

Então, na noite anterior, ele anunciara que pretendia reconquistá-la. Recolocara seu anel de volta no dedo dela. Ficara aninhado com ela. Tristan queria mesmo ficar com ela?

Uma parte de Francesca ansiava por acreditar nele, ao passo que a outra parte, a parte que chorara amargas lágrimas pela tortuosa morte do casamento deles, tinha medo. Amar Tristan fora algo que acontecera muito facilmente, e isso se transformara em cinzas com igual facilidade. Eles poderiam mesmo recomeçar do zero?

Francesca acreditava no marido quando ele dizia que escrevera para ela; Tristan não podia ser um mentiroso descarado. Entretanto, eles haviam tido dois anos para se afastarem. Dois anos durante os quais Tristan seguira seu coração político e fizera o que mais amava: forjar conexões vitais com um príncipe da Inglaterra. O príncipe que, um dia, iria se casar com a duquesa Constança. Tudo em que Tristan pensava era política e poder. Não havia lugar para o amor em sua vida. Ele estava brincando com os sentimentos dela porque precisava de herdeiros, e ele, sendo tanto honrado quanto sensual, queria uma mulher em sua cama, uma mulher de cuja companhia ele gostasse.

Francesca não sabia ao certo se poderia abrir seu coração para tamanha dor. Ela fizera isso uma vez por ele, mas não achava que sobreviveria a uma segunda rodada.

A sela de Tristan rangeu quando ele se virou para olhar atrás deles, de cenho franzido. Francesca acompanhou seu olhar. Mari e Bastian estavam cavalgando lado a lado, aparentemente absortos numa conversa. Atrás de Mari e Bastian, ligeiramente visível através de uma cortina de chuva, outro grupo de viajantes rumava naquela mesma direção.

— Tristan, se estiver preocupado com Mari, não fique. Eu já lhe disse que ela não ficará para trás.

Ele a olhou de forma apática.

— Humm? — O rosto dele assumiu uma expressão, e sua boca se ergueu num dos cantos. — Sim, vejo que Mari é uma amazona e tanto. Mas gosto de ver como ela está de vez em quando.

— Ah?

O sorriso se tornou irônico.

— Sua aia me olha com tamanha veneração que temo que ela vá ficar triste se eu não lhe mostrar que penso nela com frequência.

Ela gargalhou.

— Tristan, você é ridículo.

Ele lançou outro olhar por cima do ombro.

— Seja honesta: Mari me detesta.

Francesca ergueu uma das sobrancelhas.

— Ela é muito leal.

— A você, talvez. Comigo, ela é a mulher mais mal-humorada do mundo. Pela minha sanidade, você poderia dizer a ela que escrevi para você. — Ele espiou por cima do ombro. — Juro que os olhos dela estavam perfurando meu couro.

— Eu contei a ela a respeito das cartas.

— Não me diga... Ela não acreditou.

Tristan enxugou a chuva de seu rosto com o dorso da mão. Francesca não conseguiu evitar sorrir. Contra o pano de fundo cinza do céu, os olhos dele pareciam mais azuis do que nunca. E muito ternos.

— Tem razão, ela não acreditou mesmo.

— E você? Acredita que escrevi para você?

Ela não conseguiu desviar o olhar.

— Acredito em você.

O rosto dele se iluminou.

— Graças a Deus. Ainda conquistarei você, meu coração.

O coração de Francesca palpitou. Medo? Infelizmente, para a sanidade dela, ela achava que não. Na realidade, suspeitava de que fosse a velha empolgação, a empolgação que ela costumava sentir quando estava na companhia de Tristan. Dizendo a si mesma que estava mais velha e mais sábia do que no passado, velha e sábia demais para continuar suscetível a um par de brilhantes olhos azuis e um sorriso conquistador, Francesca se agarrou ao primeiro assunto que lhe veio à mente.

— Tristan, você nunca chegou a falar de fato sobre o seu pai. Tenho certeza de que ele teria orgulho de tudo que você fez pela Bretanha.

A expressão de Tristan ficou gélida. Francesca piscou os olhos, não acreditando na velocidade com a qual o sorriso dele desaparecera. Seu estômago se contraiu, mas ela persistiu mesmo assim; sempre quisera enxergar dentro do coração dele. E que maneira melhor de começar do que falando sobre o pai dele?

— Fale sobre o conde Bedwyr, Tristan.

— Não há muito a dizer. — O tom dele estava ríspido. Inexpressivo.

Francesca já o ouvira usar aquele tom ao censurar um soldado indisciplinado. Ocorreu-lhe que ele o usava como uma armadura, para manter as pessoas distantes. Bem, não a manteria distante, não mais. Se ele quisesse salvar o casamento deles, precisaria ser mais aberto.

— Você viu muito o conde Bedwyr depois da morte da sua mãe?

Os olhos azuis dele se semicerraram e, inicialmente, Francesca pensou que ele não fosse responder. Então, ele desviou rapidamente o olhar, um músculo se repuxando em seu maxilar.

— Não muito. Eu me lembro de meu pai apenas um pouco mais do que minha mãe. Como já lhe disse, ele era uma figura distante. Na última visita dele a Vannes, a expressão dele estava tão amarga quanto a de sua aia.

— Está exagerando, certamente.

Tristan balançou a cabeça, e várias gotas de chuva voaram da beira de seu capuz.

— Creio que não. É difícil me recordar exatamente dele. A passagem dos anos praticamente o apagou de minha mente. — Ele contraiu a boca. Estava concentrado na estrada encharcada à frente. — Pode me perguntar a respeito de lorde Morgan se quiser. Tenho lembranças mais claras dele.

Francesca aproveitou a deixa, e eles continuaram em frente, com ela se esforçando ao máximo para saber mais a respeito do homem com quem se casara. *Que idade você tinha quando ganhou suas primeiras esporas? Você formou amizades íntimas quando foi criado em Vannes?*

Tristan respondeu a essas perguntas com bastante tranquilidade, mas a ternura desaparecera de seus olhos. Ele se retraíra no instante em que ela lhe perguntara a respeito de seu pai, e havia mais naquela história do que a distância costumeira entre um pai e um jovem filho que fora enviado para morar na casa de outro lorde, Francesca tinha certeza disso. Aquele tom frio e ríspido que ele usava quando queria manter alguém afastado... Ele o teria aprendido com seu pai?

Certamente, algo no conde Bedwyr o deixava profundamente desconfortável. Vendo o rosto de Tristan perder a expressão enquanto eles percorriam a estrada encharcada até a abadia de São Miguel, Francesca temeu que ele não fosse se abrir de verdade com ela tão cedo. Talvez isso jamais acontecesse. Talvez tudo que eles tivessem fosse aquela estonteante chama de paixão física. Se ela se extinguisse, o que restaria?

Francesca conteve um suspiro e tentou ignorar o pesar que a dilacerava por dentro. No fundo, estava começando a parecer que eles eram completamente incompatíveis.

A chuva parara, e o sino da oração da tarde estava soando quando a abadia de São Miguel surgiu no campo de visão deles. Tristan fez seu cavalo avançar na direção das muralhas da abadia com um suspiro de alívio.

Francesca passara o dia inteiro demonstrando interesse demais em saber sobre o pai dele. Ela fora extraordinariamente criativa. Cada bendito assunto fora habilmente conectado novamente ao conde Bedwyr. Tristan não fazia ideia de como ela conseguira fazer aquilo.

Eles haviam falado sobre cavalos, e Francesca lhe perguntara se ele adquirira de seu pai o interesse por construir seu estábulo. Tristan lembrara a ela que ele não tinha muito a dizer a respeito de seu pai e, achando que aquilo seria o fim daquela conversa, mudara rapidamente de assunto. Eles haviam conversado sobre comida e vinho, e Francesca logo estava perguntando se o conde Bedwyr tivera uma boa adega em des Iles. Ela podia ser uma mulher muito teimosa quando queria ser. Outra mudança de assunto. Dessa vez, eles haviam falado sobre a ida dele à Inglaterra, com o príncipe Godofredo. E, mais uma vez, ela perguntara se o interesse do pai dele na política fora como o dele. O pai dele visitara a Inglaterra? Mulher teimosa, de fato!

Havia uma pequena janela coberta na muralha da abadia e uma corda para tocar uma sineta. Cavalgando até a janela, Tristan fez Flint se aproximar e puxou a corda. Quando a sineta tocou, gansos grasnaram do outro lado da muralha. Depois de uma curta pausa, a cobertura da janela foi aberta para revelar um rosto redondo e uma cabeça com cabelo em corte de cercilho.

Tristan sorriu.

— Irmão Simon, eu presumo?

— Sim?

— Tristan des Iles, a seu dispor. Está nos esperando, creio eu.

O irmão Simon assentiu.

— Certamente, milorde. Abrirei o portão principal para deixá-los entrar na estalagem. — O monge olhou além de Tristan. — São apenas os quatro?

— Sim. Esta é minha esposa, *lady* Francesca, e sua aia. — Ele apontou para Bastian. — Meu escudeiro cuidará dos cavalos. Tenho assuntos a tratar no vilarejo e retornarei mais tarde. Irmão, estamos todos um tanto molhados por causa daquela tempestade. Eu ficaria agradecido se você pudesse acender uma grande lareira.

— Pois bem, milorde. — A janela se fechou com um som metálico.

Tristan esperou, tamborilando no chifre de sua sela enquanto o portão era destrancado. Ele cometeu o erro de olhar para Francesca, que o observava de cenho franzido.

Ela empinou o queixo.

— Assuntos a tratar no vilarejo, Tristan?

— Sim. — A voz dele saiu mais sucinta do que o pretendido. — Não devo demorar. No entanto, não me espere para jantar.

Francesca assentiu, a boca contraída. Tristan fez Flint dar meia-volta, virou-se na direção do vilarejo e partiu a trote.

Tristan percebera o grupo de cavaleiros atrás deles.

Fingindo estar observando Mari, ele não parara de olhar para trás e, através da chuva, pensara ter visto uma cabeleira clara. Claro, ele podia ter se enganado, a visibilidade estivera péssima. Ainda assim, aqueles cavaleiros o haviam deixado desconfortável. Especialmente se um deles acabasse se revelando *Sir* Joakim Kerjean. Certamente seria uma coincidência muito grande Kerjean estar retornando à Bretanha exatamente ao mesmo tempo em que eles, não? Várias possibilidades se apresentavam; nenhuma delas agradável. A mais óbvia era a de que Kerjean fosse tolo o suficiente para pensar que Francesca continuava sendo uma presa fácil. Se fosse esse o caso, ele logo descobriria a verdade.

Tristan perdeu de vista os outros viajantes pouco antes de chegar ao vilarejo. Ele estava refazendo seus passos, rezando para que tivesse se equivocado em relação à identidade do homem de cabelo loiro. *Sir* Joakim Kerjean não era o único homem no mundo com cabelo daquela cor. Podia não ser ele. Contudo, se fosse mesmo Kerjean, ele estaria prestes a receber um aviso. Francesca estava fora de alcance para ele.

E, se não fosse Kerjean... Bem, não haveria nenhum problema. Tristan impeliu Flint com os calcanhares. Ao menos ele teria um descanso da delicada e insistente sondagem de Francesca em relação ao pai dele.

Tristan detestava falar sobre seu pai. Sentia vergonha demais. Seu pai cometera um grande pecado, um pecado mortal que deixaria chocados o bom irmão Simon e os outros monges. De fato, o pecado do conde Bedwyr fora tão terrível que, se a Igreja ficasse sabendo do que ele fizera, não teria permitido que seu corpo fosse enterrado em solo sagrado.

O conde Bedwyr des Iles cometera suicídio.

Não havia provas, ao menos nenhuma que tivesse sobrevivido. Lorde Morgan se certificara disso. E apenas um punhado de pessoas sabia da chocante verdade; lorde Morgan, Tristan e Roparz. Roparz era um escudeiro em des Iles na época. Na realidade, fora o pobre Roparz que tivera o infortúnio de encontrar o corpo do conde Bedwyr.

Meu pai se enforcou em um gancho no estábulo, e Roparz o encontrou.

Roparz tivera a sensatez de procurar imediatamente o comissário do castelo, *Sir* Izidor. *Sir* Izidor agira com rapidez, removendo o corpo do conde Bedwyr e o levando até seu quarto. Ele convocara lorde Morgan, e os dois haviam se certificado de que a notícia do pecado mortal do pai de Tristan jamais saísse dali. Tristan rezava para que as coisas permanecessem assim. *Sir* Izidor morrera alguns anos depois; lorde Morgan nem sonharia em dizer nada; e Tristan confiaria sua vida a Roparz.

Embora nenhum sussurro tivesse escapado, Tristan não incentivava que mencionassem seu pai. Era doloroso demais. Como ele pudera fazer algo assim? Certamente, ele devia ter ficado péssimo após a prematura morte de sua *lady*. Mas suicídio? Negar a vida daquela forma, dar as costas a suas muitas e pesadas responsabilidades? Como ele pudera? Por quê? O pai dele devia ter tido motivos, mas, fossem lá quais tivessem sido, o suicídio era certamente uma solução covarde.

O problema era que Tristan reconhecia que, se ele quisesse salvar seu casamento, precisaria se abrir mais com Francesca. E ele estava se abrindo, ao menos no tocante ao relacionamento deles. Ele lhe dissera que queria que o casamento continuasse e falara sério. Apenas não estava preparado para falar de seu pai.

Ocorreu-lhe que, com Francesca, não falar a respeito de seu pai se tornara uma grande dificuldade. Uma parte dele ansiava por contar a ela. Algo na esposa o fazia querer expor sua alma a ela. O que era impossível. Se ela ficasse sabendo que o pai dele se matara, certamente sentiria repulsa. E, se alguma outra pessoa descobrisse...

Um calafrio o atingiu. Ninguém poderia saber. Ele não podia se dar o luxo de cometer um deslize. Os ossos de seu pai vinham descansando ao lado dos de sua mãe no túmulo da família havia mais de uma década, e era lá que eles deveriam ficar.

Tristan fez uma expressão determinada. Ninguém, nem mesmo Francesca, podia saber do pecado do pai.

Puxando irritadamente seu manto molhado, ele fixou seu olhar na estalagem de péssima aparência pela qual eles haviam passado mais cedo. Maldito fosse aquele vento! A pele dele estava totalmente arrepiada.

O telhado da estalagem era de palha e estava envergado para baixo. Em cada uma das pontas, perto das calhas, a grama brotava. Uma surrada placa indicando a estalagem gemia enquanto balançava ao vento, sua imagem tão desbotada e borrada pela passagem das estações que tudo que Tristan conseguiu identificar foi um pálido borrão de tinta. O Cisne Branco? O Cervo Branco? Ele não se importava, queria apenas acabar logo com aquilo. Ele não ficaria em paz até ter recebido confirmação de que o homem que ele vira na estrada naquele dia, o de cabelo loiro, *não* era Joakim Kerjean.

Ver aquele cabelo loiro fora profundamente perturbador. Por que Kerjean fora a Provins? Encontrar Francesca teria sido seu principal objetivo? Caso tivesse sido, o que ele queria com ela? Casar-se com Francesca seria sua meta? Outra possibilidade era a de que Kerjean estivesse planejando usar Francesca como meio de pressionar Tristan. Mas para que fim?

Um horrendo pensamento lhe ocorreu. *Mon Dieu*, seria possível que a aliança rebelde fosse revivida? Seria isso o que estava acontecendo?

Tristan e o barão Rolland haviam passado meses batalhando contra os barões desordeiros e sua aliança rebelde e, até aquele momento, Tristan tivera confiança de que a aliança estivera com seus dias contados. Alguns suspeitos haviam desaparecido, fugido para algum esconderijo, sem dúvida. Naturalmente, tanto Tristan quanto o barão Rolland sabiam que haveria remanescentes à solta. Isso era de se esperar. O dia em que todos os infiéis estariam presos jamais chegaria.

Saber que havia remanescentes à solta era uma coisa. Uma possível ressurreição da aliança era outra completamente diferente. Seria isso o que estava acontecendo ali?

Tristan sabia havia muito tempo que a aliança utilizava rotas comerciais para levar mensagens a simpatizantes mais distantes. O surgimento de Kerjean em des Iles e, posteriormente, em Provins, tornava seu envolvimento uma possibilidade distinta. Normalmente, Tristan se sentiria inclinado a deixar o homem cavar a própria cova. Contudo, com Francesca envolvida, isso era impossível. Ela precisava ser protegida a qualquer custo.

Quando ele partira para Champanhe, Tristan não pensara no efeito que Francesca teria sobre ele. A segurança dela era crucial. A última coisa que ele queria era que ela fosse arrastada para a luta da Bretanha contra foras da lei e barões rebeldes.

Tristan girou os ombros, entrou e rumou para o calor da lareira. Uma funcionária de aparência cansada surgiu da escuridão. Seu cabelo estava preso numa frouxa trança, e seu vestido estava tão desbotado e velho quanto o rosto dela.

— Posso lhe trazer cerveja, senhor? Talvez prefira vinho?

— Cerveja, por favor. — Tristan duvidava de que aquele lugar servisse um vinho minimamente tragável. Escolhendo um banco ao lado do fogo, ele desenrolou seu manto dos ombros e o pendurou no banco.

Ao se sentar para observar a porta, ele viu o vapor subir levemente de suas meias. Ele soube que não precisaria esperar muito e que não estava enganado. Quando a mulher lhe trouxe sua cerveja, a porta se abriu.

Sir Joakim Kerjean entrou.

Todos os sentidos de Tristan entraram em alerta. Céus, que pesadelo; era *mesmo* Kerjean! O que diabos aquele homem estava tramando? Mantendo seu rosto inexpressivo, Tristan ficou de pé.

— Boa noite, Kerjean.

Sir Joakim hesitou antes de continuar na direção dele.

— Conde Tristan, não imaginei que fôssemos nos encontrar tão cedo. Pensei que ficaria em São Miguel com sua linda esposa.

Tristan ficou rígido. *Não imaginei que fôssemos nos encontrar tão cedo.* Uma ameaça? Certamente era o que parecia. Tristan indicou a mesa, dizendo de forma seca:

— Eu me sentiria honrado se se juntasse a mim.

Sir Joakim tirou as luvas e as jogou na mesa.

— Não achei que tivesse nos visto.

Nos? Então, os homens com os quais Kerjean estivera viajando estavam ligados a ele de certa forma. Interessante.

— Avistei você alguns quilômetros antes. — Tristan deu de ombros. — Não tinha como saber se era você mesmo. Você estava mantendo distância. Cerveja? Vinho?

Sir Joakim passou os dedos por seu cabelo loiro, puxou um banco com o pé e se sentou.

— Cerveja, obrigado.

Tristan semicerrou os olhos. Havia gotículas de suor na testa de Kerjean. O homem não era tão frio quanto fingia ser. Encontrando o olhar da funcionária da estalagem, Tristan gesticulou, pedindo outra cerveja.

— Está bastante longe de casa. O que o levou a Provins?

O sorriso de Kerjean foi sugestivo.

— Estava pensando em encontrar uma nova amante para mim, e achei que o baile do Primeiro de Maio seria um bom lugar para isso.

A fúria atingiu Tristan, e ele se flagrou duelando com a vontade de apertar o pescoço daquele homem. Felizmente, anos de treinamento haviam sido benéficos, e ele conseguiu se manter sentado. Não descobriria nada se a raiva o dominasse. Erguendo uma das sobrancelhas, ele pegou sua caneca de cerveja.

— As damas bretãs não foram receptivas?

A funcionária da estalagem chegou com a cerveja de *Sir* Joakim. Segurando a caneca, ele tomou tudo num único gole e enxugou a boca com a manga de sua túnica. Curvou-se na direção de Tristan, os olhos frios.

— Fiquei sabendo que havia uma *lady* especialmente bela em Champanhe que estava procurando um novo lar. Fiquei sabendo que o marido dela a abandonou.

O sangue urrou dentro dos ouvidos de Tristan. Uma imagem lampejou diante dele; Francesca naquele corredor ao lado do salão do palácio, levantando a mão para acertar a cara do homem. A imagem o ajudou a manter a calma.

— Quer dizer que admite que sabia que ela era minha esposa? Foi atrás dela deliberadamente. Cheguei a pensar nisso.

— Pensei em testar o terreno, achei que ela pudesse estar se sentindo solitária. — Kerjean se recostou e sorriu. Foi um sorriso irritante, claramente feito para fazer Tristan perder a compostura.

— Se está tentando me irritar, não funcionará — falou Tristan.

— Não tenho tanta certeza disso. — Outro irritante sorriso o testou ainda mais. — *Mon seigneur*, começo a achar que gosta daquela garota, apesar do abandono.

— Talvez seja prudente você ser civilizado. Aquela garota, como a chama de forma insolente, é minha esposa no momento. Eu preferiria que lhe demonstrasse o devido respeito, chamando-a de *lady* Francesca des Iles.

— Se assim insiste. Certamente não fui o único a fazer uma longa viagem para vê-la. Sentiu falta de *lady* Francesca enquanto estava passeando por todo o mundo cristão? Estava pensando em remendar seu casamento, milorde? Ou planeja ficar com ela... por perto... enquanto caça uma verdadeira herdeira?

Tristan tomou um gole de cerveja para ajudar a manter sua tranquilidade. O que Kerjean estava tramando? Infelizmente, Tristan não sabia quase nada a respeito dele. Se ele soubesse mais, talvez entendesse o repentino interesse de Kerjean por Francesca.

A busca de Kerjean por uma amante não fazia sentido. O homem teria conhecido Francesca antes do baile? Por que esperar até aquele momento para procurá-la? Ele estaria querendo a mansão dela? Kerjean tinha capangas... Seus companheiros de viagem, talvez, estavam planejando usar Francesca como arma contra ele?

Uma bola de gelo se assentou dentro de Tristan. E pensar que, de início, ele pensara em enviar alguém para acompanhar Francesca até Fontaine... Graças a Deus, ele próprio fora buscá-la. Entretanto, parecia que ele cometera um grave erro ao ir a Champanhe com a companhia de apenas um escudeiro. *Se Kerjean estiver planejando algo sombrio, o rapto de Francesca, por exemplo, preciso de homens para me ajudar.*

Ciente de que todos os seus músculos estavam contraídos, Tristan se obrigou a relaxar.

— *Lady* Francesca é minha esposa, Kerjean. E, enquanto o for, está fora dos limites para você.

Sir Joakim ergueu sua caneca de cerveja num arremedo de brinde.

— Como quiser, milorde. Longe de mim me colocar entre um homem e sua esposa.

A porta se abriu, deixando entrar uma lufada de ar úmido. Meia dúzia de homens corpulentos, vestidos com mantos escuros, entrou. Todos tinham espadas e foram imediatamente para o balcão. A palavra "mercenário" surgiu na mente de Tristan.

— Amigos seus, Kerjean?

— Companheiros de viagem. Mercadores.

Tristan ergueu uma das sobrancelhas.

— Mercadores de aparência bem rústica.

Sir Joakim abriu um fraco sorriso para ele.

— Atualmente, mercadores precisam ser fortes, especialmente se a rota deles os levar para longe da jurisdição dos Cavaleiros Guardiões. Nem todas as estradas são seguras como as de Champanhe.

Tristan sentiu um calafrio quando suas suspeitas ficaram mais fortes. Kerjean não apoiava a nova paz na Bretanha. Ele estava do lado dos homens que acreditavam que um ducado dividido em facções oferecia melhores oportunidades. Seria a intenção dele usar Francesca para obrigar Tristan a negociar? Tristan sentia sua raiva crescendo. Ele duvidava de que Kerjean estivesse disposto a ir longe a ponto de sequestrá-la, mas ele não queria correr esse risco. Pelo bem de Francesca, ele precisava se certificar de que Kerjean acreditasse que o bem-estar dela não significava muito para ele.

Tristan deu de ombros casualmente.

— Não precisará esperar muito. Daqui a poucas semanas, já poderá se tornar um pretendente. Faz mais sentido para mim, politicamente, se meu casamento for anulado. — O que era verdade o suficiente, refletiu Tristan. Isso não significava que ele permitiria que isso acontecesse.

Sir Joakim o observou.

— Parece-me muito estranho que você tenha ido até Champanhe buscar uma mulher da qual está prestes a se divorciar.

Recostando-se na parede, Tristan cruzou as pernas na altura dos tornozelos. Suas esporas tilintaram.

— Assuntos de família, *Sir* Joakim. Estou apenas cumprindo uma obrigação que tenho com o conde Myrrdin.

— Oh?

— Não ficou sabendo? O conde Myrrdin está doente. Francamente, ele não durará muito neste mundo. É provável que você saiba que ele considera minha esposa uma filha. Ele pediu para vê-la.

Uma sobrancelha loira se ergueu subitamente.

— Está agindo como emissário do conde Myrrdin? — O lábio de *Sir* Joakim se curvou. — Deve ser um tanto humilhante para alguém acostumado a se reunir com reis e príncipes.

— Chama-se lealdade. Não que eu espere que você entenda. O conde Myrrdin foi bom para mim depois de meu casamento.

Kerjean gargalhou.

— *Jésu*, o homem empurrou a filha de um camponês para você, e você vaga por aí como um criado dele?

Tristan cerrou um dos punhos.

— Aconselho-lhe a pensar antes de começar a fazer insultos. *Lady* Francesca continua sendo minha esposa. E, até que nosso casamento seja anulado, você se referirá a ela usando seu título.

— Ela é uma garota bonita. Talvez eu a tenha como amante quando você não a quiser mais.

Isso jamais acontecerá! Tristan inspirou fundo e esperou que sua aparência fosse a de uma casualidade que ele não sentia.

— Desejo-lhe sorte com isso. Porém, a julgar pelas minhas observações naquele corredor do palácio, as coisas não me parecem muito boas para você. Por ora, *lady* Francesca irá comigo até o conde Myrrdin. Você poderá buscar suas intenções após o divórcio.

— Des Iles, você não me engana. Não quer um divórcio. No palácio, *Sir* Gervase me contou que havia acomodado vocês dois juntos num aposento da torre. O dono da estalagem em Melun disse o mesmo.

Tristan bocejou.

— Acredite no que quiser.

— Quer dizer que seu interesse é meramente levá-la a Fontaine?

Outro bocejo.

— Perspicaz, você, não?

Um músculo se repuxou na pálpebra de *Sir* Joakim.

— Posso esperar.

— Faça isso.

Chegando à conclusão de que não conseguiria arrancar mais informações de *Sir* Joakim, Tristan deixou de fingir que estava desfrutando de sua cerveja e pegou seu manto. Ele lidaria com Joakim Kerjean depois. Por ora, ele seguiria até Fontaine o mais veloz possível.

Tristan não sabia ao certo o que Kerjean queria com Francesca. Contudo, ele sabia que quanto antes ele a pusesse em segurança atrás das muralhas de Fontaine, melhor ele se sentiria.

Capítulo 7

NA ESTALAGEM DA ABADIA, FRANCESCA, Mari e Bastian tiraram suas roupas molhadas e as penduraram para secar num suporte perto da lareira. Eles cearam, e o prato de Tristan foi coberto e colocado ao lado das chamas para ser mantido quente até ele voltar.

Deixando Mari e Bastian na mesa, murmurando em voz baixa um para o outro, Francesca se flagrou explorando o salão da estalagem, perguntando a si mesma por que não estava se sentindo nada confortável ali.

Sua inquietação não tinha nada a ver com as acomodações deles. A estalagem da abadia de São Miguel era uma das melhores de todo o mundo cristão. Comprida e estreita, construída de pedra, ela tinha uma generosa lareira. Em cada uma das pontas do aposento, grossas cortinas de lã ficavam presas atrás de grandes ganchos de ferro. Quando estendidas, as cortinas serviam como telas para que as pessoas dormissem em privacidade. Era tudo muito civilizado. Francesca foi até uma das cortinas, virou-se e foi até outra.

Não, sua inquietação nada tinha a ver com a estalagem. Ela não conseguia parar de pensar em Tristan. Por que ele voltara àquela estalagem tão feia? Certamente ele devia ter lhes contado o que faria. Ele estava escondendo algo dela. Novamente. Francesca suspirou. Ali estava mais uma barreira para separá-los.

Sem dúvida, ela o irritara quando não parara de perguntar a respeito do pai dele. Mas Francesca não conseguira evitar. A relutância de Tristan em conversar de forma mais franca com ela era certamente uma das causas originais do que dera errado entre eles.

Não era simplesmente o fato de ele tê-la deixado para cumprir sua responsabilidade com sua amada Bretanha; todo lorde tinha responsabilidades. O conde Myrrdin não ensinara muito a ela sobre política local, mas Francesca entendia como o sistema feudal funcionava. Os lordes detinham terras de seus senhores e, por esse privilégio, eles tinham muitas obrigações. Precisavam frequentar infindáveis reuniões do conselho e, acima de tudo, se os senhores deles precisassem de homens para apoiar sua causa, eles chamavam seus lordes para tal.

A lealdade era a fundação pétrea sobre a qual todo o sistema repousava. No momento, o rei Henrique da Inglaterra era o duque da Bretanha. Portanto, em tese, os lordes bretões deviam lealdade a ele. Depois que Francesca e Tristan haviam se casado, Tristan fora veloz em sua resposta ao chamado às armas do conselho. Alguns nobres haviam tramado contra o rei, questionando seu direito a ser o duque da Bretanha. Tristan, não. Ele era o homem mais leal de todos. O que mais tinha princípios. Francesca se recordava de ele ter dito que, se eles ao menos conseguissem conquistar a paz, todos da Bretanha se beneficiariam. Isso fazia todo o sentido.

Não, não tinham sido as responsabilidades de Tristan que tinham causado as dificuldades deles.

Assim como não tinham sido aquelas cartas.

Além disso, se Francesca pudesse acreditar no que Tristan lhe dissera na noite anterior, sobre ter esperanças de que o casamento deles sobrevivesse, a diferença de status entre eles também não fora o problema. Sim, Tristan era um dos grandes lordes, e ela acabara se revelando não ser ninguém. No entanto, se isso não o deixava preocupado, certamente não devia deixá-la também.

Ela mordeu o lábio. Talvez houvesse esperança para eles. Esperança. O estômago de Francesca se revirou. Pelo que ela estava aprendendo, a esperança era algo extremamente desconcertante. Como ela era tola! Se Tristan fizesse a coisa sensata, ele a deixaria de lado e encontraria uma nobre com um bom dote.

Francesca andou de um lado para o outro. Ela não tinha nenhum motivo para ter confiança. Não enquanto Tristan escondesse coisas dela. Isso estava no cerne dos problemas deles, e esse era o maior desafio de Francesca.

Tristan estava tão acostumado a dar ordens que esperava que todos acatassem tudo que ele dizia. Ele não tinha o hábito de fazer confidências às pessoas e detestava ser contestado. O orgulho dele, imaginava Francesca.

Mesmo assim, ele fizera um progresso ao contar a ela a respeito da morte de sua mãe. Não era o suficiente; ele não confiava plenamente em Francesca. Ela fez cara feia para a porta do alojamento. Por que ele voltara àquela horrenda estalagem?

Francesca começou a roer a unha, percebeu o que estava fazendo e foi irritadamente até o suporte onde as roupas deles secavam. Com raiva, ela virou as roupas deles para que secassem mais rapidamente.

A tranca foi removida. As chamas balançaram na lareira, e a porta bateu. Tristan. Ele jogou seu manto sobre o banco.

— Milorde, Flint precisa ser acomodado? — perguntou Bastian, contendo um bocejo.

— Relaxe, rapaz, já fiz isso.

— Vinho, milorde? — Levantando-se, Bastian foi pendurar o manto de Tristan para secar.

Tristan olhou de relance para Francesca.

— É palatável?

— É muito bom. — Ele inclinou a cabeça para o lado. — Você se secou adequadamente? Tristan, essa chuva...

— Fiquei sentado diante da lareira da estalagem. — Percebendo o jarro sobre uma mesa de canto, ele foi lavar as mãos. — Estou faminto.

Francesca sentiu um sorriso se formar.

— É claro. — Pegando um pano, ela retirou o prato de perto da lareira e o levou à mesa. — Tome, ainda deve estar quente. — Ela levantou a tampa.

Tristan se acomodou à mesa enquanto Francesca pegava a concha para servir.

— O que é?

— Cozido de peixe. Em geral, enguia.

Ele fez uma expressão de sofrimento.

— Deve ser sexta-feira.

— Não gosta de enguia? Tem pão, queijo e...

— Eu poderia ir ao refeitório ver se os monges têm algo diferente, milorde — falou Bastian, bocejando novamente.

— Isto está ótimo. Vá para a cama, Bastian, pelo amor de Deus — falou Tristan. — Acordaremos cedo amanhã novamente.

— Sim, milorde. — Bastian hesitou. — Milorde?

— Sim?

Bastian pareceu inquieto, remexendo os pés, suas orelhas ficaram rosadas.

— O senhor e *milady*... Quero dizer, eu estava pensando... Ainda não arrumei as camas, milorde.

— *Lady* Francesca e eu ficaremos com aquele canto do aposento. Você e Mari podem ficar com o outro. — Tristan olhou para Mari. — Suponho que isso seja aceitável. — Pelo tom dele, ficou claro que ele não esperava contestação.

— Sim, milorde — respondeu Mari, submissa como um cordeiro.

Mais tarde, quando Tristan terminara de comer e a lareira fora abastecida de lenha para a noite, ele e Francesca levaram velas para o espaço onde dormiriam, atrás da cortina de lã. Dois estrados haviam sido postos juntos; presumivelmente, por Bastian, antes de ele ter ido para a cama. Francesca não o vira fazer aquilo.

Assim que a cortina foi fechada, Tristan pegou a vela de Francesca e a colocou sobre uma prateleira na parede mais afastada. Uma franja dourada de luz reluziu em torno da cortina; o brilho da lareira e uma lanterna que eles haviam deixado perto dela. O cabelo escuro dele reluzia à luz das velas. Seus olhos estavam indecifráveis, sua expressão, pensativa.

— Venha cá, por favor. — Ele a puxou para si e deslizou a mão em torno da cintura de Francesca, não segurando com força, mas delicadamente, como se estivesse esperando que ela protestasse. Depois de um instante, Francesca sentiu lábios cálidos em seu pescoço e a leve abrasão da barba dele, que estava crescendo.

Com as mãos nos ombros dele, ela recuou.

— Tristan, o que aconteceu na estalagem? — Ciente de Mari e Bastian dormindo atrás da cortina do outro lado do cômodo, ela manteve a voz num sussurro. — Por que voltou?

Uma grande mão segurou o rosto dela, enquanto Tristan olhava em seus olhos.

— Francesca.

— Tristan, o que aconteceu? Qual é o problema?

Ele engoliu em seco. Havia um toque de vulnerabilidade em seus olhos. Sim, sem dúvida, algo o incomodava.

— Francesca, você se lembra do que eu lhe disse na noite passada? Sobre nosso casamento?

— Disse que esperava salvá-lo.

— Sim, isso. Gostaria de lhe perguntar... Ainda quer a anulação?

— Tristan, eu *nunca* quis a anulação.

— Não?

Sorrindo, ela balançou a cabeça e segurou os ombros dele com mais força.

— Mas, certamente, você precisa de um casamento melhor. Uma esposa que lhe dê mais terras firmará sua posição na Bretanha. — Esticando o corpo, ela deu um rápido beijo no rosto dele. — O que aconteceu na estalagem?

Tristan a soltou e começou a se preparar para dormir... Bainha da espada, túnica, calça, sem responder a ela. Suspirando, Francesca fez o mesmo. Ela estava deslizando para baixo dos lençóis, tendo desistido de conversar, quando ele apagou a vela e se juntou a ela no estrado. Novamente, ele a puxou para si. Novamente, ela permitiu. Ele estava nu, claro. Era inútil fingir que não estava. Tristan sempre dormia nu. E ela precisava admitir que isso lhe causava um frisson, pois ele era todo másculo e musculoso. Perturbador e reconfortante. Ele estava tão quente e tentador que Francesca teve dificuldade de resistir à vontade de se aconchegar junto a ele e acariciá-lo.

— Vi alguém atrás de nós na estrada — murmurou ele.

— Os outros viajantes? Também os vi. O que há com eles?

— Voltei à estalagem porque precisava saber quem eles eram.

— E?

— O cavaleiro com quem você estava falando no baile estava entre eles.

— O homem que me arrastou para o corredor? Que estranho.

— Francesca, preciso saber... O que ele lhe disse?

— Nada de mais. Tristan, você viu tudo. Ele tentou me beijar. Então, você apareceu e...

— Jura que ele não disse mais nada? Nada a meu respeito?

— Tristan, o que está havendo?

— Preciso dizer que estou preocupado. Francesca, o homem que a acossou no baile é bretão, um certo *Sir* Joakim Kerjean. Ele tem uma mansão em Léon.

Francesca se flagrou prendendo o fôlego. Seria possível que Tristan estivesse se abrindo para ela? Numa questão de política? A pulsação dela acelerou.

— Acha que ele me procurou deliberadamente?

— Sei que ele fez isso.

— Mas eu estava de máscara quando ele me encontrou.

— Alguém deve ter indicado você a ele. Francesca, Roparz me disse que Kerjean tinha sido visto em des Iles. O homem vinha perguntando a seu respeito, foi até Provins especificamente para conhecer *lady* Francesca des Iles. Na estalagem, ele afirmou ter como objetivo que você se tornasse amante dele.

— Não existe nenhuma chance disso. Não gostei nem um pouco dele. — Francesca apoiou a cabeça no peito de Tristan e tentou ignorar o prazer que isso lhe deu; o cheiro da pele dele, a leve abrasão dos pelos do peito dele. — Outra coisa está incomodando você.

— Estou começando a suspeitar de que Kerjean queria usar você em alguma tramoia, talvez para me obrigar a fazer algo. Não sei ao certo e, de qualquer forma, creio que os planos dele ainda não estejam definidos. Claramente, ele não esperava que eu aparecesse subitamente em Provins enquanto ele tentava seduzi-la.

Francesca soltou uma leve risada.

— Preciso lhe dizer que ele não é nada bom em sedução.

Tristan segurou o cabelo dela e o puxou levemente.

— Fico feliz por ouvir isso, meu coração.

Ele começou a brincar com a trança dela e, após um momento, Francesca sentiu que ele a desfazia. Quando eles haviam se casado, Tristan costumava desenrolar o cabelo dela num prelúdio do ato de amor. Quando ele passou cuidadosamente os dedos pelo cabelo dela, Francesca sentiu sua cabeça esquentar. Se ao menos tudo pudesse ser como fora antes... Ela inspirou fundo.

— Tristan, o que faremos?

— Seguiremos para Fontaine conforme planejado. Kerjean está viajando de volta à Bretanha com um grupo de homens que ele afirma ser composto por mercadores. A mim, eles parecem mercenários.

Ela perdeu o fôlego.

— Mercenários?

— Não há necessidade de ficar alarmada. Não posso provar quem eles são, nem o que estão tramando, mas nosso grupo é pequeno, e não vou colocá-la em risco. Tomei a precaução de falar com o abade. Ele concordou em enviar uma comitiva de monges para viajar conosco.

Francesca ficou de queixo caído.

— O abade permite que seus monges atuem como guardas? Pensei que monges não pudessem portar armas.

Uma leve risada esquentou o rosto dela.

— É incomum, embora eu precise dizer que esses homens não são exatamente monges. Eles ainda não fizeram os votos.

— Certamente o derramamento de sangue, mesmo por parte de um noviço, continua sendo pecado, não?

— Não sou nenhum teólogo, Francesca. Tudo que posso dizer é que uma considerável doação aos cofres da abadia nos ajudou a conquistar nossos acompanhantes.

— Entendo. — Francesca franziu o cenho, pensativa. Tristan devia estar preocupado para ter, na prática, recrutado guarda-costas. — Monges contra mercenários? — Os dedos dele acariciaram o cabelo dela, tranquilizadores e sensuais. Delicadamente, ele começou a massagear a cabeça dela. — Tristan, acha mesmo que podemos ser atacados?

— Não mais. Os homens que o abade enviará conosco não foram feitos para a Igreja. Ele me disse que, entre os noviços, há quatro cavaleiros reformados, um dos quais foi campeão em duelos, e um ferreiro. São todos homens robustos, Francesca. Duvido que os homens que viajam com Kerjean tenham treinado de verdade ao longo da vida. Será impossível que eles nos ataquem com quatro cavaleiros em nosso grupo.

— Acha mesmo que estaremos em risco sem os noviços?

— Não sei dizer, mas não a porei em perigo. Ao chegarmos à Bretanha, você estará em segurança em Fontaine. — Os braços dele a envolveram com força. — Podemos discutir o futuro depois que você encontrar o conde Myrrdin.

Leves sons chegaram até eles através da cortina de lã; os estalos das chamas, o leve barulho da porta tremendo ao ser atingida pelo vento.

— Tristan, você trancou a porta?

Ele acariciou o cabelo dela.

— Sim, não se preocupe. Estamos seguros aqui. As muralhas do mosteiro são altas e estão em bom estado. E, se alguém conseguir escalá-las, os cães do abade dariam o alarme. Sem falar nos gansos.

Francesca fechou os olhos e virou levemente a cabeça para dar um disfarçadíssimo e delicadíssimo beijo no peito de Tristan. Ela achara que ele não perceberia, mas uma leve aceleração na respiração dele lhe disse que percebera.

— Tudo está mudando — murmurou ela. — Você acha que o mundo seguirá como sempre, e, de repente, ele muda.

— O conde Myrrdin chegou a uma idade avançada. Não pode viver para sempre.

— Eu não estava pensando em Papa.

Tristan inclinou o corpo na direção do dela.

— Ah...

— Eu estava pensando em você. Em nós.

O peito dele subia e descia constantemente sob a mão dela. Forte e dolorosamente familiar. Aquela era a terceira noite deles juntos depois de uma separação longa demais. Francesca achava que não aguentaria se eles se separassem pela segunda vez.

— Parti de Fontaine porque fiquei com vergonha da minha herança, ou melhor, da minha falta de herança. Ao menos eu pensei que tivesse partido de Fontaine por causa disso. Agora, vejo que não foi apenas isso. Tristan, o outro motivo de eu ter ido embora de Fontaine foi porque... — ela escolheu as palavras com cuidado — eu achava que jamais seríamos íntimos de verdade.

Ele segurou a cabeça dela.

— Francesca, encontrei muita felicidade em nosso casamento. Muito mais do que eu imaginava ser possível. Senti sua falta e me arrependo de não ter lhe dito quanto você significava para mim.

— Eu queria que você se abrisse comigo. Estava ávida para saber tudo a seu respeito; suas esperanças, seus sonhos, tudo.

Silêncio. A respiração de Tristan esquentou o rosto dela.

— Você era muito jovem, meu coração.

Segurando o queixo dele, Francesca deu um leve beijo na boca de Tristan.

— Eu tinha 16 anos e era assustadoramente ignorante. Papa tinha me protegido demais. Em parte porque ele estava ficando velho e sua mente já não estava tão afiada quanto antes.

— Isso não é novidade.

— Tristan, às vezes, tudo que é necessário para que uma pessoa cresça é alguém que confie nela. Como você confiou em mim com suas confidências esta noite. — Ela o beijou novamente na boca, recuando porque achou que ele a puxaria para si. — Finalmente, as coisas estão mudando, e estou feliz com isso. Você está finalmente conversando comigo. Sei que você acha isso difícil.

— Difícil? — A voz dele estava marcada pela surpresa. — Conversar é fácil. O difícil é escolher os amigos certos.

Francesca não se deixaria enganar. Seu lindo marido costumava ficar de boca fechada. Com a criação que ele tivera, isso não era nenhuma surpresa. Ele fora enviado para outro lar muito jovem. Depois, seus pais haviam morrido antes de ele ter ganhado suas esporas e retornado para casa. Ela sentiu um nó na garganta.

— Você diria que *Sir* Roparz é um amigo íntimo?

— Certamente. — A voz dele estava terna. — Ele é meu braço direito em des Iles. É mais do que um amigo; é meu comissário lá.

— E você conta tudo a ele?

— Francesca, o que está querendo com isso?

— *Sir* Roparz sabe por que você odeia seu pai?

Ele ficou tenso.

— O que quer dizer com isso?

— Eu gostaria que você conversasse comigo com a mesma intimidade com a qual conversa com *Sir* Roparz.

Uma quente mão subiu e desceu deliberadamente devagar pelo ombro dela.

— Tenho muito mais intimidade com você, Francesca.

— Não é disso que estou falando, e você sabe. Há algo a respeito de seu pai que você não quer me contar. Algo que o irrita, que o incomoda.

Silêncio.

Ela beijou o rosto dele.

— Pode fazer confidências a mim. Tristan, haja o que houver no futuro, não trairei sua confiança. Fale sobre seu pai.

Ele ficou imóvel como uma pedra, respirando fundo.

— Como soube?

— Está óbvio que algo está muito errado. Você repele todas as perguntas. Conte. Por favor.

Ela sentiu os dedos do marido em seu cabelo e o leve suspiro dele em seu rosto.

— Não odeio meu pai. Nisso, você está enganada. — Ela o ouviu engolir em seco. — No entanto, não é uma história bonita e terminará bem rápido. Minha mãe morreu, como você sabe, de uma doença. Em menos de um ano, meu pai a acompanhou. Disso, você também sabe. Porém, a morte de meu pai não foi natural. Serei direto: meu pai se matou.

Francesca perdeu o fôlego. O conde Bedwyr havia se matado? Ela fez menção de falar, mas Tristan a impediu com um leve toque em sua boca.

— Já estou quase terminando. Na época, Roparz era escudeiro de meu pai e foi ele quem o encontrou. O comissário do castelo, *Sir* Izidor, e lorde Morgan cuidaram do assunto. Eles acobertaram a maneira como meu pai morreu e juraram nunca dizer a ninguém uma palavra a respeito de como ele havia morrido de verdade. Roparz, que Deus o abençoe, fez o mesmo.

— Oh, Tristan... — Francesca o abraçou e tentou imaginar como ele devia ter se sentido. — Eu lamento muito.

Ele recuou.

— Suicídio é um pecado mortal. Você não pode contar a ninguém.

— Como se eu fosse contar!

— Meu pai foi enterrado ao lado de minha mãe. Ele perderia o direito de descansar em solo sagrado se a Igreja descobrisse o que ele fez.

Ela o abraçou novamente.

— Eu entendo.

— É um segredo que tem sido muito bem guardado. *Sir* Izidor foi para o túmulo sem me contar o que havia acontecido de fato.

— Foi lorde Morgan quem lhe contou como lorde Bedwyr morreu?

Um leve movimento disse a Francesca que Tristan estava assentindo com a cabeça.

— Foi Roparz. Tínhamos 15 anos. Lorde Morgan ficou furioso com ele, mas eu... Bem, sempre me senti agradecido por Roparz ter me contado a verdade.

Com o coração se contorcendo pela tristeza que Tristan passara tanto tempo escondendo e pela vergonha que, sem dúvida, ele sentia, Francesca o envolveu fortemente com os braços.

— Obrigada por ter confiado essa confidência a mim. Eu me sinto verdadeiramente honrada.

— Durma, Francesca.

Assentindo, Francesca fechou os olhos, embora soubesse que demoraria um pouco para dormir. A revelação de Tristan a chocara profundamente. O conde Bedwyr se matara. Que fardo para se colocar sobre o próprio filho!

Contra todas as probabilidades, não demorou muito para que ela sentisse o corpo de Tristan relaxar. Seria bom pensar que o fato de ele ter lhe contado aquilo dera algum conforto a Tristan.

Os monges guerreiros, como Francesca passou a considerar os novos acompanhantes deles, não se socializavam muito. Eles seriam beneditinos, e era estranho vê-los com cinturões com bainhas de espada envolvendo seus escuros hábitos. Dois dos noviços cavalgavam na vanguarda, à frente de Tristan e Francesca, ao passo que os outros três protegiam a retaguarda, atrás de Mari e Bastian. Eles eram muito atentos, as cabeças se virando constantemente de um lado para o outro enquanto observavam os campos que passavam. Ela imaginava que os monges estivessem procurando *Sir* Joakim e seus companheiros. Eles raramente falavam, a não ser com Tristan. Em muitos aspectos, eles estavam agindo como se estivessem batendo em retirada.

Pouco mais de uma semana depois, eles estavam cavalgando por uma trilha numa floresta dessa mesma maneira quando Francesca olhou à volta com um senso de reconhecimento. Sua pulsação acelerou; eles estavam no coração de Brocéliande. Aquele caminho levava diretamente ao castelo de Fontaine.

Ali, as árvores eram retorcidas, muito antigas. Acima deles, o sol da primavera enviava brilhantes raios de luz através das copas verdejantes. No caminho, uma grossa camada de folhas amortecia o som dos cascos dos cavalos. Riachos borbulhavam, despontando do chão, correndo e espirrando em seus sinuosos caminhos por entre as árvores antes de desaparecerem tão de repente quanto haviam aparecido.

A última vez que Francesca cavalgara por aquela trilha fora na direção oposta. Ela estivera fazendo parte da comitiva de *lady* Clare, na estrada que acabara por levá-la à mansão de Tristan em Champanhe. Ela estivera perplexa de choque, bastante entorpecida.

Francesca também estava perplexa naquele dia, mas por um motivo muito diferente; o conde Myrrdin não saía de sua cabeça. Ela logo se despediria do homem mais bondoso do mundo. Ela sabia que não ficaria de luto sozinha, claro. Ele era um homem amável, e sua morte levaria tristeza a muitos. Saber disso não serviu para abrandar a dor. Ela sentiu seus olhos arderem e virou a cabeça para que Tristan não visse o brilho das lágrimas em seus olhos.

Se não fosse pela tranquilizante presença de Tristan, sem dúvida, ela teria desmoronado.

Aqueles últimos dias haviam revelado Tristan de uma forma mais delicada. E também tinham dado a Francesca espaço para pensar, para tentar dirimir a confusão que ela sempre sentia quando estava na companhia dele. Uma confusão nascida de uma profunda e insaciável atração pela pessoa que ele era. Era uma atração que ela precisava reprimir pelo bem de Tristan. Ela precisava pensar, e pensar com calma.

O que era impossível de se fazer à noite. Todas as noites, Tristan insistia para que eles compartilhassem uma cama. Fora assim em todas as paradas na rota deles; Chartres, Nogent, Laval, Rennes... Não havia descanso para nenhum deles até que ele a puxasse para seus braços, e Francesca não conseguia pensar racionalmente com o corpo de Tristan, quente e tentador, junto ao dela. Seu almiscarado perfume masculino, familiar e impossivelmente sedutor, invadia todos os sonhos dela. Não, estar nos braços de Tristan não era nada propício ao pensamento racional.

O que significava que Francesca tentava pensar o máximo possível à luz do dia, enquanto eles percorriam os quilômetros até o castelo do conde Myrrdin. Os pensamentos dela eram tortuosos. Em suma, seus dias eram quase tão frustrantes quanto as noites. Quanto mais ela pensava, mais confusa ficava.

A declaração de Tristan de que ele a manteria como sua esposa estava partindo o coração dela, mesmo que não fosse uma surpresa por completo. Tristan tinha um senso de honra altamente desenvolvido. No entanto, ele precisava enxergar que, em relação ao casamento deles, ele não estava fazendo nenhum favor a si mesmo ao prolongar a união deles. Por diversas vezes esse pensamento ocorria a Francesca; Tristan le Beau, Comte des Iles, devia se casar com uma mulher que correspondesse à posição dele. Manter Francesca como esposa não seria bom para os interesses dele. E nem para os interesses do país dele. Francesca não conseguia entender por que os interesses políticos dele pareciam pesar menos agora. À época do casamento deles, não fora assim. Ou fora? Ela o teria julgado de forma equivocada?

Naquela época, ele fora apático, um orgulhoso lorde impelido unicamente por ambições políticas. Não parecera ter nem uma gota de sentimento em todo o seu corpo. Ao menos fora o que ela pensara. Agora, com a confissão dele a respeito da trágica morte de seu pai ecoando pela mente de Francesca, ela estava começando a aceitar o fato de que o interpretara de forma muito equivocada. Tristan ficara profundamente afetado pela maneira como o conde Bedwyr morrera. Ele se sentia profundamente envergonhado, e a passagem dos anos não apagara nem um pouco essa vergonha. Tristan amava seu pai, Francesca tinha certeza disso. Por que mais a forma como ele morrera ainda o deixaria de luto?

Ela o julgara erroneamente. Tristan não era frio e nem distante; ele simplesmente não estava acostumado a permitir que as pessoas se aproximassem. Seu amigo *Sir* Roparz talvez fosse a exceção, embora, com Tristan longe de des Iles durante os dois últimos anos, ele não devia ter estado muito na companhia dele.

Céus, ela julgara muito mal o homem com o qual se casara. Além disso, parecia que Francesca estivera igualmente enganada em relação ao fato de ele querer cortá-la de sua vida sem pensar duas vezes. Ele lhe escrevera.

Um homem frio, um homem sem emoções não teria se dado esse trabalho. Tristan dissera que honraria o juramento de casamento.

Se ao menos ela tivesse mais a lhe oferecer do que uma pequena mansão...

Se ao menos ela tivesse lhe dado um filho. Isso teria feito toda a diferença, Francesca tinha certeza. Ela mordeu o lábio. Seria estéril? Era possível que eles simplesmente não tivessem tido sorte. Talvez, se eles reavivassem o casamento deles, ela ainda pudesse dar um herdeiro a Tristan.

— Já estamos quase chegando — falou Tristan, reduzindo a velocidade do cavalo para espiar entre as árvores. A escolta deles se mantinha bem próxima.

Nas profundezas do bosque, um cuco piou. Francesca fingiu não ter ouvido, embora o som tivesse feito seus dedos apertarem as rédeas. Quando o cuco piou novamente, ela fez uma expressão de dor. Olhou diretamente para Tristan, viu que ele estava de cara feia e soube que ela não fora a única a ter ouvido o cuco. Ainda pior, aquela expressão dele lhe dizia que Tristan sabia a respeito do apelido que ela precisara suportar depois que *lady* Clare apareceu em Fontaine.

Francesca empinou o queixo.

— As pessoas me chamam assim, sabe? Sou sua "condessa cuco".

Outra expressão fechada.

— Fiquei sabendo — murmurou ele. — Tive esperanças de que talvez você não tivesse ouvido isso.

Ela abriu um trêmulo sorriso.

— Essas coisas vão longe. Chegaram até o mercado de Provins.

A mão dele se estendeu em busca da dela e a apertou levemente.

— Ignore. — Soltando a mão de Francesca, ele indicou o caminho. — Veja.

Entre as árvores, as muralhas encrustadas de líquens do castelo de Fontaine estavam visíveis. Sólidas e pesadas, pareciam crescer numa clareira na floresta. Um castelo plantado nas profundezas de Brocéliande. Como a floresta, o castelo parecia estar lá desde sempre.

Francesca sentiu um aperto dentro de si ao olhar as torres e fazer seu olhar percorrer os guardas posicionados no passadiço.

— Faz dois anos e nada mudou.

O brilho de um elmo chamou a atenção dela; um guarda marchava pelo passadiço na direção da guarita.

Tristan observou o progresso do guarda e pigarreou.

— Também é estranho para mim. Da última vez que estive aqui, eu era um comissário.

Francesca o olhou fixamente. Ela estivera tão absorta em seus pensamentos que esquecera que retornar àquele lugar também não seria fácil para Tristan. Tendo sido comissário do conde Myrrdin, Tristan conhecia o castelo como a palma de sua mão, desde os porões até a torre mais alta. Ele presumira que, um dia, Fontaine e todas as suas terras seriam dele.

Tristan olhou fixamente para Francesca.

— O estandarte do conde Myrrdin está hasteado — falou ele, fazendo um movimento com a cabeça na direção da bandeira dourada e verde que pendia de uma das torres. — Certamente é um bom sinal. Ele ainda deve estar vivo.

Casualmente, ele retirou o pedaço de pano que cobria seu escudo. Francesca olhou fixamente para a insígnia de Tristan; três potentilhas pretas sobre o campo prateado. Ela sentiu um nó na garganta, causado por tanto anseio e dor que ela quase gemeu. Se ao menos tudo pudesse ser como fora antes, quando ela e Tristan eram recém-casados e o conde Myrrdin estava com uma boa saúde.

Tristan gesticulou para Bastian, que soltou um cajado de seu alforje. Não, não era um cajado. Bastian abriu um invólucro de pano de uma das pontas, e o pendão de Tristan se desenrolou lentamente.

Mais uma vez, o piado do cuco chegou por entre as árvores. Um calafrio desceu pela espinha de Francesca quando, com todos os seus músculos tensos, ela se virou na direção da guarita. A chegada deles fora percebida, e as cores de Tristan, reconhecidas. Os portões foram erguidos. O sargento Léry estava sob a arcada, um sorriso de boas-vindas iluminando suas feições sérias.

Dois aprendizes de guerreiro foram rapidamente na direção da ponte levadiça. Francesca segurou as rédeas com força e impeliu Princesa a segui-los.

Capítulo 8

SEGURANDO A SAIA, FRANCESCA SUBIU às pressas pela escadaria em espiral até o patamar do lado de fora dos aposentos do conde Myrrdin.

Tristan vinha temendo aquele momento. Eles teriam chegado tarde demais? O sargento Léry havia murmurado, apenas para os ouvidos de Tristan, que o sacerdote do vilarejo, o padre Alar, fora convocado — o que significava que era apenas questão de tempo.

Tristan conteve um suspiro. Ele vinha rezando para que os relatos da fragilidade do conde Myrrdin tivessem sido exagerados e sentia que Francesca também estivera fazendo o mesmo. Infelizmente, parecia que as preces deles não seriam atendidas.

A porta estava ligeiramente entreaberta. Francesca a empurrou e parou na entrada. O homem que ela chamava de Papa estava deitado numa grande cama de quatro postes, apoiado num banco de travesseiros. Seu cabelo branco despontava em todas as direções. Por trás da barba de neve, o rosto do conde estava murcho; sua pele, clara como pergaminho. Os olhos dele estavam fechados, e as veias de suas pálpebras pareciam fios azuis. Tristan perdeu o fôlego. Eles haviam chegado tarde demais. Certamente, estavam olhando para um cadáver. Então, ele notou o leve sobe e desce do peito do conde. O conde Myrrdin vivia, embora não por muito mais tempo, pensou Tristan.

Um homem e uma mulher estavam sentados um de cada lado da cama. A mulher devia ser *lady* Clare, e o homem, seu marido, *Sir* Arthur Ferrer.

Lady Clare estava com a cabeça enterrada nas mãos, e o padre Alar estava ao lado dela, a cabeça baixa, rezando.

Sir Arthur se levantou. Ele era alto e de boa constituição, com cabelo escuro. Em silêncio, Tristan segurou o braço do homem antes de voltar sua atenção novamente para a cama.

Lady Clare estava segurando firmemente a enrugada mão do conde Myrrdin; ela a estava acariciando, aparentemente, tentando esticar os dedos, que haviam se curvado numa garra. Uma mecha de cabelo ruivo despontava debaixo de um véu branco.

Vendo que Francesca tinha olhos apenas para o conde Myrrdin, Tristan recebeu o olhar contestador de *lady* Clare com um tranquilo sorriso.

— *Lady* Clare? — Ele baixou a cabeça. — Tristan des Iles, a seu dispor.

— Conde Tristan, agradeço-lhe muito por ter respondido a nossa súplica e trazido minha irmã para casa. Foi muita bondade sua. — Delicadamente, ela tocou a mão de Francesca, e Francesca conseguiu abrir um sorriso nervoso.

Tristan foi até o pé da cama.

— Parti para Provins assim que sua mensagem chegou até mim, e viemos o mais rápido possível. Como ele está?

O véu de *lady* Clare estremeceu.

— Está variando, milorde, mas ele está assim já faz algum tempo.

Tristan fez um som, assentindo. Sabia exatamente o que ela queria dizer. Mesmo quando estivera com boa saúde, o conde Myrrdin, em seus últimos anos, tivera períodos de lucidez entremeados por períodos do que um homem caridoso poderia chamar de falta de clareza.

— Ele muda.

— Exatamente. Ocasionalmente, ele consegue ter clareza de pensamento, mas, no geral, está perdendo a lucidez. — *Lady* Clare continuou acariciando a mão de seu pai. — Hoje não é um bom dia. Papa não acordou, e não conseguimos despertá-lo. Noutro dia, talvez ele abra os olhos; talvez tenha um pouco de força. Às vezes, ele fala. Infelizmente, esses dias estão se tornando mais raros.

Lady Clare continuou falando. Algo a respeito de se sentir agradecida por ter tido a oportunidade de conhecer seu pai antes que a doença tivesse piorado.

Tristan se aproximou e, quando Clare sorriu tristemente para ele, ele pôde observar seus olhos por conta própria. Eles eram extraordinários; um era acinzentado, o outro, verde. Ele tinha sido informado daquilo e sabia que não devia ficar olhando fixamente para ela. Contudo, não conseguiu evitar. Ele olhou de relance para o conde Myrrdin, e novamente para *lady* Clare. Tristan vira olhos como aqueles apenas uma vez em sua vida, e a imagem deles acabava com todas as dúvidas que ele pudesse ter tido em relação ao parentesco dela. O conde Myrrdin tinha os mesmos olhos raros. Ele era inquestionavelmente o pai dela. Quanto ao cabelo ruivo preso sob o véu de *lady* Clare, a condessa do conde Myrrdin, Mathilde, fora famosa por seus cachos da cor do fogo. Sentada diante dele estava a prova inquestionável de que Francesca nunca tivera direito às terras de Fontaine.

Uma onda de tristeza o atingiu. Ver *lady* Clare em pessoa lhe dava uma nova perspectiva com relação ao que Francesca devia ter sentido. *Se ao menos eu tivesse estado presente para ajudá-la...*

Lady Clare continuou falando, referindo-se a Francesca como sua irmã, o que era muita bondade dela. Ela parecia uma mulher bondosa. Francesca dissera que gostava de *lady* Clare, e, pelo que ele vira, Tristan concordava com o julgamento dela. O fato de *lady* Clare ter sido solidária teria ajudado Francesca? Ou teria apenas piorado a situação? Francesca devia ter se sentido profundamente magoada com a injustiça que o destino cometera com ela. No lugar dela, Tristan teria ficado revoltado. Nunca era fácil descarregar a raiva em alguém do qual você gostava. Céus, Francesca devia ter ficado completamente confusa!

Ele olhou de relance para Francesca, cujo rosto estava ainda mais pálido do que o de seu amado Papa. Provavelmente, aquela seria uma vigília cansativa. Francesca estava tão concentrada no conde Myrrdin que Tristan duvidava de que ela tivesse visto o padre Alar. Quando ela visse, sem dúvida, ficaria chocada, pois perceberia como o conde Myrrdin estava perto do fim. Tristan estava feliz por estar presente para ela.

O peito do conde Myrrdin se levantou. Baixou em seguida. Outra respiração. Mais outra. As respirações não eram forçadas, nem difíceis, embora estivessem claramente fracas. Que Deus fosse louvado, o conde Myrrdin não parecia estar sofrendo. Durante o tempo de Tristan como comissário em Fontaine, ele passara a conhecer muito bem o conde. Apesar de todas as suas excentricidades, ele era um homem afável e de coração terno. Não parecia estar sofrendo e, por isso, Tristan se sentiu aliviado.

O próprio pai de Tristan morrera em circunstâncias muito diferentes. Sozinho no estábulo. Tristan conseguia imaginá-lo lutando para conseguir respirar. O que passara pela cabeça de seu pai no fim de tudo? Irritado, ele deixou essa pergunta de lado; era irrelevante e não tinha resposta. Ele se obrigou a olhar nos olhos de *lady* Clare.

— *Milady*, lamento de verdade por ver seu pai tão adoecido.

— Obrigada. — *Lady* Clare pareceu se recompor e gesticulou para o cavaleiro alto. — Conde Tristan, este é meu marido, *Sir* Arthur Ferrer.

Tristan e *Sir* Arthur se afastaram um pouco da cama e trocaram cumprimentos. *Sir* Arthur era educado e tinha modos tranquilos. Tristan gostou imediatamente dele, por instinto. Quando as apresentações se encerraram, Tristan viu que Francesca estava profundamente absorta numa conversa com o padre Alar.

Ela estava branca como um lençol. Tristan tentou escutar o que eles estavam dizendo e, quando ouviu o sacerdote murmurar a pavorosa expressão "extrema-unção", ele se posicionou ao lado dela. Francesca estava entrelaçando os próprios dedos. Delicadamente, Tristan pegou a mão dela. Ela não reagiu; o padre Alar detinha toda a sua atenção.

— Já ofereceu a extrema-unção a ele, padre? — perguntava Francesca.

— Sim, *milady*.

Ela pareceu murchar.

— Será em breve, então.

O sorriso do padre Alar foi triste.

— Temo que sim.

Tristan a levou até o banco mais próximo, e Francesca desabou sobre ele.

— Padre Alar, tem certeza? — A voz de Francesca tremia. — Como sabe?

— *Milady*, já testemunhei a partida de muitas pessoas para junto de Deus.

— Será esta noite?

O sacerdote abriu as mãos.

— Nunca se pode saber com certeza. Será quando Deus decidir.

Os olhos de Francesca estavam secos; ela ainda não vertera nenhuma lágrima.

Lady Clare contornou a cama, e Tristan abriu espaço para permitir que ela envolvesse os ombros de Francesca com o braço.

— É bom vê-la, Francesca — disse ela. — Senti sua falta.

O rosto de Francesca relaxou, e ela esticou a mão para apertar a de *lady* Clare.

— É muita bondade a sua dizer isso, *milady*.

Entretido, Tristan balançou a cabeça ao ver o claro afeto entre as duas mulheres. Se ele não tivesse visto aquilo por conta própria, jamais teria acreditado. Francesca lhe dissera que gostava de *lady* Clare, e Tristan pensara que ela estava se iludindo. Porém, ali estavam elas, abraçadas com o que parecia ser uma verdadeira ternura. Mulheres... Ele jamais as entenderia. Como era possível sentir afeto por alguém que, na prática, havia lhe roubado seu direito de nascença? Mesmo assim, elas estavam ali, trocando beijos no rosto.

— É verdade, Francesca — falou *lady* Clare, balançando a cabeça. — Eu tinha esperanças de ver você antes deste momento.

Os olhos acinzentados de Francesca estavam fixos no conde Myrrdin.

— Eu lamento muito. Foi difícil retornar.

— Bem, estou feliz por você ter chegado. Papai estava perguntando por você. — *Lady* Clare endireitou o corpo, foi até seu marido e pôs a mão no braço dele. — Venha, Arthur. *Lady* Francesca e lorde Tristan querem se despedir a sós. — Na porta, ela olhou para trás. — Padre Alar? Uma palavra, por favor?

Quando a porta se fechou suavemente depois de eles saírem, Tristan se sentou no banco do outro lado da cama, de frente para Francesca. Os olhos dela estavam brilhantes, reluzindo com as lágrimas que ainda não haviam caído.

— Tristan, não precisa ficar.

Ele pigarreou.

— Preciso, sim.

Então, aconteceu. O conde Myrrdin inspirou fundo, um músculo se repuxou em sua face magra, e suas pálpebras se levantaram.

— Tristan, meu garoto, é você?

Tristan se curvou à frente.

— Sim, milorde, estou aqui.

Os olhos de Francesca se encheram de lágrimas. Sua boca estava se mexendo, e ela estava com a mão no pescoço; provavelmente, estava emocionada demais para falar.

— Tristan, meu garoto, preciso ver Francesca. Pode buscá-la para mim?

— Ela está aqui, milorde — falou Tristan. Ele próprio se sentia muito emocionado. O conde Myrrdin fora a única pessoa que o chamava de "meu garoto" daquela maneira. O pai dele nunca fizera isso.

Francesca esticou o braço para pegar a mão do conde.

— Estou aqui, Papa.

— Onde esteve?

— Eu lamento, Papa. Se eu tivesse sabido que o senhor estava doente, teria vindo antes. — Uma grande lágrima escorreu pelo rosto dela.

Com seus olhos também ardendo, Tristan se levantou abruptamente.

— Se precisarem de mim, estarei lá fora.

Francesca se curvou à frente para ajustar os travesseiros do conde. Tristan duvidou de que ela o tivesse ouvido. Quando ele saiu do quarto, Francesca estava alisando cuidadosamente o bagunçado cabelo branco do conde.

Alvorada.

Duas cadeiras em estilo trono haviam sido encontradas para *lady* Francesca e *lady* Clare e sido levadas até o quarto. Almofadas foram empilhadas sobre as cadeiras, e ali elas passaram uma noite insone, revezando-se para segurar a mão de conde Myrrdin enquanto ele dormia. Sempre que ele despertava, elas tentavam incentivá-lo a beber algo. Era uma batalha perdida.

— Papa? Quer tentar um pouco de cerveja? — Por diversas vezes, Francesca segurou uma caneca diante dos lábios dele.

E, por diversas vezes, a cabeça branca dele se virou para o outro lado.

Ela mordeu o lábio.

— Um pouco de vinho, talvez? — O estômago de Francesca se contraiu. O rosto do conde estava tão murcho que ele devia estar com sede. Ela poderia jurar que novas rugas estavam se formando na pele envelhecida dele enquanto ela observava. — E leite? Alguma bebida quente? Papa, o senhor precisa beber algo.

De nada adiantou. O conde Myrrdin simplesmente balançou a cabeça. Embora ele se recusasse a beber, seu rosto envelhecido se iluminava sempre que ele olhava para ela.

Francesca se esforçava ao máximo para ocultar sua ansiedade. Ela mantinha um sorriso no rosto, deixando-o o mais radiante possível. Ocasionalmente, ela encontrava o olhar de Clare e via sua própria preocupação espelhada nele.

— Ele está cansado — murmurou Clare. — Talvez beba amanhã.

O conde Myrrdin fechou os olhos e pareceu adormecer instantaneamente.

— Talvez. — Francesca bocejou.

— Você devia descansar — falou Clare. — Deve estar exausta depois de tantos dias na estrada.

Francesca se espreguiçou e mudou uma almofada para uma posição mais confortável.

— Descansarei aqui. Não quero deixá-lo.

Ao estender a mão para pegar novamente a do conde, ela percebeu que ele estava muito parado. Seus dedos pareciam frios, frios demais. Ela começou a esfregá-los quando algo na imobilidade dele chamou sua atenção. Os olhos de Francesca se arregalaram, e ela olhou fixamente para o peito dele, esperando que ele subisse.

Nada. Nenhum movimento. Nenhuma respiração. Nada.

— Papa? — Os dedos dela foram para o punho dele, e ela buscou o pulso. — Papa? — Ela sentiu um formigamento na nuca. Horrorizada, seu olhar encontrou o de Clare.

Com a boca contraída, Clare pressionou os dedos no pescoço do conde, buscando o pulso.

— Oh, não. — Ela pôs a palma da mão diante da boca dele. Lentamente, sentou-se.

O coração de Francesca martelava dentro do peito enquanto ela e Clare se entreolhavam. Francesca obrigou as palavras a saírem de sua boca.

— Ele se foi.

— Sim. — A garganta de Clare se contraiu. — Que Deus o abençoe, ele se foi.

Fora um dia triste e cansativo, e se tornou ainda mais cansativo porque praticamente ninguém em Fontaine conseguia dormir. Tristan passou boa parte dele na capela, dando apoio a Francesca enquanto ela e *lady* Clare se revezavam na vigília ao lado do corpo do conde Myrrdin. Ele passou o resto do tempo na mesa de honra do salão, esperando que Francesca saísse da capela.

Tristan se flagrava na incomum situação de ser um mero observador num castelo no qual, no passado, ele tivera um cargo de comando. Sendo um homem de ação, ele não se sentia confortável no papel de observador, não estava acostumado a isso. Ele tamborilou com os dedos na mesa e olhou soturnamente para um prato de pão e queijo. Céus, ele se sentia inquieto! Ele viu Bastian na outra ponta do salão. O rapaz parecia ter feito amizade com um dos cavalariços do castelo.

Tristan olhou para a porta que levava à capela. Ele devia ter perguntado a Francesca quanto tempo demoraria. Ele esperava que a esposa não estivesse planejando passar a noite inteira ali. Ela estava esgotada.

Era estranha a maneira como as coisas haviam acontecido. Depois do casamento deles, todos haviam esperado que Fontaine se tornasse dele um dia. Tristan jamais imaginara que ficaria no salão, observando *Sir* Arthur Ferrer comandar os cavaleiros de Fontaine.

Tristan não se ressentia do homem por sua promoção. Claramente, *Sir* Arthur, que logo se tornaria conde Arthur, sabia o que estava fazendo. Pela maneira tranquila com a qual os vassalos do conde Myrrdin se dirigiam a ele, estava claro que eles confiavam no julgamento de *Sir* Arthur e que ele era popular ali. Ótimo. Fontaine precisava de um bom homem no comando.

Tristan observou *Sir* Arthur enviar emissários a Rennes com a notícia da morte do conde Myrrdin e assentiu, aprovando. A sucessão de Fontaine fora reorganizada depois que o conde Myrrdin reconhecera *lady*

Clare como sua legítima filha, e era crucial que o barão Rolland ratificasse rapidamente a indicação de *Sir* Arthur como conde de Fontaine. Uma linha de comando clara precisava ser estabelecida. Tristan não achava que haveria nenhuma objeção. Dado o fato de que o conde Myrrdin vinha doente já fazia algum tempo, *Sir* Arthur, na prática, já estava no comando.

Mensageiros iam e vinham. Velas eram acesas. Toras eram jogadas na lareira, e mais cavaleiros se acomodavam perto das chamas, murmurando uns para os outros. Conversas em voz baixa estavam ocorrendo por todo o castelo. Criados com expressões tristes iam e vinham com comida para as pessoas de luto. Todas as almas do local estavam tristes, sem dúvida. Tristan sempre soubera que o conde Myrrdin era querido por seu povo, mas, vendo os rostos abatidos, ele se deu conta de que não soubera da intensidade daquilo. As pessoas de Fontaine haviam amado seu excêntrico lorde. Era uma espécie de louvor. Tristan duvidava de que seu próprio pai tivesse sido objeto de tamanha estima. Ele se flagrou imaginando o que os vassalos de des Iles pensavam de seu lorde atual e balançou a cabeça, impaciente. De que importava? O papel dele era cumprir seu dever e bem. O coração dele doía.

Uma criada se aproximou com uma jarra na mão. Suas faces estavam vermelhas, marcadas por lágrimas.

— Mais cerveja, lorde Tristan?

— Obrigado, mas não.

A garota levou a jarra para o cavaleiro sentado ao lado dele, no banco seguinte.

— Cerveja, *Sir* Brian? — A voz dela estava falhando.

A morte do conde Myrrdin não fora inesperada. Contudo, estava claro que todos ali estavam de luto.

Tristan estava prestes a retornar à capela para insistir para que Francesca fosse para a cama quando a porta que levava a uma das escadarias se abriu e Mari entrou. Para a surpresa dele, ela se aproximou às pressas e lhe fez um cumprimento.

— *Lady* Francesca terminou a vigília, *mon seigneur*. Tomei a liberdade de pedir para que a ceia fosse levada para seus aposentos. Ela não quer comer. Achei que o senhor iria querer saber disso. — Mari se aproximou e baixou a voz. — Além disso, *Lady* Francesca ainda não chorou. Duvido que ela vá dormir. Se puder fazê-la comer, talvez ela durma. Ela precisa de sono mais do que tudo.

— Obrigado, Mari, eu me esforçarei para isso.

Eles haviam sido acomodados num quarto ao lado do solar. Não era grande, mas era luxuoso em comparação com os aposentos nos quais eles haviam dormido em sua viagem de Provins. O colchão era preenchido com plumas; havia duas velas numa mesa de canto, que fora polida até brilhar fortemente; e as paredes e o teto estavam cobertos com uma estampa de flores azuis.

Francesca devia ter lavado o rosto, pois tirara o véu e estava sentada na beira do colchão quando ele entrou, dobrando um pano de secar. Tristan a fez se levantar e a envolveu com os braços.

Com um suspiro, ela se recostou nele. Ele acariciou as costas dela e falou:

— Meu coração, eu lamento muito.

Ela assentiu, e eles ficaram ali, em silêncio, até que finalmente Tristan se recordou do que Mari dissera a respeito de Francesca precisar comer. Ele recuou e olhou a bandeja sobre a mesa.

— Trouxeram a ceia.

— Não estou com fome.

— Parece pato, seu favorito. Você devia comer algo.

— Tristan, eu não consigo.

As palavras de Mari ecoaram dentro da mente dele. *Ela precisa de sono mais do que tudo.*

Francesca permaneceu ao lado da cama; seu rosto estava extremamente branco, sua boca estava contraída. Ela estava dominada por uma profunda tristeza. Sentindo que ela mal estava conseguindo se manter de pé, Tristan tirou o pano de secar das mãos dela e a fez se sentar com ele na cama.

— Experimente um pouco da comida — murmurou ele, deslizando o braço em torno da cintura dela. — Para mim, está com um cheiro tentador.

— Tristan, eu não consigo.

Ele tocou o rosto dela.

— Algo para beber?

Francesca o olhou fixamente, seus lindos olhos acinzentados tão vazios de tristeza que dilaceraram o coração dele.

— Eu devia ter estado aqui, Tristan, todos esses meses...

— Você não pode se culpar. Não sabia que ele estava doente. De qualquer forma, a culpa não faz sentido. Não se pode mudar o passado. — O polegar dele se movimentou, uma pequena carícia que trouxe um levíssimo relaxamento para os músculos em torno da boca de Francesca. Ele estaria imaginando aquilo, ou ela estava se curvando na direção da carícia dele? Animado, ele se levantou. — Servirei um pouco de vinho. Creio que Mari tenha colocado especiarias nele para você.

Ela precisa de sono mais do que tudo. Tristan se flagrou esperando que Mari tivesse incluído muitas ervas calmantes na mistura. Se alguém precisava ser tranquilizada naquela noite, essa pessoa era Francesca. Mesmo que não houvesse nenhum soporífico ali, o vinho certamente a ajudaria a relaxar.

— Acredite em mim, meu coração. Isso vai abrandar sua dor. De qualquer forma, você precisa bebê-lo.

Ela ficou rígida.

— Preciso?

Tristan sorriu.

— Recebi instruções estritas de Mari. Ela me disse que você precisa comer e beber. Se eu falhar, ela irá querer a minha cabeça. — Parte da tristeza abandonou os olhos de Francesca, e ele foi até a mesa de canto servir o vinho. Quando Tristan ofereceu o cálice a ela, Francesca o pegou. Contendo um suspiro de alívio, ele retomou seu lugar ao lado dela na cama e esperou até que Francesca tivesse tomado um pequeno gole. — Bom?

— Sim. — Ela o olhou por cima da borda do cálice. — Você a está conquistando, sabia?

— Mari? — Ele fez um som de desdém. — Eu não teria tanta certeza...

— Ah, eu acho que está. Do contrário, ela não ficaria lhe dando ordens.

Parte da cor estava retornando às faces de Francesca, sua boca estava mais relaxada. *Ela precisa de sono mais do que tudo.* Ao menos ele a estava distraindo. Ela já parecia mil vezes melhor do que estivera quando ele entrara.

Com um suspiro, Francesca deixou o cálice de lado.

— Obrigada, Tristan. — Ela abriu um fraco sorrio. — Gostaria de me recolher agora.

— Pois bem. Venha, vou cuidar de suas roupas.

Uma minúscula ruga marcou a testa dela, e Tristan não conseguiu evitar perceber como o olhar dela se voltou por um instante para a boca dele. Delicadamente, ele fez Francesca se virar para poder alcançar os laços de sua roupa. Por algum motivo, seus dedos perderam a habilidade. Ele soltou o laço.

Ela precisa de sono mais do que tudo. Sono? Tristan conteve um sorriso, recordando-se da primeira vez que ele abrira os laços da roupa dela. Eles haviam se tornado amantes, os melhores amantes. Francesca dormia bem naquela época. Não rolava de um lado para o outro, não ficava deitada na cama, olhando fixamente para a escuridão por horas a fio.

Seduza-a. As palavras surgiram de repente dentro da mente dele, e Tristan ficou paralisado.

Humm... Ele seria capaz? Seu coração disparou. Sua boca secou.

Com cuidado, segurando-a pela cintura com uma das mãos, Tristan continuou a soltar as amarras do vestido dela. Não se apressou; estava ocupado demais pensando. Imaginando. Ela era sua esposa, e ele não queria que isso mudasse. Contudo, seduzi-la enquanto estava de luto?

Não seria ético. Seria errado.

Entretanto, esse pensamento não o deixou em paz. E, para piorar a situação, a nuca de Francesca estava como sempre estivera, pedindo um beijo. Engolindo em seco, ele se conteve. Não a beijaria a menos que tivesse certeza de que ela queria isso.

No entanto, isso a ajudaria a dormir, ele tinha certeza disso. Sua pulsação latejou, seu sangue começou a esquentar.

Francesca olhou por cima do ombro para ele. Seus olhos estavam escuros. Impossivelmente sedutores. Ele conteve um grunhido. Aquele olhar, embora ela não soubesse, era um convite.

Francesca se virou de costas novamente e, lenta e metodicamente, Tristan continuou a desatar os laços. Ela estava de luto. Seria errado.

O tecido suspirou quando a parte de trás do vestido dela se abriu lentamente para revelar sua anágua de linho. Tristan permitiu que seus dedos subissem até a pele quente e clara na nuca de Francesca. Ele passou as pontas dos dedos por aquela doce curva, buscando o pequeno cacho preto que sempre ficava sob a trança dela. Ah, ali estava ele.

Ele sentiu um latejamento dentro de si. Aquela pele clara o estava chamando. Ele ardia de vontade de beijá-la. Queria se deitar com ela carne a carne, queria...

Ela se virou para o marido.

— Tristan, o que está fazendo?

Ele engoliu em seco, e seus pensamentos perderam a nitidez. Nunca se sentira tão confuso em toda a sua vida; nunca sentira tanto calor, tanto desejo. Ele morreria se não a possuísse. Eles morreriam.

— Seria errado — conseguiu dizer ele. — Isso costumava ajudar você a dormir, mas seria muito errado esta noite.

— Tristan, do que está falando?

Capítulo 9

TRISTAN ESTAVA DESAMARRANDO O VESTIDO dela de forma tão sensual que a pulsação de Francesca disparou. Sua pele formigava onde quer que ele a tocasse, exatamente como se eles tivessem retornado ao passado. O que ele estava fazendo? Quando ela se virou para analisá-lo, não descobriu nada; com as velas na mesa de canto atrás dele, seu rosto estava nas sombras.

— Tristan?

Ele se levantou da cama e esfregou o rosto com a mão.

— Esqueça. — Tristan pigarreou e deu de ombros. — Sua beleza não se reduziu, e minha mente se descontrolou. Digamos apenas que faz muito tempo.

No passado, Francesca teria se deleitado com aquela franca lisonja. Contudo, algo muito mais interessante do que os elogios chamou a atenção dela.

— Faz muito tempo?

O olhar dela o acompanhou enquanto ele ia até a mesa de canto e apagava uma vela. A mão dele estava trêmula. Trêmula. E sua voz, rouca de desejo, traía-o. *Ele me quer. E eu o quero.*

Ela inclinou a cabeça para o lado. Eles desejavam um ao outro como sempre haviam desejado. Isso não era novidade. No entanto, Tristan parecia insinuar que era mais do que isso. Ele estava dizendo que fora fiel a ela. Poderia ser verdade? Em Provins, ela esperara e esperara por cartas que nunca haviam chegado. Convencida de que tudo que ele queria era esquecer sua esposa plebeia, ela convivera com o pavor de ser descartada por ele. Presumira que ele teria amantes.

Fora horrível imaginar Tristan com outra mulher, e Francesca tentara não ficar pensando muito nisso. Porém, fora difícil. Tristan não era um monge; ela sabia que ele tivera amantes antes do casamento deles. E, embora Francesca não tivesse ficado sabendo que ele tivesse feito isso depois de se casarem, Tristan se revelara muito ávido na cama. Um homem vigoroso e com físico como Tristan certamente consideraria a castidade um desafio. Na realidade, Francesca achava isso impossível.

Ela mordeu o lábio. Eles tinham retornado um à vida do outro tão rapidamente, e, nos últimos dias, muitas coisas tinham acontecido para fazê-la mudar sua opinião em relação a ele. Agora, Francesca sabia que o julgara de forma severa demais por causa das cartas. Sua presunção de que houvera outras mulheres durante a separação deles também podia estar equivocada.

Ela entrelaçou os próprios dedos.

— Tristan, está dizendo que cumpriu nossos votos de casamento?

Francesca fora fiel a Tristan, claro. Fora fácil. Ela detestara ficar separada dele e sentia arrepios quando pensava em compartilhar seu corpo com outro homem. Ela pensara estar apaixonada por ele. Tristan, porém, não fizera nenhuma confissão do tipo, não houvera nenhum amor mútuo que o conectasse a ela. Francesca tivera certeza de que ele encontraria outras companheiras de cama dispostas. Teria se enganado? Ela prendeu a respiração quando ele se posicionou diante dela. Sua silhueta alta e de ombros largos bloqueava a luz que vinha da vela que restava. O olhar dele desceu, e Francesca se deu conta de que, com os laços afrouxados, a frente de seu vestido estava aberta. Segurando o tecido, ela o apertou contra o peito.

— Você e mais ninguém — murmurou ele. — Desde o nosso casamento, tem sido assim. Francesca, não quebrei nossas juras matrimoniais.

A boca de Francesca secou.

Tristan fora fiel a ela. Ela se sentiu sorrindo; que o Senhor fosse louvado, ele fora fiel! Percebendo que ele estava esperando uma resposta dela, Francesca estendeu a mão.

— Eu também não quebrei os votos. — Ela engoliu em seco. — Fui fiel a você.

Dedos quentes se fecharam em torno dos dela, e o coração de Francesca disparou. Ele virou a mão dela e deu um leve beijo na palma. Quando ele a fez se levantar lentamente, a luz iluminou totalmente o rosto dele; o calor em seus olhos estava claríssimo.

Ele abriu um cuidadoso sorriso para ela, pôs as mãos em seus ombros e a fez virar.

— Venha, meu coração, você precisa dormir. Recebi minhas ordens. — Ele puxou o vestido dela, baixando-o dos ombros de Francesca, passando-o pelos quadris para que caísse ao chão. — Cama.

Deixando o vestido dela onde ele caíra, Francesca foi para a cama. Ela tinha ciência de que, antes de Tristan ter entrado no quarto, estivera afundada na tristeza. A presença dele, dominantemente máscula, dominantemente atraente, era justamente a distração de que ela precisava.

Eu o quero. Ele me quer. Talvez, por um tempo, ele possa me ajudar a esquecer.

Pensativa, ela o viu se despir, permitindo que seu olhar percorresse toda a perfeita forma masculina dele. Havia uma pequena cicatriz no quadril esquerdo dele. Ela se recordava daquela cicatriz, e parecia que ele tinha ganhado mais algumas. Havia uma nova em seu antebraço esquerdo, e outra em suas costelas. Francesca observou os fortes ombros de guerreiro dele. Tristan era totalmente definido e musculoso. Um olhar a fez ansiar por recapturar tudo que eles haviam perdido. Despudoradamente, ela permitiu que seu olhar seguisse a trilha de pelos escuros no peito dele, que se afunilava ao descer. As faces dela coraram. Tristan não tinha como negar que a queria.

Ele a olhou. Havia um toque de cor em suas faces que podia ser de desejo. Ou podia ser de vergonha, embora ela não conseguisse imaginar nenhum motivo pelo qual ele poderia se sentir envergonhado ao confessar sua fidelidade. Havia uma melancolia em seus olhos, algo que ela nunca vira antes. Tristan pigarreou.

— Prefere que eu deixe a vela acesa?

Francesca mudou de posição; estava absurdamente ciente de como o desejava. Seria bom como antes, ou a separação deles podia ter acabado com a paixão?

— Não me importo.

— Eu a deixarei acesa, então. Não há perigo.

Ele se juntou a ela na cama, e Francesca esperou que os braços dele a envolvessem.

Nada. Tristan ficou deitado de costas, aparentemente olhando as flores azuis pintadas no teto.

Ela franziu o cenho.

— Não vai me abraçar?

Um braço se estendeu.

— Se quiser...

Ela rolou para mais perto, aninhando-se junto a ele.

— Quero mais do que isso. — Francesca beijou o peito dele. — E você também quer.

— Não negarei. — A boca dele se contraiu quando ele acariciou o alto da cabeça dela. — Francesca, você está de luto. Não seria certo.

— Nem mesmo se eu quisesse?

— Não me aproveitarei de você.

Ela beijou o peito dele e permitiu que sua mão vagasse pela cintura de Tristan. As pontas de seus dedos foram lentamente na direção do abdômen de Tristan. Ela o ouviu inspirar fundo e sorriu.

— Você é nobre demais. Pense numa coisa... E se eu quiser me aproveitar de você?

Ela deslizou a mão um pouco mais para baixo, fechando-a firmemente em torno dele. *Tristan disse que quer me manter como sua esposa, mesmo que eu lhe propicie tão pouco. Se eu tivesse seu filho, seu herdeiro, eu lhe daria algo de valor real. Céus, fui louca de pensar que poderia me casar com outro! Existe apenas um homem para mim.*

— Tristan?

— *Mon Dieu.* — Uma forte mão se fechou em torno da dela. A voz dele estava tensa. — Francesca, você me testa além dos meus limites.

— Preciso de você, Tristan.

Ele balançou a cabeça, a respiração rascada.

— Seria errado. Há muitas coisas a serem resolvidas entre nós.

Francesca o apertou delicadamente, sensualmente.

— A sensação não é a de algo errado. — Lentamente, ela desceu com o pé pela canela dele, e um suspiro de puro desejo escapou dela. — É a de algo... perfeito, como você.

Ele ergueu a cabeça, o azul de seus olhos ardendo fortemente.

— Francesca, você não está pensando com clareza. Está de luto. Está...

— Eu sei que quero você. Sempre quis. — Ela passou a mão por ele, uma carícia sutil, provocante, íntima. Ele sofreu um espasmo na mão dela. E, quando seu corpo se voltou na direção do de Francesca, ela soube que quase o convencera. Ela sorriu. — Mari recomendaria isso, tenho certeza.

— Uma ova que ela recomendaria. Aquela mulher me odeia.

— Não tenho tanta certeza disso — murmurou ela. Francesca beijou o peito dele. — Isso me ajudaria a dormir. Tristan?

Uma grande mão envolveu o rosto dela. Ele brincou com o lóbulo da orelha de Francesca, e faíscas de excitação percorreram todo o corpo dela; seios, barriga, as pontas dos pés. Os membros dela ficaram prostrados, e ela se derreteu junto a ele. Francesca percebia que ele estava enfraquecendo. Seus olhos, que escureciam, traíam-no, assim como a cor acentuada de suas faces. A respiração dele estava acelerada.

Com um grunhido, Tristan a empurrou para os travesseiros e deslizou a perna entre as de Francesca. Delicadamente, ele ergueu a mão dela e pressionou todo o corpo contra o seu enquanto lhe beijava os dedos, unindo-os aos seus.

— Ainda não, meu coração. Do contrário, terminará antes mesmo de começar. — Ele a olhou fixamente. — Espero sinceramente que não se arrependa disso.

Como se eu fosse me arrepender...

O sorriso dele estava malicioso.

— Ah, o que eu não faço para deixá-la com sono?

Ele baixou a cabeça. Francesca se esforçou para alcançá-lo, embora não houvesse necessidade, pois os lábios dele cobriram os dela. Ele a beijou de forma lenta, provocante, como se tivesse todo o tempo do mundo. Foi lento demais para ela. Sedenta por mais, ela abriu a boca para convidá-lo a entrar. As línguas deles se encontraram, e os sentidos dela ficaram totalmente concentrados. Então, foi como sempre havia sido entre eles.

Ele a transformou numa mulher inconsequente, uma que não pensava em mais nada que fosse ser possuída por Tristan le Beau. Não havia mais um quarto pintado com flores azuis, não havia mais cama. Havia apenas Tristan, o homem mais desejável do mundo.

Tristan levantou a barra da anágua dela, retirou-a completamente e a largou ao lado da cama. Ele suspirou quando suas palmas se fecharam em torno dos seios dela. Sua boca estava firme, tentando-a como antigamente, fazendo-a latejar de desejo, fazendo-a se contorcer junto a ele.

O cheiro dele, almiscarado, másculo e incrivelmente familiar, envolveu a consciência de Francesca. Tudo que ela queria era a sensação de pele junto a pele. A pele dele junto à dela. As palmas das mãos dela subiram e desceram acariciando os flancos dele, querendo absorvê-lo. Incentivada pelo grunhido dele, Francesca envolveu o pescoço de Tristan com os braços e beijou o queixo dele, o rosto, a boca. Ela o beijou em todos os lugares que conseguiu alcançar. Havia muitos beijos a serem compensados pelo longo tempo de separação, e, ao menos naquela noite, Francesca sabia que Tristan pensava o mesmo.

Ela segurou o traseiro dele. Suas mãos vagaram sedentamente por cada centímetro dele. Francesca sugou o pescoço dele e conseguiu mais um grunhido sensual.

Ele afastou as pernas dela. Suas mãos, ao que parecia, estavam tão sedentas para tocá-la quanto ela estava por ele.

O quarto desapareceu. Restavam apenas Tristan, Francesca e um mundo de suspiros ardentes e expressões desconjuntadas.

— Ainda gosta disto?

— Ah, sim.

— E disto?

— Por favor. Mais, sim, mais.

Finalmente, quando ela estava num frenesi de desejo que a deixou tensa a ponto de explodir, Tristan a penetrou.

Um momento de paralisia os dominou. Mãos quentes seguraram o rosto dela.

— Francesca. — A voz dele alcançou profundamente, indo até o centro do ser dela. — Senti falta disto com você. Céus, como senti!

Com o coração inflado demais para pensar em palavras, Francesca deixou que suas mãos e seu corpo falassem por ela. Ela acariciou os largos ombros dele e beijou seu pescoço. Deslizou a mão em torno da cintura de Tristan e o abraçou junto a si. Segurou o traseiro dele e inclinou sua pélvis, e o mundo explodiu novamente em movimento.

O ritmo não mudara. Eles o encontraram num instante. Aquilo a deixou completa, transformando dois em um.

Acabou rápido demais. Tristan levou a mão entre eles, uma cuidadosa e hábil carícia, duas, e um cegante lampejo de felicidade a enviou ao paraíso. Um instante depois, ele a acompanhou.

O humor no castelo de Fontaine estava compreensivelmente fraco. Francesca aceitara passar a manhã no solar com *lady* Clare, ajudando nos preparativos para o funeral do conde Myrrdin. Tristan não esperava que ela achasse aquilo fácil. *Lady* Clare era uma boa mulher, mas não havia como negar que ela estava, na prática, ocupando o lugar de Francesca. De qualquer ângulo que se analisasse a situação, era algo impossível.

Ciente das dificuldades que Francesca enfrentaria, Tristan combinara que ela o encontrasse no estábulo ao meio-dia. Quando a porta do salão se abriu e ela saiu para a parte exterior do castelo, ele suspirou de alívio. Estava louco para escapar do confinamento do castelo, e Francesca certamente sentia o mesmo.

Ela precisava de um descanso da tristeza e da complexidade. O Château des Iles teria sido reduzido àquele estado de absoluta infelicidade após a morte do pai dele? Tristan fez uma expressão de dor. Era estranho não conseguir se recordar. Ele deixou esse pensamento de lado; o que acontecera após a morte de seu pai não tinha importância ali.

O rosto de Francesca estava cansado enquanto ela caminhava na direção dele, mas foi agradável ver os olhos dela se acalmarem quando ela o viu. Tristan se sentiu relaxar. As barreiras entre eles estavam sendo derrubadas. Ele passara a manhã inteira revivendo o ato de amor deles, rezando para que ela não se arrependesse daquilo. Tristan não conseguia ver nenhum sinal de arrependimento, graças a Deus.

Sorrindo, Tristan a encontrou no meio do pátio, quando os portões foram erguidos e uma patrulha entrou. Ele ficou ainda mais animado quando ela estendeu a mão para ele. Tristan se curvou e a beijou.

— Está tudo bem?

— Na medida do possível.

— Os preparativos para o funeral?

— O funeral de Papa será daqui a três dias. — Francesca suspirou e entrelaçou seus dedos aos dele. — Provavelmente, eu não devia dizer isso... De certa forma, estar aqui é pior do que eu esperava. Eu... Eu não sei muito bem como me comportar, e minha presença confunde os criados. Eles não sabem a quem servir, a mim ou a *lady* Clare. É muito constrangedor.

Aquilo era exatamente o que Tristan temera que pudesse acontecer.

— Você precisa de ar fresco — falou ele. — Bastian está selando os cavalos. Achei que você pudesse querer cavalgar até St. Méen. Podemos inspecionar sua mansão. Se tudo estiver em ordem, podemos ficar lá até depois do funeral. Talvez isso facilite as coisas.

Os dedos dela apertaram os dele.

— Obrigada, parece uma excelente ideia.

Eles já haviam montado e estavam trotando na direção do portão com Bastian quando um cavalariço chegou às pressas, um embrulho debaixo do braço.

— Lorde Tristan?

Tristan fez seu cavalo parar.

— Bom dia. Conan, certo?

— Sim, milorde. — A patrulha que chegara estava perto de um bebedouro para os cavalos. Conan fez um movimento de cabeça, indicando-a. — Eu estava naquela patrulha, milorde. Acho que o senhor deveria saber que encontrei isto numa vala perto da guarita.

Ele entregou o embrulho para Tristan. Envolto com um tecido de algum tipo, estava pesado de umidade, como se tivesse passado a noite inteira pegando orvalho. Com cuidado para não assustar Flint, Tristan o abriu, e seus olhos se arregalaram. Ele estava olhando fixamente para seu brasão, cuidadosamente bordado no que, no passado, fora uma flâmula de parede. Vários cortes atravessavam o brasão. Sentiu um aperto no estômago e enrolou rapidamente outra vez. Mas não foi rápido o suficiente.

Arfando, Francesca estendeu as mãos.

— Fui eu quem fez isso! Deixe-me ver.

Em silêncio, Tristan o entregou a ela.

— Tristan, eu fiz isto depois do nosso casamento. Ficava pendurada na parede do solar de St. Méen.

— Eu me lembro.

O cenho dela se franziu quando ela olhou para Conan.

— Onde a encontrou?

— Na vala ao lado da estrada, *milady*. Alguns metros depois do portão.

— Não viu mais nada?

— Não, apenas a flâmula. As cores do conde Tristan chamaram minha atenção.

Francesca dobrou a flâmula.

— Obrigada, Conan. Pode, por favor, mostrá-la a *Sir* Arthur e perguntar se ele permitirá que uma tropa de cavaleiros do castelo acompanhem lorde Tristan e a mim até St. Méen? Nós esperaremos a resposta dele aqui.

Nós? Os músculos de Tristan se contraíram. Francesca não podia ir a St. Méen. Não agora. Claramente, o lugar não era seguro. Tristan franziu o cenho ao olhar para a flâmula. Ele detestava alarmá-la, mas aquilo só podia ser coisa de Kerjean. Os monges que os haviam acompanhado talvez tivessem impedido que Kerjean e seus capangas os atacassem no caminho até ali, mas, claramente, não haviam impedido que eles os seguissem até Fontaine.

Kerjean invadira a mansão de Francesca. Quem mais poderia ter sido? Ao deixar a flâmula na vala do lado de fora do castelo, onde ele certamente sabia que seria encontrada, Kerjean estava enviando uma mensagem a Tristan. Não, não uma mensagem; uma ameaça. *Sir* Joakim estava lhe dizendo que Francesca não estava em segurança, nem mesmo em Fontaine.

Kerjean devia estar tentando ressuscitar a aliança rebelde. É uma mensagem. Uma mensagem para mim.

Francesca mordeu o lábio enquanto observava o progresso de Conan na direção do salão.

— Alguém invadiu St. Méen.

— É o que parece.

— Papa prometeu que o lugar não ficaria desprotegido. — Os dedos dela tamborilaram no pescoço de Princesa. — Onde estão esses cavaleiros?

Tristan quase grunhiu alto. Ele não queria pôr a paixão deles, frágil e reavivada, em risco ao irritá-la, mas Francesca precisava enxergar que não poderia ir a St. Méen.

— Francesca, concordo que alguém precisa ir a St. Méen. Você precisa entender que não pode ser você.

Ela ficou tensa.

— É minha mansão, minha responsabilidade.

— Ninguém está contestando que a mansão é sua. Meu coração, alguém invadiu o lugar, e não há como saber o que podemos encontrar. Não permitirei que você se aproxime de lá até que eu saiba que é seguro. O lugar precisa ter sua segurança garantida.

Os olhos dela ficaram tempestuosos.

— Está me proibindo de visitar minha própria mansão?

— Quando eu souber que há segurança, você poderá visitá-la.

O olhar dela se aguçou.

— Há algo que você não está querendo me contar.

Tristan hesitou. Ele tinha certeza de que o roubo da flâmula fora coisa de Kerjean, mas admitir isso certamente seria um erro. Francesca já tinha muitas coisas com que lidar sem saber que um bando de foras da lei havia decidido usá-la para seus próprios fins.

Maldito fosse *Sir* Joakim Kerjean! Francesca não estava em segurança em Fontaine. E, se não estava em segurança em Fontaine...

— Francesca, até que eu avalie o estado de St. Méen por conta própria, você não chegará perto do lugar.

Em St. Méen, Tristan estava no solar com o comissário da mansão a seu lado, analisando as marcas na parede e os ganchos vazios nos quais o cuidadoso trabalho de Francesca ficava pendurado.

— *Sir* Nicolas?

— *Mon seigneur?*

— Sabia que essa flâmula havia desaparecido?

Sir Nicolas passou a mão pela própria nuca.

— Sim, milorde.

— E não pensou em informar a *Sir* Arthur que a mansão de minha *lady* havia sido invadida?

Sir Nicolas corou.

— Só percebi que a flâmula havia desaparecido esta manhã. Milorde, não verifico o solar todos os dias. Como sabe, não somos um lugar muito conhecido. É tranquilo aqui. Mantemos apenas um mínimo de criados e não houve nenhum sinal de invasão.

Tristan ergueu uma das sobrancelhas.

— Nenhum?

— Nenhum.

Tristan olhou fixamente para os ganchos vazios. Apesar de estar olhando para um fraco contorno, como uma sombra, de onde a flâmula estivera, a obra estava vívida em sua mente. Era um trabalho maravilhoso e inteligente; cavaleiros e *ladies* num banquete no bosque. Grandes carvalhos se arqueavam sobre uma mesa coberta de damascos; cães de caça brincavam entre as flores. Francesca fizera uma borda de prata em torno da flâmula, como o campo do brasão dele, e marcara as margens com potentilhas pretas. Agora, a flâmula estava destruída e ensopada, cortada sem nenhuma esperança de conserto.

— Eu gostava dessa flâmula.

— Sim, milorde. Lamento muito.

— Por que diabos não relatou a invasão assim que a descobriu?

— Eu iria fazer isso, *mon seigneur*, mas não me pareceu ser urgente — falou *Sir* Nicolas. — Tínhamos acabado de receber a notícia da morte do conde Myrrdin, que Deus o tenha.

Tristan passou a mão pelo próprio rosto.

— Sim, entendo que o desaparecimento de uma flâmula é insignificante perto disso.

— De fato. E, de qualquer forma, nada mais havia sido tocado, milorde.

— Está certo disso?

— Lorde Tristan, quando vi que a flâmula havia desaparecido, tenha certeza de que verifiquei St. Méen desde os porões até o telhado. Foi feito um inventário completo, e todo o resto está nos conformes.

Tristan passou os dedos sobre a parede de gesso, e seu olhar se fixou em algumas marcas; leves entalhos, como se algo tivesse sido riscado na parede. Ele se curvou para olhar mais de perto e sussurrou um palavrão.

— *Sir* Nicolas?

— Milorde?

— O que acha disto?

Sir Nicolas semicerrou os olhos para olhar a parede.

— *Mon Dieu*, eu não havia percebido isso. É muito fraco, mas parece o brasão de um cavaleiro.

— De fato. Reconhece a insígnia?

— Não sei ao certo. Pode ser um caldeirão, ou uma chaleira, milorde. Acho que é uma chaleira. — *Sir* Nicolas coçou o próprio queixo. — Não me recordo de nenhum cavaleiro que use uma chaleira como símbolo.

— Pois eu, sim — falou Tristan soturnamente. *Sir* Joakim Kerjean tinha uma chaleira em seu brasão. Se houvera alguma dúvida na mente dele de que o roubo da flâmula fora um aviso, ver aquele brasão acabara com ela.

Kerjean estivera vasculhando a mansão de Francesca. E saíra totalmente ileso. St. Méen não era mais seguro para ela.

Tristan massageou a própria testa. O que Kerjean pensava que estava fazendo? Certamente ele devia saber que, ao ameaçar Francesca diretamente, ele simplesmente faria Tristan redobrar seu esforço de mantê-la em segurança. Ele teria a intenção de extorquir dinheiro de Tristan ameaçando Francesca? Dinheiro para reconstruir a aliança? Se fosse esse o caso, o homem era um tolo. *Ele deve saber que não posso ignorar isso. A mansão de* Sir *Joakim precisa ser vigiada. Pedirei a* Sir *Arthur que me empreste alguns homens, homens capazes de discrição. Preciso saber o que Kerjean está tramando.*

Tristan fez cara feia para as marcas na parede. Ele precisava alertar o barão Rolland; foras da lei estavam à solta, e existia uma forte possibilidade de que a aliança rebelde não estivesse esgotada. Parecia que um segundo conjunto de enviados partiria em breve para Rennes.

Um par de olhos acinzentados com longos cílios encheu a mente dele. *O que fazemos agora?*

Sem dúvida, Francesca precisaria acompanhá-lo até des Iles. Pela segurança dela, ela não poderia estar presente ao funeral do conde Myrrdin.

Isso estava longe do ideal. Ela ficaria arrasada quando Tristan lhe dissesse isso. Céus, que confusão!

Quando ele encontrara Francesca em Provins, falara em anular o casamento deles. Na abadia de São Miguel, Tristan a fizera confessar que nunca quisera de fato uma anulação. Era um certo progresso. Contudo, até que Francesca abandonasse a ideia de que seria melhor para ele ter um casamento dinástico, ele não poderia baixar a guarda. O que havia dentro do coração dela? Depois do que acontecera na noite anterior, Tristan não tinha como saber ao certo.

Ele cavalgara até Provins numa missão de misericórdia, para levar Francesca consigo de forma que ela pudesse prestar sua última homenagem ao homem que ela considerava seu pai. Naquela manhã, o que estivera na mente de Tristan fora a ideia de que, após o triste e inevitável fim da jornada, ele e Francesca se reconciliariam ou ele a deixaria em St. Méen, retornando a des Iles.

Naquela manhã, a reconciliação parecera uma possibilidade real, e Tristan não queria pressioná-la. Ele pensara em reconquistá-la gradualmente. Tivera esperanças de que, se eles morassem juntos em St. Méen, pudessem recapturar parte da magia inicial. A noite anterior fora promissora, mas Francesca estava de luto, e ele não podia saber ao certo se fora algo mais do que uma distração para ela. Eles podiam chegar a um entendimento mais pleno entre eles se pudessem viver tranquilamente em St. Méen. Infelizmente, a interferência de Kerjean significava que medidas mais drásticas eram necessárias.

Ele não poderia permitir que Francesca retornasse à mansão dela. Ela não estaria em segurança. Não era viável para Tristan vigiar cada movimento dela e, mesmo que ele a pusesse sob proteção, não poderia ter certeza de que Kerjean seria mantido afastado. Tristan ficou arrepiado. Não, St. Méen estava mesmo fora de questão. Kerjean invadira o local uma vez; poderia fazê-lo novamente. Tristan não teria nem um momento de paz, preocupando-se com ela.

Ele precisava levar Francesca ao Château des Iles. Lá, ela estaria em segurança.

Des Iles, cercada pelo mar por três lados, era praticamente impenetrável. Um ataque direto, especialmente por parte de um cavaleiro solitário e um desprezível bando de foras da lei, estava fora de questão. Kerjean não teria como reunir homens suficientes. Sim, Francesca precisaria ir a des Iles, e quanto antes, melhor. Tristan fez cara feia para o brasão riscado na parede.

Não seria fácil. Em des Iles, havia sérios obstáculos a uma reconciliação, sendo Esmerée o mais óbvio deles.

Como Francesca reagiria quando descobrisse que a mulher que, no passado, fora a amante dele, estava morando lá? Ela exigiria que Esmerée fosse enviada para outro lugar?

Quanto a outras confissões, revelar seu mais profundo e precioso segredo, sua filha... Isso precisaria esperar. Tristan não tinha nenhuma opção, a não ser avançar aos poucos. Ele massageou a parte superior de seu nariz. Não fazia ideia do que esperar se Francesca descobrisse que ele e Esmerée tinham uma filha. Que os céus o ajudassem, apenas Esmerée e Roparz sabiam que Kristina era filha dele. Tristan tivera esperanças de confessar tudo a Francesca. Porém, com a aliança aparentemente se formando mais uma vez, as mãos dele estavam novamente atadas.

Que inferno! A trégua da noite anterior entre Francesca e ele era frágil demais para ser posta à prova. No entanto, pela segurança de Francesca, isso era exatamente o que ele precisava fazer.

Francesca precisava ser levada a des Iles; ele precisava afastá-la do perigo. E, embora Tristan pudesse adiar a confissão a respeito de Kristina, ela teria que ficar sabendo sobre Esmerée.

Tristan fez um movimento positivo com a cabeça para *Sir* Nicolas e foi na direção da porta. Ao chegar lá, olhou para trás.

— Está claro que vocês precisam de reforços.

Sir Nicolas pareceu desconfortável.

— Eu lamento de verdade, milorde.

Tristan deixou de lado o pedido de desculpas.

— *Lady* Francesca e eu retornaremos a des Iles em breve. Assim que eu chegar lá, eu lhe enviarei guardas extras. Enquanto isso, pedirei assistência a *Sir* Arthur.

Sir Nicolas baixou a cabeça.

— Obrigado, milorde.

— Voltar com você para des Iles? Céus, Tristan, quando? — Mais tarde naquela noite, Francesca estava sentada na cama, penteando o cabelo.

Tristan apoiou seu ombro num dos postes da cama.

— Partiremos pela manhã.

Francesca se sentiu ficar paralisada.

— Ficou louco? Precisamos esperar o funeral de Papa.

Tristan observou a ponta de sua bota.

— Infelizmente, isso não será mais possível. Partiremos para o Château des Iles ao amanhecer.

— Seja razoável, Tristan, não posso ir amanhã. — Francesca se esforçou para manter a calma. *Não posso perder o funeral de Papa!* Ela enfiou o pente numa prateleira perto da cama. — Se há assuntos urgentes chamando você a des Iles, você precisará ir sozinho. Todos entenderão se você não for ao funeral. Mas você precisa entender que não posso deixar de ir.

Ele fez uma expressão determinada.

— Você vem comigo.

— Tristan, eu irei ao funeral de Papa.

Olhos azuis se voltaram na direção dela, tão severos e determinados que foram quase irreconhecíveis.

— Não, não irá.

Francesca se flagrou fazendo cara feia para a flâmula rasgada que estava dobrada cuidadosamente na beira da cama. A flâmula fora limpa, e a maior parte da lama fora retirada. Estava pronta para uma inspeção posterior. Se ela não tivesse sido danificada além de qualquer reparo, Francesca pretendia remendá-la.

Olhando novamente para Tristan, ela encontrou aquele olhar rígido e irreconhecível. *Ele está preocupado.*

— Tristan, o que aconteceu em St. Méen? O que você encontrou?

— Nada, é como eu lhe disse. Uma pequena invasão. *Sir* Nicolas me garantiu que nada foi perturbado, a não ser pela flâmula.

— Parece muito estranho que alguém entre às escondidas na mansão e leve apenas uma flâmula. Uma flâmula que, em seguida, essa pessoa largou na estrada. Tristan, deve haver mais do que isso. Novamente, há algo que você não está me contando.

Com uma expressão petrificada, Tristan se levantou.

— Você irá comigo a des Iles.

Francesca semicerrou os olhos. Aquele era um lado de Tristan com o qual ela não estava familiarizada; Tristan em seu momento de maior intransigência. O grande lorde e comandante que ignorava todos os argumentos. A garganta dela latejou enquanto o olhava fixamente. Era difícil acreditar que, na noite anterior, ele se abrira o suficiente para lhe dar tamanho conforto, ao passo que, agora, estava lhe negando a oportunidade de ir ao funeral do conde Myrrdin.

— O senhor, milorde, está sendo um ignorante. Preciso manter meu luto por Papa. — A voz dela soava vazia, e seus olhos ardiam. As lágrimas não estavam longe. — Ir ao funeral ajudará.

Ele deu de ombros, aparentemente nada convencido.

— Pode ficar de luto em des Iles da mesma forma como em qualquer outro lugar.

— E se me recusar a ir com você?

— Você virá comigo mesmo que eu tenha que amarrá-la.

Uma lágrima quente escorreu pela face dela, e Francesca virou a cabeça antes de enxugá-la disfarçadamente.

O colchão afundou, e ele tocou a mão dela.

— Francesca, não precisamos brigar. — A voz dele se abrandou. — Também me entristece o fato de perdermos o funeral do conde Myrrdin, mas precisamos fazer isso. Preciso que você confie em mim. Você não está em segurança aqui.

Ela o olhou com irritação em meio a uma bruma de lágrimas.

— Seria mais fácil se você me dissesse o que o deixa preocupado. Não sou burra, sei que há mais coisas e que têm ligação com a sua visita à minha mansão.

— Eu não queria alarmar você. — Suspirando, ele afastou uma mecha de cabelo do rosto dela. — Suspeito de que eu saiba a identidade do homem que roubou aquela flâmula.

— Como?

— Encontramos leves marcas riscadas na parede do solar, exatamente onde ficava pendurada a flâmula. As marcas têm o formato do brasão de um cavaleiro, e o símbolo é notavelmente semelhante ao de *Sir* Joakim Kerjean.

— *Sir* Joakim roubou a flâmula? Aquele idiota loiro? Por quê?

A mão de Tristan retornou para onde estava a dela, sobre a colcha. Seu olhar estava fixo.

— Kerjean está me avisando, quer que eu saiba que ele pode chegar até você, mesmo quando estiver em sua própria mansão.

Ela franziu o cenho.

— Com que propósito?

A boca de Tristan se contorceu num irônico sorriso.

— Não tenho ideia. Talvez ele pense que me importo com você. — A expressão dele ficou séria. — Francesca, não creio que seja a intenção dele cortejá-la.

Ela estremeceu.

— Não, sem dúvida, aquilo foi mentira. — Ela o olhou fixamente. Nunca estivera em des Iles e, em praticamente qualquer outro momento, ela ficaria curiosa para conhecer o lugar. Mas perder o funeral de Papa? — Você me amarraria mesmo para me fazer ir com você?

— Se for necessário...

Houve uma pausa. Ela olhou com tristeza para a flâmula rasgada e se decidiu.

— Não haverá necessidade disso. Confiarei que você tem seus motivos. Não resistirei. Irei com você a des Iles.

Ele apertou a mão dela.

— Obrigado, meu coração. Darei o melhor de mim para garantir que não se arrependa disso.

Ela engoliu em seco.

— Já informou a Bastian que partiremos de Fontaine?

— Sim.

— E Mari?

Os lábios dele se repuxaram.

— Naturalmente. — Tristan olhou para as mãos deles unidas, e todo humor abandonou sua expressão. — Francesca, antes de partirmos, há algo que preciso lhe contar. — A voz dele estava calma, embora algo em seus modos deixasse os pelos da nuca de Francesca eriçados.

Fosse lá o que ele tivesse a dizer, ela não gostaria.

Capítulo 10

Os olhos azuis de Tristan estavam tão preocupados que Francesca perdeu o fôlego.

— Tenho uma confissão a fazer — disse ele. — Antes de nos casarmos, eu tive uma amante.

— Tristan, isso não me surpreende. — Ela sorriu. — Muitos jovens lordes têm amantes, e, mesmo eu sendo inocente, via que você era experiente.

Uma cor quente preencheu as faces dele.

— Eu devia ter lhe contado a respeito dela. Também devia ter lhe contado que ela mora em Château des Iles. Quando chegarmos lá, é certo que você a conhecerá.

Francesca piscou os olhos. Ela iria conhecer a ex-amante de Tristan? Os dedos dele se firmaram sobre os dela e, se o que ele estava lhe dizendo não fosse tão revoltante, Francesca quase seria capaz de acreditar que ele pareceria arrependido. Uma rocha se assentou dentro do estômago dela.

— Qual... Qual é o nome dela?

— Esmerée.

Esmerée.

— Tristan, você me disse que não havia quebrado nossos votos matrimoniais. Seu relacionamento com ela terminou?

— É claro que sim. Terminou quando você e eu ficamos noivos.

— No entanto, ela mora no seu castelo? Por quê? Ela tem esperanças de que você a aceite de volta?

— Longe disso. Esmerée se casou com meu amigo Roparz. Ele é apaixonado por ela, e eles são nauseantemente felizes. — Tristan pigarreou e olhou fixamente para a parede atrás dela. — Esmerée está esperando o segundo filho.

Os olhos de Francesca se arregalaram enquanto ela se esforçava para absorver o que lhe estava sendo dito. A ex-amante de Tristan era casada com *Sir* Roparz?

— Ela é filha de um cavaleiro, presumo.

Ele balançou a cabeça.

— O pai de Esmerée era mercador.

— Mesmo assim, *Sir* Roparz se casou com ela? Seu comissário? — Geralmente, seria de se esperar que um cavaleiro, superior a um mercador na hierarquia, fosse se casar com alguém de sua classe. Era muito incomum que um cavaleiro optasse por se casar com alguém de uma classe inferior. — O pai dela era rico?

— Na realidade, não. Roparz simplesmente a queria. E não queria mais ninguém. Assim que ficou claro que meu relacionamento com Esmerée chegaria ao fim, Roparz se apresentou e pediu a mão dela em casamento. — Ele fez uma expressão sofrida. — Admito que fui muito tolo. Roparz admitiu que a desejava fazia muito tempo. Eu jamais havia percebido isso, o que foi uma pena.

— Você teria se separado dela antes se tivesse sabido?

— É claro. Meu relacionamento com ela era puramente um acordo de negócios.

— Um acordo de negócios — murmurou Francesca. Ele fazia aquilo parecer algo tão frio. Tão distante. Ainda pior, num canto da mente dela, ainda estava o humilhante pensamento de que seu casamento com Tristan também fora um acordo de negócios. Um que se tornara inútil no instante em que *lady* Clare fora declarada herdeira do condado de Fontaine. Até então, Tristan acreditara que as terras do conde Myrrdin seriam acrescentadas às dele um dia. Ele atuara como comissário do conde Myrrdin; conhecia Fontaine de olhos vendados.

E agora? Com o conde Myrrdin morto, Tristan estaria mais do que nunca arrependido de ter perdido aquelas terras? Francesca tentou ignorar o nó em sua garganta. Tristan precisaria ser um santo para que esses pensamentos não tivessem lhe ocorrido, e Tristan le Beau era muitas coisas, mas não um santo.

— Durante quanto tempo Esmerée foi sua amante?

— Um ano? Dois? Céus, Francesca, não contei os dias.

Francesca assentiu como se compreendesse. No entanto, ela não compreendia nem um pouco. Tristan podia dizer que sua relação com Esmerée terminara, mas ele devia gostar dela. Por que mais ele a manteria em des Iles? Ele a teria feito se casar com seu amigo para mantê-la por perto? Ela era verdadeiramente feliz com Roparz? Era tudo um tanto conveniente demais. Lentamente, ela afastou sua mão da dele.

— Parece extremamente constrangedor.

— O quê?

— Esmerée morar em des Iles.

Ele deu de ombros.

— Acha mesmo? — O rosto dele estava inexpressivo. Confuso. Como se ele não fizesse ideia do que a levara a dizer algo assim.

— É bastante peculiar. Tristan, certamente você enxerga isso, não?

Ele desviou o olhar, corando.

— Não sou o único homem que já teve uma amante.

— Sim, mas o fato de ela morar em des Iles, no seu castelo mais importante... Não consegue enxergar como isso é estranho? Quando você está lá, deve encontrá-la o tempo inteiro.

— Você deve recordar que não passei muito tempo lá ultimamente. — Ele deu de ombros. — De qualquer forma, como eu disse, meu relacionamento com Esmerée era puramente uma transação de negócios. Gosto muito de Esmerée, mas jamais a amei. Nossa união foi puramente física.

— Você pagou pelos serviços dela.

— Ela não relutou, se é isso que está pensando.

Francesca o percorreu com os olhos, absorvendo o cabelo escuro, aqueles olhos azuis que, no passado, ao menos de acordo com o que ela pensara, haviam olhado para ela com tamanha ternura. *O que significo para você? Uma transação de negócios fracassada? Outra mulher que lhe dá alívio físico? Ou há mais do que isso entre nós?* Francesca suspirou, incapaz de desviar seu olhar daquele rosto firme, daquela boca esculpida.

Tristan le Beau. Mesmo com toda a sua arrogância, sua frieza, ele era lindo.

— Imagino que não.

Aquela expressão confusa retornara aos olhos dele.

— Francesca, peço desculpas por não ter lhe contado a respeito de Esmerée anos antes. Pela minha honra, ela deixou de ser minha amante no instante em que decidi me casar.

— Por que não mencionou antes que ela morava em des Iles?

— Isso faz diferença?

— É claro que faz! Tristan, eu disse que voltaria com você a des Iles, mas não tenho nenhum desejo de viver sob o mesmo teto que sua ex-amante. — Ela segurou as cobertas com força. — Você deve enxergar que isso será impossível.

— Ela é casada com meu comissário, é *lady* Esmerée de Fougères. Não posso mandá-la embora.

— Château des Iles não é seu único castelo.

Ele semicerrou os olhos.

— Espera que eu me desfaça de Roparz? Ele é meu amigo e, além de tudo, é meu comissário mais eficiente. Quero meu melhor comissário encarregado da minha propriedade principal.

— Estou lhe pedindo para que tenha a decência de abrigar seu amigo e a esposa dele em outro lugar. Deus sabe que você tem muitos castelos dentre os quais escolher.

— Não posso fazer isso.

— Por que não?

Tristan passou a mão pelo próprio cabelo e fez uma expressão de irritação — essa era a única palavra para descrevê-la — ao olhar para a flâmula rasgada que estava na beira da cama. Apesar do calor das cobertas, Francesca estremeceu. Ela nunca desafiara Tristan antes e não estava gostando disso. Seria apenas a arrogância de um grande lorde acostumado a comandar os outros? Havia algo de estranho nos modos dele, uma relutância que ela não conseguia identificar. O que seria? Teria a ver com Roparz?

Roparz demonstrara a Tristan grande lealdade, e estava claro que Tristan o considerava praticamente um irmão. De fato, Roparz parecia ser o único elemento estável na vida de Tristan. Não era de se admirar que ele tivesse tamanho valor para ele. Os pais de Tristan jamais tinham lhe demonstrado muita ternura. Era possível que o vínculo entre ele e Roparz compensasse tudo isso. Roparz era o porto seguro dele.

Seria por isso que Tristan se recusava a transferir Roparz para outro lugar? Se fosse, por mais que Francesca detestasse a ideia de ficar cara a cara com *lady* Esmerée de Fougères, ela talvez precisasse aceitar isso.

No fundo, Francesca tinha certeza de que Tristan não era tão frio quanto fingia ser. Ele fizera amor com ela de forma tão doce na noite anterior! Certamente fora mais do que um alívio físico da parte dele. Ele fora terno e amoroso. Um homem capaz de fazer amor daquela maneira estava longe de ser frio. Fosse lá o que fosse que faiscava entre eles era mais do que qualquer transação de negócios, tinha que ser. O casamento deles fora arranjado por motivos dinásticos, mas, no instante em que Francesca pusera os olhos nele, soubera que existia apenas um homem para ela. Tristan le Beau. Isso não mudara.

Tristan, eu amo você. As palavras ecoaram pela mente dela. Ela o amara desde o início, até mesmo lhe dissera isso. Contudo, seria a primeira a admitir que seu amor fora imaturo. Fora baseado principalmente na aparência dele e na atração carnal, inesperada e avassaladora, que explodira entre eles. Os sentimentos dela estavam mais fortes agora, a paixão pueril se transformara num profundo amor.

Se eu quiser ficar com ele, precisarei lutar por isso.

Ela inspirou fundo.

— Tristan, por que foi me buscar em Provins?

Ele a olhou de maneira muito estranha.

— Você sabe a resposta; para lhe dizer que o conde Myrrdin estava doente.

— Você não precisava ter ido pessoalmente. Poderia ter enviado outra pessoa.

— Eu queria que você ficasse sabendo por mim.

— Por quê?

Um músculo se contraiu no rosto dele.

— Não faço ideia. — Sua voz estava seca. — Digamos que tenha sido um impulso do qual começo a me arrepender.

O senhor, milorde, é um mentiroso. Francesca mordeu o lábio e deixou sua decepção de lado. Ela ansiava pela confissão dele de que estivera preocupado com ela, de que quisera lhe contar pessoalmente a respeito da doença do conde Myrrdin porque sabia que ela ficaria mal. Francesca queria que ele dissesse algo, qualquer coisa, que revelasse que Tristan se importava com ela. Sentiu um aperto no coração. Embora soubesse que o relacionamento deles havia começado como uma útil transação dinástica, Francesca tivera esperanças de que se transformasse em algo mais significativo. Então, *lady* Clare chegara, e tudo que ela conseguira pensar fora no fato de que o condado pelo qual Tristan se casara jamais seria dele.

Surpresa, ela se deu conta de que mudara nos meses que eles haviam passado separados. Ela estava mais velha e um pouco mais sábia, ao menos esperava isso. Embora a natureza original do relacionamento deles, uma aliança dinástica, pudesse não existir mais, Francesca tinha motivos para ter esperanças. Tristan devia lhe dar muito valor, pois ele fora a Provins pessoalmente quando poderia ter enviado outra pessoa.

Tristan não era um homem que expunha suas emoções. Apesar disso, ele era leal às pessoas com as quais se importava. Valorizava Roparz acima de quase todos; bastava ver a maneira como ele se recusava a enviá-lo para algum lugar remoto nos limites do condado dele.

Se Francesca quisesse ficar com Tristan, precisaria provar que havia mais entre eles do que um empoeirado acordo forjado, porque o conde Tristan des Iles e o conde Myrrdin de Fontaine tinham condados vizinhos.

Quando Tristan a levara embora do baile no palácio, ela lhe dera o benefício da dúvida. Dissera a si mesma que a criação honrada dele, tendo sido criado longe de seus pais, sem falar no ríspido tratamento que seu pai lhe dispensara após a morte da mãe, era a responsável pela aparente frieza dele.

No casamento deles, Francesca tivera uma inocente confiança em seu papel como herdeira de Fontaine. Ela tivera certeza de que poderia fazer Tristan mudar. Ela cerrou os dentes. Não, isso estava errado; ela imaginara que, no fundo, ele poderia ser um marido amoroso e carinhoso. Na verdade, ela ainda sentia isso. A chama entre eles ainda ardia, como a noite anterior provara. Francesca não conseguia se imaginar se unindo a nenhum outro homem como se unia a Tristan. Ela se entregava completamente e tinha confiança de que ele fazia o mesmo. Todos os homens eram tão generosos quando faziam amor com suas esposas? A experiência dela era limitada, mas Francesca tinha certeza de que não.

Durante sua estadia em Paimpont, Francesca tivera tempo para pensar. Ela observara que muitos homens casados não se importavam com o afeto de suas esposas, e ela os vira plantar suas sementes em mulheres quaisquer. Nem todos os homens eram dessa maneira, claro; alguns podiam ser fiéis... Eles honravam seus votos matrimoniais. Esses homens certamente sentiam afeto por suas esposas. Tristan jurara ter mantido seus votos, assim como ela mantivera os dela.

Tristan se importava mesmo com ela. Podia não ser capaz de expressar seu afeto em palavras, mas Francesca acreditava que a ternura dele na cama falava por ele. Ela se apegaria a isso e rezaria para que o marido aprendesse a reconhecer seus sentimentos.

Provavelmente, Tristan enxergava o amor como uma fraqueza. Se ela o quisesse, precisaria lhe ensinar que, longe de ser uma fraqueza, o amor era uma grande força. Havia, porém, algo que ele precisava entender. Francesca não permitiria que ele a pisoteasse.

— Tristan, realmente não quero conhecer sua ex-amante.

Silêncio. Então, um tom desconfortável.

— Eu lamento, mas *lady* Esmerée e *Sir* Roparz não partirão de des Iles.

Francesca segurou as cobertas com força. Céus, ela esperava ter razão em relação ao fato de que a lealdade e o afeto eram o que estava por trás da insistência de Tristan de que *Sir* Roparz permanecesse com ele em des Iles pois, se ela estivesse enganada, se Tristan fosse incapaz de ter esses sentimentos, não haveria esperança para eles.

Um casamento sem amor não servia para ela. Se isso fosse tudo que ele tinha a oferecer, precisaria ser forte. Ela se retiraria em silêncio da vida dele, deixando-o livre para fazer uma deslumbrante aliança dinástica em outro lugar.

Com os olhos ardendo, Francesca rolou de lado, virando-se de costas para ele. Ela o ouviu suspirar. A cama balançou quando ele se levantou, e ela o ouviu se despindo; o leve clique de uma fivela de cinto sendo aberta; os sons das botas sendo atiradas num canto.

A flâmula da parede de St. Méen estava na beira da cama, pesada como uma pedra de moenda. Irritadamente, ela a chutou para longe, fazendo-a cair ao chão com um leve baque.

Tristan foi até ela. Pelo canto do olho, não que ela o estivesse observando, Francesca o viu se curvar para pegá-la.

— O que isto está fazendo aqui? — Ele a colocou dentro de um baú.

— Pensei em remendá-la, mas temo que esteja além de reparos.

Tristan apenas a olhou, um músculo se repuxando em sua face. Então, ele foi para a cama em silêncio.

Na manhã seguinte, a parte interna das muralhas do castelo estava banhada pela luz do sol quando Francesca e Tristan se despediram de *lady* Clare e *Sir* Arthur. Tendo ouvido a última e apressada conversa entre Tristan e *Sir* Arthur, Francesca entendera que Tristan persuadira *Sir* Arthur a enviar uma pequena tropa de homens para inspecionar a mansão de *Sir* Joakim. Aparentemente, os homens de *Sir* Arthur deveriam retornar com quaisquer informações que fossem incomuns. Isso, acima de tudo, provava como Tristan estava preocupado com a ameaça representada por *Sir* Joakim.

Não havia nem sinal dos noviços beneditinos, que haviam partido cedo naquela manhã em sua jornada de volta à abadia de São Miguel. Tendo finalmente se despedido, Francesca e Tristan atravessaram a ponte levadiça de Fontaine em meio a uma grande tropa de cavaleiros de *Sir* Arthur.

Com as lágrimas prestes a chegarem, Francesca estava sentada, rígida na sela e não olhou para trás. Era difícil acreditar que ela não estaria presente ao funeral do conde Myrrdin.

Apesar do sol, a floresta de Brocéliande ecoava o humor triste dela. As árvores os acompanhavam, escuras sentinelas cujos troncos eram manchados de líquens cinza. As trilhas sob as folhas caídas estavam debaixo de uma forte sombra. Até mesmo o piado de um gavião soava como uma alma atormentada. Desligando sua mente para o ambiente, Francesca cavalgou entorpecida.

Então, em algum ponto perto da fronteira leste da Bretanha, as árvores começaram a ficar mais esparsas, e Francesca emergiu de sua abstração para ouvir a conversa de dois dos cavaleiros.

— O fim da jornada está próximo — disse um dos cavaleiros. — O mar está logo à frente.

— E já estava na hora — respondeu o companheiro dele. — Estou faminto.

A trilha se estreitou. Através de uma série de arbustos, Francesca teve o primeiro vislumbre do oceano, uma deslumbrante extensão de revolta água acinzentada. Maravilhada, ela ficou de queixo caído. Ela nunca vira o mar antes. Ouvira dizer que era vasto e, em sua mente, imaginara um grande lago. Aquilo era... Céus... Um mundo de água.

Eles reduziram a velocidade dos cavalos e contornaram a borda de um alto penhasco de granito em fila indiana.

No lado do continente, o caminho estava delimitado por grandes tojos; as flores cintilavam como ouro à luz do entardecer. O caminho do alto do penhasco parecia seguro. Mesmo assim, o mar estava tão longe lá embaixo que o estômago de Francesca ficava revirado sempre que ela olhava para baixo. O vento estava acentuado, ondas com galhas brancas chegavam à praia. Francesca conseguia ouvi-las arrebentando numa caverna rochosa várias dezenas de metros abaixo deles. Havia algumas pequenas ilhas na baía, escuras e dotadas de bosques. O ar estava pesado de sal.

Ali em cima, no penhasco, o vento balançava as crinas dos cavalos de um lado para o outro; ele soltava mechas do cabelo de Francesca de dentro de seu véu. Gaivotas piavam enquanto cortavam velozmente o ar. O som, triste e tenso, atingia o coração dela.

Esmerée.

Francesca não estava ansiosa pelas próximas horas.

— Ali está. — Tristan fez seu cavalo parar e apontou para a escarpa mais próxima. — Trouxe você por este lado para que você pudesse vê-lo do lado mais bonito.

O Château des Iles.

Francesca o olhou fixamente. Uma muralha se estendia por todo o penhasco; a ponta mais a leste ainda era atingida pelo que restava do sol, brilhando à luz poente. Despontando por trás das muralhas e postos de batalha, estavam as torres de um grande castelo que seria digno de qualquer balada. O Château des Iles era imenso; uma complexa massa de maçonaria que dominava o horizonte. Céus, o castelo de Tristan dominava toda a paisagem. Parecia completamente impenetrável. Havia torres de defesa, passadiços e torres fortificadas. Havia telhados íngremes e telhados cônicos. Era difícil saber para onde olhar primeiro.

— É magnífico.

Eles seguiram em frente, com Francesca tentando evitar ficar boquiaberta. O castelo de Tristan tinha o dobro do tamanho de Fontaine. Ora, era ainda maior do que o palácio do conde Henry em Provin. Devia parecer deslocado ali, na fronteira da Bretanha. Entretanto, esse não era o caso. Francesca ergueu seu olhar para as nuvens brancas que chegavam do mar, e, por um instante, pareceu que o Château des Iles era um navio, zarpando através de um espumante mar rumo às ilhas da baía.

— Tristan? — Lambendo o sal de seus lábios, ela apontou para as ilhas. — Aquelas ilhas são habitadas?

A sela de Tristan rangeu quando ele se virou para olhá-la.

— Um eremita morava numa delas na época do meu pai. Não sei ao certo se ele ainda está lá. Há alguns chalés de pescadores. Além disso, apenas pássaros.

Francesca voltou sua atenção novamente para o castelo. Embora ela já tivesse ouvido falar da grandeza dele, não fizera ideia de que fosse tão gigantesco.

A trilha do penhasco se alargou quando eles se aproximaram do castelo em sua rochosa escarpa. E, quando eles reduziram a distância para a guarita, Tristan parou seu cavalo para que ela pudesse cavalgar a seu lado. Ele abriu um meio sorriso para Francesca e estendeu a mão para tocar delicadamente a testa dela.

— Está preocupada com Esmerée. Não fique.

Francesca manteve a cabeça erguida enquanto eles entravam pelas muralhas.

Tristan pegou a mão de Francesca.

— Vou lhe mostrar seus aposentos. Depois, precisarei lhe pedir licença. Preciso falar com Roparz.

— É claro. Tenho certeza de que vocês têm muito a discutir.

Tristan teve ciência de que Francesca observava tudo enquanto ele a levava rapidamente pelo salão, passando pelos curiosos olhares de seus criados. Haveria tempo para apresentações depois. Percorrendo o corredor às pressas, ele parou ao pé da escadaria.

— Preciso lhe avisar que são muitos degraus. Nosso quarto fica no alto.

— Tudo bem.

Ele esperava que ela o tivesse perdoado por ter insistido para que não fosse ao funeral do conde Myrrdin. A voz de Francesca estava calma, educada demais, suas faces estavam pálidas. Estaria preocupada com a ideia de conhecer Esmerée? Tristan não queria isso, embora, à luz da reação dela quando ficara sabendo que Esmerée morava em des Iles, parecesse altamente provável.

Entretanto, o que ele poderia fazer? Tristan conteve um suspiro. Seu encontro com Roparz não podia esperar. Eles tinham um acordo, e ele não faria alterações nele sem consultar Roparz primeiro.

Francesca estava sem fôlego quando eles chegaram ao quarto. O sol estava se pondo, e um facho de ardente luz atravessava fulgurantemente a janela. Soltando a mão dele, ela foi diretamente para a fresta da janela.

— Uma lanceta tripla de frente para o mar — murmurou ela. — Céus, é possível ver a quilômetros de distância.

— Gostou?

— Como poderia não gostar? Tristan, é deslumbrante.

Tristan sentiu um aperto no peito. Francesca estava finalmente no quarto dele. Seu corpo, feminino e tão atraente, parecia impossivelmente tentador, com todas as curvas acentuadas pela luz do sol. Ele teria feito a coisa certa ao levá-la até ali sem alertar Roparz primeiro? Céus, ele esperava que sim.

Tristan pigarreou.

— Meu pai mandou que as janelas fossem ampliadas. Este aposento é tão alto que não há necessidade de ranhuras para defesa nas janelas.

Ela apoiou a mão na fresta da janela.

— O que é esse som grave?

— As ondas.

— Parecem trovões.

Tristan foi até o lado dela, pegando a mão de Francesca.

— Sim.

Ela estava vendo a baía em seu melhor momento. O céu estava ígneo, as nuvens estavam banhadas em escarlate e dourado. Enquanto eles olhavam, a borda do sol tocou o horizonte, e as ilhas pareceram flutuar num mar de ouro. As ondas subiam à superfície ao chegarem ao litoral.

— É lindo — murmurou ela.

O crepúsculo brilhava nos olhos acinzentados dela, iluminando os pontos prateados e dourados que ele tanto amava. Ele reluzia na trança de ébano de Francesca, dando cor a suas faces.

— De fato — respondeu Tristan.

Inspirando profundamente, ela se virou e observou o aposento.

A antiga colcha sobre a grande cama estava bordada com as cores de des Iles, com três grandes potentilhas costuradas sobre a seda prateada. A colcha estava desgastada em alguns pontos. Tristan chegou a esperar que ela comentasse em relação à idade do tecido, mas Francesca nada disse. Ela parecia hipnotizada ao olhar fixamente para a colcha, e Tristan imaginava o motivo. A seda prateada refletia as cores do sol poente; dourado, abricó, escarlate.

O atento olhar dela seguiu em frente rapidamente. Fixou-se por um instante numa mesa de cabeceira, na porta para a pequena câmara que Tristan usava como gabinete por vezes. Ela olhou para os ganchos na parede, para as arcas de viagem dispostas ao longo de um dos lados. E ficou paralisada.

— São minhas arcas de viagem. — Os olhos dela estavam com uma expressão confusa. — Você mandou que elas fossem trazidas de Provins.

Quando ela pôs as mãos nos quadris, Tristan soube que estava encrencado. Francesca ergueu uma das sobrancelhas para ele.

— Você já tinha decidido que eu viria a des Iles fazia todo esse tempo? Mesmo antes de eu ter aceitado?

Ele se aproximou. Sorriu.

— Eu esperava fazê-la mudar de ideia caso fosse necessário.

— Foi uma grande presunção. Antes do baile, eu planejava partir de Paimpont e ir para Monfort.

— Para ficar com amigos.

A expressão dela ficou mais séria.

— Percebo que *Sir* Enis andou falando.

Tristan deu de ombros.

— Ele mencionou que você tinha amigos lá.

— Tenho uma amiga em especial, e ela precisa de mim. Pediu meus conselhos.

— Oh?

— Sobre como administrar uma mansão. Você não entenderia. — Um gesto da mão dela englobou a janela e a grande cama com sua colcha de seda. — Tristan, você já nasceu com tudo isto. Minha amiga, não. Esperam que ela atue como governanta em Monfort, mas as origens dela são humildes. Ela está ansiosa para agradar e pediu minha ajuda. *Sir* Guy...

— *Sir* Guy? Pensei que fosse *Sir* Eric o proprietário de Monfort, o cavaleiro que se casou com *lady* Rowena de Sainte-Colombe.

— E ele é. *Sir* Guy é o comissário de *Sir* Eric. — A irritação desapareceu da expressão de Francesca quando ela o olhou francamente. — *Sir* Guy tem sido bondoso com Helvise. Tristan, Helvise é minha amiga e tem tido dificuldades. Ela é feliz em Monfort e não quer perder seu lugar lá. — Ela tocou o peito de Tristan. — Eu me ofereci para ajudar, para ensinar a ela como administrar uma mansão para que *Sir* Guy permita que ela fique.

Tristan assentiu, como se entendesse, embora estivesse confuso na realidade.

— *Sir* Guy a expulsaria de lá?

— Ela não foi treinada para administrar uma mansão. E tem um filho.

Tristan achou que entendia.

— Ela não tem marido.

— Mulheres solteiras com bebês costumavam ser desprezadas. — Tristan não conhecia *Sir* Guy e, portanto, não tinha como comentar se o homem poderia se ofender por ter Helvise no comando da casa.

— Exatamente. Você sabe como as pessoas podem julgar as outras. Sinto uma certa afinidade por Helvise. Assim como ela, não tenho sangue nobre, embora, graças ao conde Myrrdin... — A expressão dela ficou anuviada, e Francesca engoliu em seco. — Graças ao conde Myrrdin, eu tenha sido treinada. Entendo como uma mansão funciona. Posso ajudá-la. Talvez eu não tenha sangue aristocrático correndo nas veias, mas administrar uma casa foi a parte do meu treinamento que fez com que eu me mantivesse.

— Não duvido. Em Paimpont, *Sir* Ernis mencionou que você tinha sido uma dádiva divina para as contas da mansão. E que os armazéns nunca tinham estado tão bem estocados.

Além disso, Tristan vira por conta própria como as teias de aranha haviam sido banidas de Paimpont. Ele vira as mesas polidas e as flores, os tapetes novos estendidos pelo chão do salão.

— Obrigada. Tentei ajudar de fato. — A expressão dela se avivou. — Ao menos parte do meu treinamento serviu.

Tristan não podia negar que ela fizera milagres em Paimpont. No entanto, algo no tom dela lhe parecia errado. Ele foi diretamente ao ponto.

— *Parte* do seu treinamento?

Os olhos dela estavam francos.

— Não sou uma nobre.

— Nobreza não se define por nascença. Ela é definida pelos seus atos. — Ele ergueu a mão dela, trazendo-a para si. — Você, meu coração, é uma *lady* em todos os sentidos. Sempre foi. Sempre será.

A expressão dela se abrandou.

— Você só está sendo educado.

— Ao inferno com a educação. Estou falando sério. — Ele a olhou de cima a baixo e sorriu. — Você é uma *lady* por completo.

Ela abriu um tímido sorriso para ele. Preocupantemente, o sorriso estava marcado pela tristeza.

— Tristan, entendo o que está fazendo. Você quer me levar para a cama novamente.

Tristan não respondeu. Naturalmente, ele queria levá-la para a cama, mas o sorriso de Francesca, a tristeza, era especialmente preocupante, pois ele conseguia ver que aquilo não tinha nada a ver com a morte do conde Myrrdin e tudo a ver com o casamento deles, o lugar dela no mundo.

— Milorde, não sou uma mulher digna de nota, e sua avidez por me levar para a cama indica isso.

Ele a olhou inexpressivamente.

— Como é?

— Não vê? Não consigo resistir a você, e sabe muito bem disso.

Se não fosse pelas sombras nos olhos dela, Tristan teria sorrido.

— Você parece considerar isso algo ruim.

Ela assentiu enfaticamente.

— Porque é. E prova o que estou dizendo.

Ele esperou.

— Não sou capaz de resistir a você. Nunca fui capaz de resistir. Tristan, você faz com que eu me comporte da maneira mais inadequada, você me transforma numa mulher inconsequente. Quando estou com você, não me reconheço.

— Sou seu marido. É assim que deve ser.

— É?

— Claro que sim! Pense no conde Myrrdin. Todos em Fontaine sabem como ele e a condessa veneravam um ao outro.

Ela franziu o cenho, o olhar fixo na túnica dele.

— É verdade que ele jamais abandonou o luto por ela.

— Exatamente. — Tristan inspirou fundo. — O mesmo aconteceu com meus pais. Eles tinham olhos apenas um para o outro. E, quando Mama morreu, meu pai ficou tão cheio de tristeza que praticamente não se importou com mais nada.

Os olhos acinzentados de Francesca se encheram de solidariedade. Seus dedos se fecharam sobre a túnica dele.

— Tristan, estou certa de que seu pai o amava.

Ele recuou rapidamente. Céus, ela estava tentando reconfortá-lo! A última coisa que ele queria era a solidariedade de Francesca.

— Tudo que estou dizendo é que nossa satisfação mútua no quarto não a torna uma mulher inconsequente. Você é uma mulher passional e generosa, e sou abençoado por tê-la como minha esposa. Francesca, não quero ouvir essas bobagens nunca mais.

Contendo uma onda de raiva, ele se voltou para a porta. Aquilo era culpa dele. Se ele não tivesse se retirado tão completamente da vida dela... Não, a culpa não era totalmente dele. Aquelas cartas haviam se extraviado. Ainda assim, ele falhara em seus deveres como marido.

Francesca tinha um coração terno. Pelo que ela lhe dissera a respeito de sua amiga em Monfort, estava claro que sentia a necessidade de ser útil. O que não precisava era de um marido que se casasse com ela e, em seguida, partisse para servir ao ducado. Ele fora orgulhoso. Arrogante. Presumira demais e não levara em consideração a juventude dela. Francesca tinha 16 anos quando o casamento deles começara. Tão jovem!

Aquelas malditas cartas perdidas tinham sido responsáveis por muita coisa.

Bem, ele compensaria tudo aquilo. Ele precisava fazer isso e também precisava dela. A necessidade que ele sentia por Francesca era uma chama em seu sangue toda vez que a olhava, era uma dor em seu coração ao pensar em perdê-la. Ele não podia perdê-la. Tristan precisava convencê-la de seu próprio valor. Precisava provar que ela podia confiar nele e, para isso, precisaria lhe contar a respeito de Kristina.

Porém, ele não poderia fazer isso antes de avisar a Roparz que outra pessoa passaria a conhecer o segredo deles. Ele precisava falar com Roparz sem mais delongas.

— Francesca, falaremos mais a respeito disso depois. A esta altura, Roparz já deve ter ficado sabendo de nossa chegada. Estará esperando para me passar seu relatório.

Preciso perguntar a Roparz o que pode ter acontecido com aquelas cartas perdidas. Então, precisaremos discutir sobre Kristina.

Mon Dieu, Francesca o perdoaria um dia por ter escondido um segredo tão grande? Ele sentiu um aperto no estômago. Precisava contar a ela. E, assim que falasse com Roparz, Tristan faria isso.

Ela estava de cenho franzido, olhando para suas arcas de viagem. Bem, aquele problema ele poderia resolver.

— Peço desculpas por ter retirado seus pertences de Paimpont sem sua permissão.

Os olhos dela encontraram os dele.

— Permitirá que eu retorne a Champanhe?

— Eu preferiria que você optasse por ficar. Céus, eu ofereceria a sua amiga Helvise um lugar aqui se isso incentivasse você a ficar.

Ela ficou totalmente paralisada.

— Você ofereceria a Helvise um lugar em des Iles? É muita generosidade.

— Francesca, não sou totalmente desalmado. A vida pode ser difícil para mulheres que têm filhos fora do casamento. — Ele deu de ombros. — De qualquer forma, parece um preço pequeno a pagar se isso a incentivar a ficar. No entanto, se você precisar retornar, não impedirei. — Tristan forçou um sorriso que pareceu completamente errado. Ele suspeitava de que não pareceria certo até que tivesse exposto sua alma a ela. Ele precisava contar a Francesca a respeito de Kristina. Não conseguia pensar numa maneira melhor de lhe provar que confiava muito nela.

Podia apenas rezar para que, ao lhe contar sobre Kristina, ele não a alienasse para sempre. Ficar sabendo da filha dele certamente seria um teste para o casamento deles, um teste maior do que todos os que haviam se apresentado até então.

— Espero convencê-la a ficar. Francesca, preciso deixá-la por um tempo. Tenho que falar com *Sir* Roparz. Virei encontrá-la na hora da ceia. Se quiser se juntar a nós no salão, poderá conhecer todos lá.

— Obrigada, Tristan — falou ela suavemente.

Francesca olhou fixamente para suas arcas de viagem e ficou ouvindo os passos de Tristan se afastando pela escadaria. Fora muita audácia dele ter retirado as arcas de Paimpont sem a permissão dela. Contudo, Francesca não conseguia ficar irritada com ele, especialmente depois de Tristan ter se proposto a encontrar um lugar para Helvise em des Iles. Essa era a última coisa que ela esperara.

Ele me quer de verdade. Claro, apenas querer não era suficiente. Querer... *Desejar*... Era algo muito próximo da luxúria. Para forjarem um casamento duradouro, eles precisariam de amor. De ambos os lados.

Bem, eles finalmente estavam juntos em des Iles. Talvez ali eles pudessem passar a se entender... A se amar. Ela esperaria até o fim do verão.

Até lá, ela certamente saberia se Esmerée ainda tinha um lugar no coração dele.

Ela esperaria até o dia do Banquete de São Miguel. E, se ela e Tristan não tivessem se aproximado mais até lá, Francesca retornaria a Champanhe. Ela ajudaria Helvise e, quando tivesse confiança de que a amiga estava preparada, ela se recolheria a sua própria mansão em St. Méen.

Capítulo 11

TRISTAN ENTROU A PASSOS LARGOS no gabinete do comissário logo após o sol se pôr. A estreita janela estava iluminada por um fraco brilho, e Roparz estava em sua mesa, lendo um pergaminho à luz de uma lanterna tremeluzente.

Largando o pergaminho na mesa, Roparz se levantou e segurou Tristan pelo ombro.

— Bem-vindo ao lar, milorde. O sargento Olier me disse que você havia retornado. Fez um bom tempo. Preciso confessar que não esperava vê-lo durante mais umas duas semanas, no mínimo. — Ele ergueu uma das sobrancelhas. — O conde Myrrdin?

Tristan fez uma expressão sofrida.

— O conde está com Deus. Ele morreu no dia em que chegamos a Fontaine. Pelo que penso, ele estava esperando para ver Francesca.

— Parece provável. Sei que ele e *lady* Francesca eram próximos. Que Deus o tenha. — Roparz lançou um olhar penetrante para Tristan. — Os ritos fúnebres foram concluídos tão rapidamente assim? Não, não me diga. Não deve ter ficado para o funeral, não teria havido tempo.

— Não. — Tristan fechou a porta com sua bota. Não queria que a conversa deles fosse ouvida por mais ninguém. — Nós decidimos que não estaríamos presentes.

Roparz ficou paralisado.

— Nós?

— Francesca veio comigo. O sargento não avisou?

— A condessa Francesca está aqui, em des Iles? *Mon Dieu*, ela sabe sobre Esmerée?

— Sim, contei a ela.

— E?

Tristan massageou a parte superior de seu nariz.

— Como pode imaginar, isso criou dificuldades.

Roparz contraiu o maxilar.

— E Kristina? Contou a ela a respeito de Kristina?

— Ainda não. Eu queria saber sua opinião primeiro.

Roparz relaxou.

— Obrigado.

— Como ela está?

— Kristina? Com ótima saúde, como de costume.

Tristan foi até a mesa, pegou o pergaminho no qual Roparz estivera trabalhando e o largou novamente na mesa.

— Roparz, precisamos conversar sobre Kristina, mas, primeiro... Algo de incomum aconteceu desde que parti?

Roparz balançou a cabeça.

— Pelo contrário, tudo esteve incomumente tranquilo. Por quê?

— Temos muito a discutir. Temo que a aliança rebelde não esteja totalmente esgotada.

Roparz o observou intensamente.

— É?

— Quando encontrei Francesca em Provins, ela estava sendo acossada por *Sir* Joakim Kerjean.

— *Mon Dieu*, ele deve ter ido diretamente a Champanhe assim que ficou sabendo do paradeiro dela. O que aconteceu?

— Francesca estava num baile de máscaras no palácio. Kerjean estava tentando seduzi-la. Foi por puro acaso que cheguei no momento certo. — Tristan fez cara feia para o pergaminho sobre a mesa. — Ele é ousado a ponto de ser inconsequente. Quando Francesca e eu partimos para Fontaine, ele nos seguiu. E não estava sozinho.

Roparz ergueu as sobrancelhas.

— Ele tem homens?

— Apenas foras da lei. Um grupo de aparência desprezível. Duvido que haja alguém digno de nota entre eles, embora isso possa mudar. Tive que prometer uma doação à abadia de São Miguel para pagar pela escolta de um grupo de noviços beneditinos para chegarmos em segurança a Fontaine.

— Uma escolta de noviços?

Tristan fez um gesto, deixando o assunto de lado.

— Cavaleiros que já estavam fartos do mundo. É bastante comum.

— Sim, mas noviços não costumam portar armas. — Os olhos de Roparz brilharam. — Sua doação deve ter sido generosa.

Tristan abriu um irônico sorriso para ele.

— E foi. Roparz, mesmo com nossa escolta improvisada, não ficamos em segurança. Kerjean invadiu a mansão de Francesca em Fontaine e deixou uma mensagem muito clara; Francesca estaria em risco lá.

— *Bon Sang*, então, foi por isso que você a trouxe a des Iles. O que diabos ele está tramando?

— Imagino que o objetivo atual de Kerjean seja causar problemas e nos enfraquecer aqui na Bretanha. O ducado não significa nada para ele. O homem é um abutre, ele se alimenta da desordem. Sem dúvida, está esperando que o ducado desmorone novamente para poder petiscar com a carcaça. Meu palpite é o de que ele está planejando reconstruir a maldita aliança.

Roparz soltou um baixo assovio.

— Quantos homens acha que ele pode reunir?

Tristan esfregou o próprio rosto de forma cansada.

— Céus, não faço ideia. Ele precisará de dinheiro se quiser atrair alguém notável. Precisaremos ficar atentos. Os homens de *Sir* Arthur estão de olho na mansão de Kerjean, e enviei uma mensagem ao barão Rolland em Rennes, informando minhas suspeitas.

— Vou dobrar a guarda — falou Roparz.

— Obrigado. E precisaremos de mais olhos e ouvidos nas tavernas e mercados.

— Considere isso feito. — Roparz tamborilou com os dedos pensativamente na mesa. — Tristan, preciso lhe dizer que, até que eu tenha certeza de que esses foras da lei foram derrubados, não ficarei feliz se você assumir publicamente Kristina como sua filha.

— Você gosta daquela criança tanto quanto eu.

— Não posso negar, ela é um amor. Espero que não esteja pensando em contar a Francesca a respeito dela.

— E se eu estiver?

— Preciso aconselhá-lo contra isso. Kerjean irá querer atacar seu ponto mais fraco. Suponhamos que ele descubra que Kristina é sua filha e não minha. Eu não o consideraria acima de usá-la contra você. A vida de Kristina pode ficar em risco.

— Ao inferno com isso, Roparz, não estou planejando um anúncio público. Não enquanto ouvir qualquer suspeita de que aqueles ratos estão juntando forças novamente. É com Francesca que estou preocupado. Ela precisa saber.

Roparz segurou o braço de Tristan.

— Tristan, você não pode contar a Francesca a respeito de Kristina! Só Deus sabe o que pode acontecer se essa informação vazar. Guardamos esse segredo por tanto tempo. Por que não esperar até termos certeza de que é seguro?

As sobrancelhas de Tristan se uniram de súbito.

— Francesca não vai dizer uma palavra a uma viva alma se eu lhe pedir isso.

— É cedo demais, não podemos arriscar. *Jésu*, Tristan, é de Kristina que estamos falando.

Tristan esfregou a própria testa.

— Mas Francesca precisa saber. Preciso contar a ela.

— Por quê?

— Quero que ela entenda que confio nela.

— E confia?

— Com minha própria vida.

Roparz o olhou fixamente, a boca ligeiramente aberta. Então, ele gargalhou fortemente.

— Céus, nunca pensei que veria este dia.

— Que dia?

— Finalmente aconteceu. — Roparz sussurrou um palavrão. — Preciso dizer que o momento é perfeito.

Tristan o olhou inexpressivamente.

— Do que diabos está falando?

— Você a ama. O impossível aconteceu: Tristan le Beau se apaixonou.

Tristan piscou os olhos e sentiu seu corpo ficar paralisado. *Eu a amo.* As palavras lhe pareceram corretas, elas afundaram profundamente em sua mente, onde parecia ser o lugar perfeito para elas. *Eu a amo.*

Então, esse era o motivo de tudo. Era por isso que ele não conseguia aguentar pensar numa nova separação. Era por isso que ele a queria em segurança. Era por isso que a queria constantemente a seu lado. Ele não apenas precisava dela; a amava.

Tristan ergueu a pena de seu suporte e se flagrou a girá-la entre os dedos.

— Ela me escreveu, sabia?

Roparz balançou a cabeça, seus olhos cheios de sombras e dúvidas.

— Isso não é possível. Jamais vi carta dela.

— Francesca não me escreveu apenas uma vez. Aparentemente, escreveu várias.

Roparz fez um movimento impaciente.

— Tem provas disso? Não vi uma única carta.

— Roparz, eu acredito nela.

— Perdoe-me, Tristan, está claro que você não está pensando com clareza.

— Não estou?

— Você está apaixonado.

A voz do pai de Tristan ecoou dentro da mente dele. *Amor? Apenas mais uma palavra para descrever a fraqueza. Um guerreiro fica melhor sem isso.* Ele afastou a lembrança. Aquele não era o momento de remoer o que o luto levara o pai dele a fazer após a morte da mãe de Tristan.

— Está esquecendo uma coisa. Roparz, eu escrevi para Francesca. Minhas cartas também não chegaram até ela.

Roparz abriu as mãos e ergueu as sobrancelhas.

Tristan olhou fixamente para Roparz.

— Ah, é claro que acredito que você não teve nada a ver com isso. Confio em você. Assim como confio em Francesca.

Roparz ficou parado ali, as mãos se abrindo e se fechando, enquanto as sombras os envolviam. Ele pigarreou.

— É o que vejo. Milorde... Tristan... Entendo que *lady* Francesca precisa ficar sabendo, mas eu imploro para que espere até prendermos os foras da lei. — Ele parou, a boca séria. — Se algo acontecesse àquela pequena diabinha, você jamais se perdoaria.

O maxilar de Tristan se contraiu. Talvez Roparz estivesse com a razão.

— Pensarei a respeito. Francesca precisará saber em algum momento, e eu preferiria que fosse sem delongas.

— Naturalmente. — Uma ruga se formou na testa de Roparz. — Tristan, alguém deve ter interceptado aquelas cartas. Kerjean? Mas como?

— Pode ter sido Kerjean. Se ele quisesse enviar mensagens a aliados mais distantes, estaria usando as mesmas rotas comerciais para Champanhe que usamos. — Ele suspirou. — Falaremos mais depois. Enquanto isso, preciso tomar banho e me barbear. Como está Esmerée?

— A não ser pelas reclamações de que está se sentindo grande como uma baleia, muito bem.

— Fico feliz por saber. — Tristan olhou nos olhos de seu comissário. — Obrigado, Roparz, por tudo. Você é um amigo raro.

Francesca estava parada ao lado da janela do quarto, enquanto o sol descia por trás do horizonte e o mar se transformava lentamente de dourado em cinza. Sombras violeta se aglomeravam entre as ondas, a Baie des Iles era mais do que linda, e a paisagem devia tê-la acalmado.

Infelizmente, nada do tipo acontecera. O estômago de Francesca estava se revirando, suas mãos tremiam. Logo chegaria a hora da ceia, e pensar nisso a enchia de pavor. Já seria ruim o suficiente conhecer os súditos de Tristan. E ela ainda encontraria a ex-amante dele também.

Ela precisava encontrar uma maneira de fazer o equilíbrio de poder pender a seu favor. Torcendo uma mecha de cabelo em torno do dedo, ela se flagrou olhando fixamente para os baús que Tristan trouxera de Paimpont. Quando Francesca foi na direção deles, ouviu resmungos e murmúrios de alguém que subia a escadaria.

Mari entrou, arfante.

— Céus, que escalada! Tome, *milady*, trouxe seu alforje.

— Obrigada.

Mari pôs as mãos nos quadris enquanto recuperava o fôlego. Seu rosto se contraiu de confusão quando ela viu as arcas de viagem de Francesca.

— O que elas estão fazendo aqui?

— Milorde mandou que as trouxessem de Champanhe.

Fosse lá quem tivesse transportado os baús dela certamente os trancara para a viagem e, como Francesca ficou satisfeita por perceber, essa pessoa recolocara as chaves nas trancas. Indo até a maior das arcas, ela girou a chave.

Mari ficou parada ao lado dela, seus olhos cheios de curiosidade.

— Sabia que elas estariam aqui, *milady*?

— Não, mas, na realidade, estou mais do que feliz por vê-las. — Francesca levantou a tampa. — Logo desceremos ao salão para a ceia. Gostaria de água para me banhar e da sua ajuda para encontrar meu melhor vestido.

— O de seda lilás com o qual se casou?

— Sim, esse será ótimo.

Francesca não podia dizer a Mari como ela estava apavorada com a ideia de conhecer *lady* Esmerée de Fougères. Pelo que ela sabia, Mari não fazia ideia de que *lady* Esmerée tivera ligações com Tristan no passado. Felizmente, não precisava saber.

Os olhos de Mari se iluminaram.

— A senhora quer causar impacto. Exatamente, *milady*. — Ela se curvou sobre o baú. — Não podemos deixar todos da casa de lorde Tristan pensando que ele trouxe um bando de mendigas desgrenhadas consigo. Precisaremos encontrar a tiara de ametista que ele lhe deu. Fica perfeita com aquele vestido.

Tristan parou na entrada de seu salão para dar o braço a Francesca.

— Está encantadora esta noite, *milady* — murmurou ele.

— Obrigada.

— Eu a apresentarei de forma geral antes de nos sentarmos. Você poderá conhecer as pessoas individualmente amanhã.

— Certo.

Francesca manteve o queixo erguido e tentou sorrir. Ela estava sentindo um profundo frio na barriga, seu coração martelava. Era muito estranho; ela se sentia envolvida com o que estava acontecendo e, ao mesmo tempo, sentia-se como se estivesse assistindo a tudo de muito longe.

O salão estava repleto de mesas longas cobertas com toalhas brancas como a neve. Um exército de súditos estava sentado nos bancos, e o ar estava cheio de barulho; o rugido do fogo atrás da mesa de honra, sobre o palanque; o zumbido das conversas e os estrondos das gargalhadas; o som dos passos pelo chão.

O salão de des Iles era maior do que o de Fontaine, e o ar brilhava com a fumaça das velas. O cheiro de cera de abelha era forte. Robustos candelabros de ferro forravam as paredes; mais velas estavam postas no centro de cada uma das mesas.

Tristan acenou para um criado, e a conversa cessou como se tivesse sido cortada com uma faca. Uma fração de segundo depois, dúzias de bancos arranharam o chão enquanto todos se levantavam às pressas. Rostos se viraram para observar. A não ser pelos estalos das chamas, tudo estava em silêncio.

Delicadamente, Tristan segurou a mão dela.

— Meus amigos, é meu grande prazer apresentar-lhes minha esposa. Esta é a condessa Francesca des Iles. Acredito que todos a servirão com a mesma lealdade com a qual têm me servido.

Na pausa que se seguiu, Francesca sentiu a ardência das lágrimas. O estandarte de Tristan na parede oposta se tornou um borrão de preto e prata. Ela não conseguiu enxergar mais nada. Apegou-se ao seu sorriso e tentou não se importar com o fato de que todos os olhares do salão estavam voltados para ela.

Alguém sobre o palanque vibrou. Aquele pareceu ser o sinal para que o caos geral se instalasse, pois o salão explodiu em ovações e gritos.

— Bem-vinda, *lady* Francesca!

— Condessa Francesca, bem-vinda!

Tristan se virou para ela, seu rosto iluminado por um sorriso.

— Está vendo? Todos estão ansiosos para conhecê-la. — Quando as ovações desapareceram, Tristan a levou na direção de duas cadeiras acolchoadas e de encosto alto na cabeceira da mesa de honra. — Por favor, *milady*, assuma seu lugar no meu conselho.

Francesca subiu no palanque e se sentou. Ela olhou fixamente para seu prato de madeira, e o momento que ela vinha temendo finalmente chegou.

Tristan se curvou à frente para indicar o homem sentado do outro lado dela.

— Francesca, esse depravado sentado a seu lado é o meu comissário, *Sir* Roparz de Fougères.

Sir Roparz tinha cabelos castanho-claros, olhos acinzentados e uma postura franca e honesta.

— Boa noite, *milady*, fico feliz por vê-la aqui finalmente.

— Boa noite, *Sir* Roparz. — Francesca ficou satisfeita ao ouvir que sua voz estava estável. — É um prazer conhecê-lo. Tristan fala do senhor com frequência.

Sir Roparz baixou a cabeça e, em seguida, foi a vez dele se curvar para trás pra apresentar a mulher à sua direita, uma mulher bela, de cabelos e olhos castanhos e uma imensa barriga de grávida.

— Condessa Francesca, esta é minha esposa, *lady* Esmerée — falou *Sir* Roparz em voz baixa.

O sorriso de Francesca pareceu rígido.

— *Lady* Esmerée, boa noite.

— Boa noite, condessa.

Os olhos castanhos de *lady* Esmerée a analisaram, e ela assentiu levemente. Francesca não fazia ideia do que aquilo significava. Poderia ser sua imaginação, mas parecia que o sorriso de *lady* Esmerée era tão forçado quanto o dela. Não seria uma surpresa; ela também devia estar se sentindo constrangida. Ao lado de *lady* Esmerée, estava uma pequena menina. Com uma sensação de alívio, Francesca voltou sua atenção para ela. Com cerca de três anos de idade, a menina tinha os olhos azuis mais bonitos que Francesca já vira. Seus cílios eram extraordinários; espessos e escuros.

— Mama, minha vez? — falou a criança, segurando as saias de *lady* Esmerée.

Francesca sentiu seu sorriso se abrandando.

— E quem é esta?

— Minha filha, *milady*. — *Lady* Esmerée olhou de esguelha para Tristan, que estava observando tudo, seu rosto estranhamente inexpressivo. — O nome dela é Kristina. Ela estava muito ansiosa para conhecê-la.

Francesca estendeu a mão.

— Boa noite, Kristina.

A menina se aproximou, saltitante, tocou levemente a mão de Francesca e se afastou para trás de sua mãe novamente.

— Que criança linda — falou Francesca. — Você e *Sir* Roparz devem ter muito orgulho.

Lady Esmerée ergueu uma das sobrancelhas para Tristan, e seus lábios se curvaram num sorriso muito estranho.

— Ah, eu tenho, *milady*, e muito. Todos a amam. — Ela parou. — Especialmente o pai dela.

Sir Roparz pigarreou.

— Já basta disso — interveio Tristan impacientemente. — *Lady* Esmerée, está tarde. Kristina não deveria estar na cama?

— Como quiser, milorde. Ela queria muito conhecer sua condessa.

Tristan gesticulou para que uma criada se aproximasse. Obedientemente, Kristina esticou os braços e foi carregada para fora do salão, chupando o polegar.

O resto da refeição transcorreu como num sonho. Eles haviam chegado ao castelo sem aviso ou pompa. No entanto, os criados de Tristan haviam montado um banquete. Pratos e mais pratos foram postos diante deles. A cabeça de Francesca girava com a magnitude daquilo.

Peixes da baía haviam sido assados numa torta. Francesca se obrigou a comer um pedaço. Era difícil comer; ela estava exausta e muito tensa. O luto, a jornada de Fontaine, o encontro com *lady* Esmerée... Tudo tivera seu preço.

A caça da floresta próxima fora lentamente assada no vinho. Ela conseguiu comer um pouco. Francesca experimentou um pouco de ganso recheado. Ela se flagrou olhando incredulamente para grandes pratos de queijo, assentindo à medida que cada um era identificado para ela. Um azedo queijo de cabra feito localmente. Um leve e cremoso queijo de ovelha. Uma variedade defumada que fora trazida de Rennes e era algo novo para ela. Francesca tomou um gole de seu vinho.

As velas se queimaram até o fim, a cera gotejando e formando poças sobre os candelabros. Francesca estava sentada na cadeira de encosto alto que parecia um trono e olhava para sua companhia com o coração na garganta. Céus, como era difícil continuar sorrindo! Ela se sentia péssima. Ela devia estar se preparando mentalmente para assumir o controle daquele imenso local? Ou para enfrentar um futuro sozinha?

Por fim, quando o salão já se tornara pouco mais do que um leve brilho de luz de velas e um zumbido de som, Tristan tocou a mão dela.

— Hora de nos recolhermos, imagino.

Lançando para ele um olhar de gratidão, Francesca permitiu que puxasse a cadeira dela, e eles saíram do salão.

Francesca acordou sozinha. Ela sentiu imediatamente que o dia já avançara bastante e ficou perplexa ao perceber que dormira tão profundamente. Talvez o incessante som das ondas a tivesse ninado. Empurrando as cobertas, ela foi até a janela e puxou a cortina. Cavalos brancos dançavam sobre as cristas das ondas, nuvens esparsas corriam por um céu azul. A julgar pela extensão das sombras, a manhã já terminara.

Que estranho. Não era do feitio de Mari permitir que ela dormisse demais. Claro, a própria Mari poderia estar dormindo até aquele momento. Ela certamente merecia um descanso. Mari não era mais jovem, e haviam tido uma jornada cansativa, com muita tristeza ao final.

Uma porta bateu, e rápidos passos soaram na escadaria lá embaixo. Em algum ponto próximo, uma mulher chorava. Indo às pressas até a porta, Francesca retirou o trinco e ouviu o som novamente. Santo Deus, algo pavoroso devia ter acontecido. Uma mulher estava chorando como se seu coração fosse se partir.

Pegando um vestido aleatoriamente, Francesca o vestiu e pegou um xale. Não parou para amarrar seu vestido. Aquele choro era simplesmente perturbador demais. Ela correu até a escadaria.

Depois de duas voltas, ela encontrou Mari subindo, os olhos atormentados. Mari a segurou pela mão e olhou por cima do ombro dela, na direção da porta do solar.

– Oh, não, *milady*, não desça lá. A senhora deve se afastar.

Francesca cravou os calcanhares no chão. O choro vinha de dentro do solar.

— O que houve? Mari, por favor, solte-me.

Mari firmou ainda mais sua pegada, chegando a puxá-la novamente, como se para levá-la escadaria acima. Seu rosto parecia tenso, sua boca estava contraída.

— Vamos para lá, milady, o solar não é lugar para a senhora esta manhã.

Francesca se manteve firme. Mari nunca fora uma aia muito obediente, mas não costumava ser tão teimosa.

— O que está havendo, Mari?

A porta do solar se abriu de súbito, e *Sir* Roparz saiu irritadamente, seu rosto escuro com uma pesada emoção. Provavelmente, Francesca fez algum movimento, pois ele olhou de relance na direção dela, fez um curto movimento de cabeça e desceu a escadaria com passos pesados.

De dentro do solar, veio um fraco choramingo e mais soluços de choro não contidos. A mulher não estava sozinha. Francesca ouviu um murmúrio. Alguém estava oferecendo conforto a ela.

— Mari, abra caminho, por favor.

Mari gaguejou um protesto. Francesca se desvencilhou e entrou no solar. Tristan estava ao lado da lareira, *lady* Esmerée em seus braços. Francesca parou, seus pés parecendo ter sido pregados ao chão.

Tristan estava ocupado demais acalmando *lady* Esmerée para vê-la.

— Nós a encontraremos — disse ele, recuando para olhar nos olhos de *lady* Esmerée. — Esmerée, mesmo que não sobre pedra sobre pedra neste ducado, nós a encontraremos.

Lady Esmerée soltou um triste som.

— Você jurou que ela ficaria em segurança. — Ela segurou a túnica de Tristan.

A boca de Tristan estava séria.

— Esmerée, muito provavelmente, ela está brincando de se esconder em algum lugar do castelo. Já verificou a cozinha? A capela? O jardim?

— Sim. Sim. Tudo isso. Tristan, procuramos em todos esses lugares. Estou lhe dizendo, ela foi raptada!

— Não temos como saber isso. — Tristan levantou o queixo de *lady* Esmerée. — Você não contou a ninguém a respeito da conexão dela comigo?

Quando as palavras saíram da boca de Tristan, o estômago de Francesca se revirou. Eles estavam falando de Kristina. Os olhos azuis de cílios escuros da criança, lindos e estranhamente familiares, lampejaram diante dela. A verdade a atingiu. Kristina devia ser filha de Tristan. *Filha* dele. Uma onda de náusea a dominou.

— Não contei a ninguém. — Os dedos de *lady* Esmerée se fecharam e se abriram sobre a túnica de Tristan, e sua aliança de casamento refletiu a luz. — Tristan, você precisa encontrá-la. — A voz dela se transformou noutro soluço de choro, e ela cambaleou até uma cadeira próxima, enterrando o rosto nas mãos.

— Nós a encontraremos, Esmerée, não tema.

Francesca inspirou fundo e entrou por completo no solar. Sua mente estava um turbilhão de pensamentos caóticos.

Tristan a enganara; ele tinha uma filha. Devia ter feito essa conexão na noite anterior. De fato, ela certamente a teria feito se não estivesse tão exausta. Embora ele não tivesse admitido isso, o parentesco da criança com Tristan estava claro nos olhos dela, naqueles expressivos olhos azuis que ela herdara do pai. De Tristan.

Francesca pensara estar conhecendo Tristan melhor, imaginara que eles estavam se entendendo. A bile subiu para sua garganta. Como ela se enganara! Temendo ficar nauseada, ela levou a mão à boca.

Lady Esmerée, a ex-amante de Tristan e mãe da filha dele, estava chorando ruidosamente na cadeira, enxugando as lágrimas com o véu.

— Encontre-a, Tristan. Pelo amor de Deus, encontre-a.

Francesca se sentiu como se o chão tivesse sido tirado de baixo de seus pés. Ele mentira para ela. Tristan, o honrado. Ele mentira.

— Tristan? — falou Francesca numa voz embargada.

Ela percebeu um movimento atrás de si. *Sir* Roparz retornara. Ele foi até o lado de sua esposa, ajudou-a a se levantar e envolveu a farta cintura dela com o braço.

— Venha, meu amor. Você precisa descansar. — Com um último olhar de relance na direção de Francesca, ele a levou embora do solar.

Os olhos de Tristan estavam brilhantes como safiras, seu rosto era preocupado. Ele parecia completamente esgotado.

Francesca engoliu em seco.

— Kristina é sua filha.

— Sim.

— Você mentiu para mim. — Ele estendeu a mão para ela; Francesca a repeliu. — Tristan, você mentiu.

Ele balançou a cabeça.

— Não, eu...

— Se não mentiu, ao menos me enganou. Permitiu que eu pensasse que Roparz era o pai dela. Isso é tão ruim quanto mentir. — O peito de Francesca doía. Ela se sentia magoada. Usada. Enquanto ela o olhava fixamente, ocorreu-lhe que nunca vira Tristan com uma aparência tão preocupada antes. O choque de vê-lo tão vulnerável abalou a raiva dela, fazendo-a respirar fundo algumas vezes para se acalmar. — Céus, Tristan, você está com uma aparência péssima.

Ele passou a mão pelo próprio cabelo e grunhiu.

Francesca se sentia magoada e usada, mas, subitamente, ela viu que seus sentimentos precisavam ser deixados de lado. Sua raiva poderia esperar. Uma criança desaparecera, e essa criança precisava ser posta em primeiro lugar. Ela endireitou o corpo.

— O que aconteceu com Kristina?

Olhos azuis olharam fixamente nos dela.

— Ela desapareceu. Aparentemente, não está no castelo.

— Como pode?

— A cama dela estava vazia esta manhã. — A voz de Tristan estava falhando, sua garganta se contraiu. Quando ele tentou pegar a mão dela pela segunda vez, Francesca permitiu que ele fizesse isso. Ele amava Kristina, e estava claro que estava frenético de preocupação. — Pela segurança de Kristina, não contamos absolutamente a ninguém sobre a relação dela comigo.

Francesca olhou fixamente para as mãos unidas deles.

— Seu trabalho para o ducado gerou inimigos. Você temia que ela não ficasse em segurança.

Ele soltou um forte suspiro.

— Você entende, *Dieu merci*. Francesca, precisa acreditar em mim, não tive a intenção de enganá-la. Pretendia lhe contar assim que possível, mas temia por ela.

— Acha que alguém descobriu que ela é sua filha?

— Não vejo como. Pouquíssimas pessoas sabem a verdade. — O desespero nos olhos dele indicava outra coisa; ele temia que ela pudesse ter sido raptada.

— Exigiram um resgate?

— Não, nada. — Ele a puxou para si. — Francesca, eu lamento de verdade por você ter ficado sabendo de Kristina desta maneira. Nunca foi minha intenção magoar você. — Curvando-se na direção dela, ele beijou seu rosto. — Falaremos mais depois. Por ora, preciso deixá-la.

— Você irá procurá-la.

Ele a soltou e recuou.

— Kristina pode ser endiabrada. Ela adora ir ao vilarejo. Uma possibilidade é a de que ela tenha encontrado uma maneira de chegar até lá por conta própria. Ela pode ter se escondido numa carroça de suprimentos quando ninguém estivesse olhando.

Francesca sentiu a ansiedade dele. O porto seria um lugar perigoso para uma criança da idade dela. Se Kristina estivesse lá, Tristan precisava encontrá-la rapidamente.

À porta, ele olhou para trás.

— Até mais tarde, meu coração.

Capítulo 12

MARI ESTAVA ESPERANDO FRANCESCA NO quarto.

— Este vestido hoje, *milady*? — perguntou ela, apontando na direção da cama, onde ela estendera um vestido de linho azul. — O que a senhora está usando está um tanto desgrenhado.

— Obrigada, Mari, está ótimo. — Desenrolando seu xale, Francesca o pendurou num baú. Fingindo uma calma que ela não sentia, foi até a jarra se lavar. Sua mente estava uma bagunça. Fúria, por Tristan tê-la enganado; mágoa, por ele não ter confiado nela para lhe contar sobre Kristina; pesar, por ela não ter conquistado a confiança dele afinal.

Estranhamente, ela não estava surpresa. A severa criação de Tristan lhe ensinara a não depender dos outros. E, embora eles já se conhecessem há quatro anos, tinham passado boa parte desse tempo separados. Apenas recentemente haviam começado a se conhecer de verdade e entender um ao outro. Certamente, a confiança viria em seguida. Céus, se eles quisessem ter um futuro juntos, ela precisaria vir!

Contudo, como podia, se, num momento, ele a estava apresentando a seus súditos como sua condessa e, agora, aquilo?!

Dúvidas giraram dentro da cabeça dela. Qual seria a idade de Kristina? Quando ela nascera?

Francesca se flagrou relembrando uma gélida manhã de dezembro em Fontaine, quando um mensageiro chegara a cavalo de des Iles. Tudo dentro dela se contraiu. Fora durante o primeiro ano do casamento deles, e Tristan lhe dissera que precisava retornar a seu castelo para resolver um assunto urgente. Naqueles primeiros dias, não fora um hábito dele discutir questões políticas com ela. Ele simplesmente lhe informara que *Sir* Roparz mandara buscá-lo. Naquela época, Francesca estivera maravilhada demais com ele para insistir em receber detalhes.

Tristan passara uma semana fora e, ao retornar, simplesmente dissera que Roparz se casara e que ele quisera estar presente à cerimônia.

Bem, talvez isso tivesse sido a verdade, ou parte dela. Francesca jogou água no rosto e pegou o pano para se secar. Kristina devia ter nascido naquele mês de dezembro. Tristan teria retornado a des Iles para garantir o futuro de sua filha? Ele lhe dissera que Roparz quisera se casar com Esmerée, e Francesca vira com seus próprios olhos que Roparz tratava sua esposa com uma imensa consideração. Ainda assim, Tristan devia ter uma preocupação com Kristina desde o nascimento dela.

Lady *Esmerée deu uma filha a ele, ao passo que eu não fiz isso.*

Francesca sentiu um aperto no coração. *Será possível que eu seja estéril?*

O coração de Francesca se apertou. *Eu sou estéril?*

Ela ansiara por dar um filho a Tristan e passara todos aqueles meses presumindo que eles simplesmente não haviam tido sorte. Mas e se fosse mais do que isso? Claramente, Tristan não tivera dificuldades para ser pai. E se o problema estivesse nela? Tristan não iria querer uma esposa estéril.

Céus, aquilo não era nada promissor; quanto mais ela pensava em seu futuro com Tristan, mas dificuldades encontravam. O casamento deles estaria fadado ao fracasso?

Ela se esforçara tanto para conquistar a confiança deles, mas ele continuava a mantê-la no escuro. Francesca olhou fixamente para a bacia. Ali estava ela, feliz, pensando que o conquistara porque ele finalmente lhe contara a respeito de seu pai. E ela estava ali, a condessa dele, quando a verdade era que Tristan não confiava de verdade nela, não com assuntos próximos a seu coração.

Ele confiaria nela algum dia? A boca de Francesca se contraiu. Quando o casamento deles começou, ela acreditara que seu maior rival seria o ducado. Mais recentemente, Francesca ficara sabendo a respeito de Esmerée. Agora, havia Kristina. Eram coisas demais para absorver, mas achava que seria capaz, pois aquelas revelações recentes provavam como fora equivocado o julgamento inicial que ela fizera do caráter dele.

Ela pensara que Tristan fosse insensível, um implacável lorde com pouco em sua mente além de poder e política. Contudo, as evidências mais recentes mostravam que ele lidara com Esmerée de forma responsável. Ele não a descartara; abrira espaço para que *Sir* Roparz pudesse conquistá-la. E Francesca jamais esqueceria a tristeza no olhar dele no solar havia pouco. Tristan se importava com sua filha. Em suma, Tristan tinha coração, o que significava que havia esperança.

Francesca tomou ciência de Mari resmungando em voz baixa para si mesmo, agachada diante de um baú.

— Disse alguma coisa, Mari?

— Eu lhe avisei para não entrar no solar, *milady*. Sabia que nada de bom viria disso.

Arrepios surgiram na pele de Francesca. Tristan deixara claro que não queria que ninguém soubesse que Kristina era filha dele.

— Mari, quanto tempo você ficou ouvindo do lado de fora da porta? O que ouviu?

Mari se acocorou.

— O suficiente para saber que seu marido a enganou. *Milady*, não posso acreditar que lorde Tristan teve a audácia de fazer a amante dele se casar com seu comissário. E aquela pobre criança... Que tipo de vida Kristina terá? *Milady*, a senhora se casou com um monstro.

Por um instante, Francesca fechou os olhos.

— Não é seu lugar julgá-lo. Mari, quando você estava passando pelo solar, alguém mais estava perto o suficiente para ouvir?

Mari balançou a cabeça firmemente.

— Não.

Não convencida por completo, Francesca pegou a mão de Mari e a fez se levantar.

— Eu lhe peço para não julgar precipitadamente. Você não sabe de tudo.

Mari a olhou com amargura.

— Sei quando um homem está inventando coisas, e aquele homem é um enganador.

Francesca pendurou o pano de secar num gancho.

— Pelo bem da pequena Kristina, quero lhe pedir para deixar sua antipatia de lado.

Os olhos de Mari se arregalaram.

— Sente solidariedade pela filha bastarda dele?

— Kristina é inocente. Mari, ouça. Todos no castelo acreditam que *Sir* Roparz é o pai dela, e com bons motivos para isso. Milorde tem inimigos que não hesitariam em usar aquela criança para dobrá-lo à vontade deles.

— E se as pessoas acharem que ela é filha de Sir Roparz, ela ficaria em segurança?

— Exatamente. Por isso, preciso lhe perguntar novamente. Acha que mais alguém ouviu o que foi dito no solar?

— Não, *milady*, não é possível. Até a senhora aparecer no patamar, eu era a única por perto.

Francesca suspirou.

— Graças aos céus. Mari, quero que você jure, pela alma da sua mãe, que não contará a ninguém o que ouviu. No que depender de você, *Sir* Roparz é o pai de Kristina.

Mari assentiu bruscamente.

— Pois bem, meus lábios estão selados. Eu nem passei perto do solar. Não ouvi nada.

— E mais uma coisa...

— *Milady*?

— Nada mais de ficar ouvindo atrás das portas?

As faces de Mari ficaram vermelhas, e ela baixou a cabeça.

— Lamento muito, *milady*. Isso não se repetirá.

Francesca sorriu e estendeu seu pente.

— Obrigada. Por favor, pode me ajudar com meu cabelo? Depois, é melhor descermos. Aquela menininha está perdida, e nossa ajuda será necessária.

Mari pegou o pente e assentiu ligeiramente.

— É claro, *milady*.

Francesca pediu orientações para chegar até o gabinete do comissário e, quando chegaram lá, encontraram o lugar vazio. Ela ficou parada no corredor, mordendo o lábio, perguntando a si mesma onde poderia estar *Sir* Roparz quando uma criada que passava as viu.

A criada fez uma mesura.

— Posso ajudá-la, *milady*?

— Sim, obrigada. — Tristan mencionara que iria ao vilarejo em busca de sua filha e, na ausência dele, Francesca pensara em oferecer sua ajuda a *Sir* Roparz. Ele conhecia o castelo, saberia onde ela poderia procurar. — Eu esperava falar com *Sir* Roparz.

— Ele está na guarita, *milady*, orientando a busca por Kristina. Mostro-lhe o caminho.

— Obrigada. Gostaríamos de ajudar. Qual é o seu nome?

— Adèle, *milady*.

Francesca e Mari seguiram Adèle pelo hall. Criados se movimentavam às pressas por todos os lados, chamando o nome da criança.

— Kristina? Kristina!

Claramente, todos os capazes do castelo estavam procurando Kristina. Pajens abriam tampas de baús, sem dúvida, temendo que a menininha tivesse entrado num deles e ficado presa. Armários estavam sendo virados do avesso, panelas e panos espalhados por toda a parte.

— Kristina? *Kristina!* — As paredes do castelo ecoavam. — Kristina? *Kristina!*

Lá fora, o espaço entre a muralha e o castelo era um turbilhão de atividade. Cavalos estavam sendo levados para fora do estábulo, e cavalariços estavam vasculhando as baias vazias, chamando o nome da criança. Nas muralhas do castelo, duplas de soldados iam e vinham pelo passadiço; um com os olhos fixos na parte interna da muralha, enquanto seu colega observava os penhascos e caminhos do lado de fora do castelo.

O vento estava forte. O estandarte de Tristan tremulava na torre mais alta, e Francesca sentia o sal em sua língua. Por trás da cacofonia de homens berrando ordens e cavalariços chamando Kristina, havia um som mais sutil; a eterna arrebentação das ondas nas rochas debaixo do castelo.

Quando elas chegaram à guarita, Adèle apontou para uma porta no alto de um curto lance de degraus.

— A senhora encontrará *Sir* Roparz lá em cima, *milady*.

A porta estava entreaberta. Sorrindo em agradecimento, Francesca começou a subir pela escada. No alto, olhou para trás.

— Mari, por favor, espere no pátio.

— Sim, *milady*.

Dentro da guarita, um *Sir* Roparz de aparência atormentada estava olhando de cara feia para um soldado vestido com uma cota de malha.

— Kristina também não está na capela, capitão? — perguntou *Sir* Roparz.

— Não, senhor.

— Perguntou ao padre Paol se ele a tinha visto?

— Perguntei e lamento, senhor. O padre Paol não vê sua filha desde a ceia de ontem. Ninguém a viu. — O capitão hesitou, o cenho franzido. — *Sir* Roparz, procuramos nos lugares onde ela costuma se esconder. A cozinha, os estábulos, tudo. Eu poderia jurar pela vida de minha mãe que Kristina não está no castelo. Talvez lorde Tristan a encontre no vilarejo.

Sir Roparz esfregou a própria testa.

— Procuraremos novamente, capitão, em todos os lugares.

O capitão piscou os olhos.

— Até mesmo onde acabamos de procurar?

— Cada canto. Todos os lugares.

— Pois bem, senhor. — O capitão prestou continência.

Francesca abriu caminho quando o capitão saiu a passos largos.

Sir Roparz retirou um elmo de um gancho na parede e o colocou debaixo do braço. Seu sorriso estava tenso.

— *Milady*, se estiver procurando o conde Tristan, ele está no vilarejo. Irei me juntar a ele agora. Se quiser, posso lhe passar alguma mensagem.

A tensão no rosto de *Sir* Roparz disse a Francesca mais do que as palavras jamais poderiam dizer. O comissário de Tristan amava Kristina como se ela fosse dele. Ela balançou a cabeça.

— Não estou procurando Tristan, *Sir* Roparz. Gostaria de ajudar. Sei que sou nova em des Iles, mas deve haver algo que eu possa fazer.

Sir Roparz esfregou o próprio rosto.

— É muita bondade sua, *milady*. No entanto, a senhora não tem familiaridade com o local. Não saberá por onde começar.

Francesca tocou a manga dele.

— Deve haver algo.

Ele tamborilou com os dedos no topo de seu elmo e a observou, pensativo.

— Sim, há, mas talvez seja constrangedor. Não sei bem se posso lhe pedir isso.

— Por favor, continue. Estou ansiosa por ajudar.

— É minha esposa. Ela está na capela, confessando-se ao padre Paol.

Francesca se esforçou para manter seu rosto isento de emoções.

— Sim?

— Eu levarei uma pequena tropa a cavalo para o vilarejo para auxiliar Tristan na busca e talvez demore um pouco. Não quero que Esmerée fique sozinha quando ela finalmente terminar de se confessar. A hora dela está chegando, e eu...

— Gostaria que eu fizesse companhia a *lady* Esmerée enquanto está no vilarejo? — Era a última coisa que Francesca queria fazer. Saber que *lady* Esmerée tivera uma filha com Tristan a deixara abalada. Francesca não estava pronta para encarar a mulher. Contudo, *Sir* Roparz estava diante dela, os dedos tamborilando no elmo, a testa fortemente franzida. Francesca sentiu um latejamento dentro do peito. Ela mal conhecia o homem, mas estava claro que ele estava profundamente preocupado com sua esposa. Seria rude recusar o pedido dele.

— Se for possível, *milady*.

Francesca deixou suas preocupações de lado e conseguiu sorrir.

— É claro.

Com o rosto ficando mais tranquilo, *Sir* Roparz colocou o elmo.

— Obrigado. Esmerée está louca de preocupação, e não quero que algo aconteça com o novo bebê.

— Pode confiar em mim — falou Francesca. Não seria fácil; ela precisaria manter sua mágoa firmemente sob controle se não quisesse piorar o tormento de *lady* Esmerée. Porém, ela conseguiria. Certamente, *lady* Esmerée já tinha muito com que se preocupar sem que ela piorasse as coisas.

Sir Roparz olhou nos olhos de Francesca por um longo momento.

— Obrigado novamente, *milady*. A senhora é a imagem da elegância. — Curvando-se, ele gesticulou para que Francesca fosse na frente dele, retornando à parte interna da muralha.

Mari estava parada ao sol, observando enquanto o último barril de vinho era descarregado da carroça de um mercador.

— Essa carroça é de Champanhe — falou Mari quando o carroceiro, um homem robusto e desgrenhado, com cabelo bagunçado e barba, levantou o barril para o ombro e o levou para dentro do salão.

— Oh? — Francesca mal a ouviu. Ela olhou apaticamente para a carroça antes de seu olhar se fixar na capela, uma bela construção de pedra com arcos em estilo romano. Uma cruz pintada de dourado reluzia ao sol.

Céus, o que ela diria a *lady* Esmerée? Francesca envolveu a própria cintura com os braços. Queria respostas a milhares de perguntas, e nenhuma poderia ser feita a uma mulher cuja filha desaparecera.

Lady *Esmerée, quando contou a* Sir *Roparz que estava esperando um bebê de Tristan?*

Você ama Sir *Roparz?*

Há quanto tempo conhece meu marido? Você o amava? Ainda o ama?

Sabia que estava esperando o bebê de Tristan quando ele e eu nos casamos?

Com esforço, Francesca empurrou as perguntas para um canto de sua mente. *Lady* Esmerée precisava de conforto, não de um interrogatório, o que significava que Francesca precisava garantir que houvesse outras pessoas presentes quando falasse com ela. Assim, seria menos provável que ela dissesse algo indevido.

— Mari, você reconheceria a aia de *lady* Esmerée?

— Creio que sim.

— *Lady* Esmerée precisa dela. Por favor, tenha a bondade de ir buscá-la? Leve-a à entrada da capela.

— Nós nos juntaremos a *lady* Esmerée na capela, *milady*?

Francesca assentiu.

— A hora dela está chegando, e o desaparecimento de Kristina a deixou desesperadamente preocupada. *Sir* Roparz não quer que ela seja deixada sozinha.

— Pois bem, *milady*.

Mari voltou à entrada do castelo. Francesca se recostou numa parede, fechou os olhos e voltou seu rosto para o sol. Kristina teria sido encontrada? Se ela fora ao vilarejo, certamente os moradores cuidariam de uma menininha, especialmente se acreditassem que ela fosse filha do comissário do castelo, não? Deus, ela esperava que sim.

Pesados passos se aproximaram da carroça. Um cavalo bateu com um dos cascos no chão, e uma repentina mudança no ar a fez abrir os olhos. O carroceiro estava diante dela. Sua expressão estava tão fria que parecia roubar o calor do sol. E ele estava perto demais para que Francesca se sentisse confortável, tão perto que Francesca soube o que ele comera no dia anterior. Cebolas. Alho. Ficando rígida, ela se afastou da parede.

— *Lady* Francesca? — A voz dele soava desinteressada, mas havia um brilho calculista em seus olhos.

O coração de Francesca disparou, e ela se flagrou olhando para o alto da muralha, para verificar se os guardas permaneciam por ali. Ela disse a si mesma para não ficar tão assustada; certamente estava em segurança dentro das muralhas de Tristan.

— Sou.

O carroceiro abriu um feio sorriso e se aproximou.

— Ora, ora, que sorte. Esperávamos encontrá-la rapidamente, mas não já na entrega do primeiro carregamento.

Arrepios surgiram nos braços de Francesca. No céu, uma gaivota piou, e os guardas continuavam marchando pelo passadiço. Inspirando fundo, Francesca estava prestes a chamar ajuda quando uma grande mão se fechou sobre sua boca.

Com um movimento ríspido, o carroceiro a puxou para as sombras entre a carroça e a muralha.

— Fique calma. Se quiser a fedelha do cavaleiro viva, fique calma. Não queremos que você faça nada que nos obrigue a machucá-la, não é?

Francesca não moveu um músculo sequer. Céus, Kristina fora *mesmo* raptada. Sua mente disparou. Ela não deixara de perceber que o carroceiro se referira a Kristina como a fedelha do cavaleiro. *Dieu merci*, os raptores deviam acreditar que Roparz fosse o pai dela. Isso devia ser algo bom. Por outro lado, o que eles haviam feito com ela? A pobre criança devia estar aterrorizada.

Francesca olhou fixamente nos olhos do carroceiro e tentou arrancar a mão dele de sua boca. Aquele homem estava em conluio com os inimigos de Tristan, não havia dúvida. Ele estaria recebendo ordens de *Sir* Joakim?

O carroceiro olhou por um instante por cima do ombro. Provavelmente, verificando se ninguém os estava vendo.

— Não vai gritar?

Francesca balançou a cabeça, e a mão do carroceiro se afastou, embora ele continuasse segurando fortemente o punho dela. Ela manteve a voz baixa.

— Vocês estão com Kristina?

O carroceiro assentiu levemente.

— Onde ela está? O que fizeram com ela?

— Ela está em segurança. — Os olhos do carroceiro estavam frios como pedras. — Ela berra demais. Nós a levamos para um lugar onde ninguém possa ouvi-la. Mesmo assim, não devíamos esperar que a fedelha mimada de um cavaleiro seja corajosa.

Uma imagem de Kristina, encolhida e amedrontada, lampejou na mente de Francesca.

— Seu monstro! Ela não passa de um bebê. — O homem se aproximou, trazendo consigo o cheiro de cebola. Francesca percebeu que lhe faltavam vários dentes.

— Quer ajudá-la, *milady*?

— É claro!

Segurando Francesca pelo punho, o carroceiro retirou uma imunda tira de couro de seu cinto.

Recuando contra a muralha, Francesca a olhou, desconfiada.

— Para que isso?

O sorriso dele a deixou gelada.

— Você não berrará.

Ele iria amordaçá-la! Francesca olhou firmemente nos olhos dele.

— Quero ajudar Kristina. Dou minha palavra que não vou gritar.

— Sua palavra não me serve, *ma dame*. — Um encerado servia de porta na parte de trás da carroça. O lábio do homem se repuxou quando ele o puxou para o lado. — Cale a boca e entre.

Com o coração na boca, Francesca entrou na carroça. O carroceiro a seguiu.

Sem nenhuma carga, o leito da carroça estava cheio de palha e sacos sujos. Era muito macabro. Francesca olhou pela escuridão para o frio brilho nos olhos do homem. A ideia de ser amordaçada fazia os pelos de sua nuca se eriçarem.

Ele abriu um horrendo sorriso para ela.

— *Milady*, ficará em silêncio. Comporte-se, e enviaremos a menina de volta em segurança. Do contrário, aquele cavaleiro não verá mais sua filha. — Ele fez um gesto cortante em seu próprio pescoço e deu de ombros. — Para mim, não faz diferença.

Francesca logo descobriu que o carroceiro não estava trabalhando sozinho. Quando a carroça passou pelos portões do castelo, outro homem levantou o encerado e saltou para a parte de trás da carroça. Com cabelo escorrido e um fedor imundo, ele não era nem um pouco mais agradável que seu comparsa. Francesca se sentou sobre um pouco de palha e baixou a cabeça, tentando parecer derrotada. Com sorte, o homem a consideraria inofensiva.

Ela não tinha dúvidas de que aqueles homens eram foras da lei. Era aterrorizante descobrir que eles vinham procurando especificamente por ela. O que estariam planejando? O único lado positivo da situação era o fato de eles não fazerem ideia de que Kristina era filha de Tristan.

Apesar da palha, cada buraco da estrada fazia todo o corpo dela tremer. Francesca tentou se recordar do local, determinada a ao menos tentar imaginar em que ponto da estrada eles poderiam estar. Aquele balanço só poderia significar que eles haviam chegado à curva na estrada antes da guarita. Ela conseguia ouvir o piado das gaivotas, o som das ondas.

Abruptamente, a carroça parou. Ela franziu o cenho. Eles não deviam ter percorrido mais do que uns dez metros.

O comparsa do carroceiro mudou de posição, e foi então que Francesca percebeu que ele estava segurando um pequeno frasco. Ela se arrepiou. Pequeno demais para conter vinho ou cerveja, parecia um frasco de remédio do tipo que se comprava num boticário. Uma imunda mão se estendeu na direção dela. Ela recuou, mas a lateral da carroça se cravou em suas costas. Não havia para onde ir.

A mordaça foi arrancada, e, quando ela deu por si, o comparsa do carroceiro já estava segurando firmemente o nariz dela. Ele era um homem grande e a dominou com facilidade. Empurrou-a com as costas no leito da carroça e, usando os joelhos, prendeu-a ali.

— Solte-me! O que está...

O gargalo do frasco foi empurrado nos lábios dela.

— Abra bem, querida.

Francesca tentou resistir. Ela contraiu o maxilar e manteve seus lábios firmemente unidos. Porém, ela não conseguiria manter aquilo por muito tempo; a pegada em seu nariz estava implacável. *Não consigo respirar!* O sorriso do homem foi cruel. Os pulmões dela começaram a doer; seu coração martelava; sua cabeça girava.

— Vamos, querida. — O sorriso dele se alargou, o bruto estava se divertindo com aquilo. — Admita a derrota para não sufocar.

Francesca aguentou até seus pulmões estarem prestes a explodir. Pontos pretos dançaram diante de seus olhos. Ela inspirou fundo e fechou a boca novamente. Foi lenta demais. Um fluido nauseantemente amargo cobriu sua língua, descendo por sua garganta. O que seria? Suco de papoula? Fosse o que fosse devia ter sido caro. Poções assim não estavam disponíveis a todos. Ela tossiu novamente e sentiu de imediato a fria pressão do frasco em seus lábios.

Uma rude gargalhada preencheu o interior escuro da carroça.

— Isso, minha beleza.

Francesca tomou ar mais uma vez, e mais daquele líquido amargo desceu por sua garganta. A cabeça dela girava. A palha farfalhava. Algo estava batendo no leito da carroça. Vagamente, ela se deu conta de que eram seus próprios calcanhares.

Mais alguns minutos daquele tratamento, e a visão dela começou a turvar. As batidas se reduziram, os pontos pretos se derreteram, fundindo-se uns aos outros, e seus membros ficaram pesados. A escuridão a envolveu.

Capítulo 13

De volta à parte interna da muralha, Tristan fez seu cavalo parar e desmontou rapidamente. A seu lado, Roparz fez o mesmo. Os corações deles estavam pesados. Os moradores do vilarejo e os pescadores não haviam visto Kristina.

As botas de Tristan mal haviam tocado o chão quando o capitão da guarda dele desceu às presas os degraus da guarita, seu rosto marcado pela preocupação.

— Capitão, tem notícias? Encontrou Kristina?

— Lamento, *mon seigneur*, não encontramos. Vasculhamos o castelo inteiro por diversas vezes. Kristina não está em des Iles. — O capitão endireitou os ombros. Ele parecia estar tendo dificuldades de olhar nos olhos de Tristan. — Milorde, infelizmente, temos outra má notícia. Preciso lhe dizer que a condessa Francesca está desaparecida.

As veias de Tristan se transformaram em gelo.

— Francesca, desaparecida? — Vagamente, ele teve ciência de ter entregado Flint para Bastian. Tristan tirou seu elmo. — O que quer dizer com desaparecida?

O capitão engoliu em seco.

— *Mon seigneur*, a aia dela nos alertou quando não conseguiu encontrá-la.

Tristan o olhou fixamente. Não conseguia absorver aquela informação.

— Francesca não pode estar desaparecida. — Ele trocou olhares com Roparz. — Você me disse que tinha falado com ela antes de ter ido me encontrar no vilarejo.

— Foi o que fiz. Estava preocupado com Esmerée e pedi à condessa para que falasse com ela.

— Onde estava Esmerée?

— Estava na capela quando parti para me juntar a você.

Tristan olhou para seu capitão.

— Suponho que já tenham procurado na capela.

— É claro, milorde. Depois que a aia da condessa nos disse que *lady* Francesca também havia desaparecido, foi o primeiro lugar onde procuramos. O padre Paol não a tinha visto, e *lady* Esmerée disse que a última vez que ela havia visto sua esposa tinha sido mais para o início desta manhã, no solar. Milorde, pelo que podemos ver, *lady* Francesca saiu do castelo.

Roparz olhou soturnamente para Tristan.

— Que inferno, Tristan. O que está havendo?

Um suor frio escorreu pelas costas de Tristan. *Medo.* Primeiro, Kristina. Agora, Francesca. Ele foi a passos largos na direção da guarita, Roparz e o capitão em seu encalço.

— Os dois desaparecimentos devem estar conectados.

Francesca jamais teria saído dali sozinha. Ela ficara chocada e magoada por ele não ter lhe contado a respeito de Kristina e talvez ainda quisesse pedir a anulação do casamento, mas Tristan a conhecia. Ela nem sonharia em partir sem lhe dar adeus.

— Concordo — falou Roparz. — *Mon Dieu*, o que faremos?

— Esperaremos, meu amigo. Se eu não estiver enganado, logo receberemos um pedido de resgate.

Jogando seu elmo na mesa, Roparz olhou nos olhos dele.

— Kerjean está por trás disso?

— Eu apostaria minha vida que ele está envolvido. — Tristan andava de um lado para o outro, desejando ter mais pistas para seguir. Para onde Francesca e Kristina haviam sido levadas? Elas estavam juntas? Estavam em segurança? Ciente do capitão, parado ansiosamente ao lado dele, Tristan escolheu as palavras com cuidado. — Roparz, o que não consigo entender é como Kerjean ficou sabendo sobre Kristina. Fomos tão cautelosos.

Com o olhar de esguelha para o capitão, a resposta de Roparz foi igualmente cautelosa.

— Certamente é um mistério.

— Capitão, encontre a aia da condessa, sim? Gostaria de falar com ela.

— Sim, milorde. A aia mencionou que, quando deixou a condessa na parte externa do castelo, um carregamento de vinho estava sendo entregue.

— Vinho? — Roparz franziu o cenho. — Não encomendei nenhum vinho. A adega está cheia.

O capitão pigarreou.

— O carroceiro disse aos guardas que era um presente, *Sir* Roparz.

— Um presente?

— Sim, do conde Henry de Champanhe.

Tristan soltou um palavrão.

— Aquele vinho não é do conde Henry. Joakim deve ter tramado isso. Capitão, encontre Mari, sim? Talvez ela tenha percebido algo mais.

— Imediatamente, milorde.

— Leve-a ao gabinete do comissário. *Sir* Roparz e eu estaremos lá. Venha, Roparz, temos cartas a escrever.

— Irá alertar o barão Rolland?

— Não apenas o barão Rolland. Roparz, suspeito de que isso seja mais do que o rapto de duas pessoas que me são queridas. A paz do ducado está novamente em risco. Precisamos reunir as tropas. Não podemos permitir que Kerjean acenda suas fogueiras por toda a Bretanha.

Francesca acordou trêmula. Tudo estava escuro. E frio, profundamente frio. Sua pele estava toda arrepiada.

Onde estou?

O primeiro pensamento dela foi o de que ela devia estar num lugar externo. Então, percebeu que, acima dela, um toldo de algum tipo estava balançando com um forte vento. E a escuridão não era total. Além do toldo, ela conseguia ver estrelas. Francesca estava num abrigo rústico, sob uma manta áspera.

Sua cabeça martelava, sua mente estava confusa. Quando moveu a mão para massagear a testa, a dor se intensificou. Contendo um grunhido, ela fechou os olhos e ficou parada, tentando se orientar. O chão estava duro. Empedernido. Uma hesitante exploração revelou que as paredes do abrigo eram feitas de blocos de pedra rústicos e, a não ser pelo toldo, o telhado estava exposto às intempéries. Ela parecia estar sozinha.

O que aconteceu?

Os acontecimentos retornaram numa dolorosa e nauseante onda. Kristina, a filha de Tristan, pelo amor de Deus, desaparecera. O rosto do carroceiro de Champanhe surgiu na mente dela. Estranhamente, Francesca sentiu um leve cheiro de cebola, alho e suor. Ele estaria por perto? Ela estremeceu. Era uma surpresa suas mãos estarem livres. Os raptores deviam estar confiantes de que a droga, fosse lá qual fosse, funcionaria. Os lábios dela trabalharam. O gosto do líquido amargo permanecia em sua língua. Francesca estava com um sabor azedo na boca, sua garganta estava seca.

Um cheiro salgado forçava suas narinas. Perto dali, ondas atingiam as rochas, e ela conseguiu ouvir o som do mar. Onde quer que ela estivesse, era perto do litoral. Francesca ficou mais animada. Talvez não estivesse longe de des Iles.

Ela olhou fixamente para as estrelas além do toldo, e uma sombra com a forma de um homem se posicionou diante delas. Francesca ergueu a cabeça. As feições do homem estavam perdidas na escuridão, mas ela sabia quem devia ser.

Ficando de pé, ela tentou engolir em seco.

— *Sir* Joakim? — A voz dela soava enferrujada.

— *Lady* Francesca, que adorável que esteja acordada. — Ele gargalhou. — Estava ansioso por nos reencontrarmos.

— Onde está Kristina? O que fez com ela?

A sombra que era Joakim Kerjean se aproximou dela.

— A fedelha está atrás de você, no canto.

Empurrando a manta para longe, Francesca se movimentou apressadamente no escuro, tão ansiosa para encontrar Kristina que não se importou com o local por onde rastejava. Quando uma pedra afiada cortou seu joelho, ela praticamente não percebeu. Seus dedos encontraram outra manta, e uma leve bola de calor. Kristina estava encolhida, de lado.

Francesca a sacudiu levemente.

— Kristina? — A criança não se mexeu, nem sequer murmurou. Sentando-se, Francesca a puxou para seu colo e afastou o cabelo dela do rosto. — Kristina?

Nada.

Francesca envolveu a filha de Tristan com os braços e fez cara feia para *Sir* Joakim na escuridão.

— Você a machucou?

— Ela está bem. — A voz do cavaleiro estava entediada, despreocupada. — Ela estava gritando sem parar. Pensei em usá-la para testar um pouco da poção que havia comprado para você.

Francesca sentiu um lampejo de raiva.

— Drogou uma criança? O que é aquela coisa?

— Não faço ideia.

— Imaginei que você fosse querer saber o que estava comprando. Seja o que for, deve saber que as doses são diferentes para crianças.

— São?

— Você pode tê-la matado! — Francesca pôs o dorso da mão no rosto de Kristina, sentindo o lento fluxo de ar da respiração dela. *Dieu merci*, ela estava viva. — Você a enviará de volta a des Iles? — Os pensamentos de Francesca ainda estavam anuviados. Pelos efeitos da poção, imaginou ela. Ela precisava se lembrar de manter a língua sob controle. Não poderia revelar quem era o verdadeiro pai de Kristina. — Seus homens disseram que você a devolveria a *Sir* Roparz e *lady* Esmerée se eu fosse com eles. Aqui estou eu. Por honra, você tem o dever de libertá-la.

Kerjean fez um som como se estivesse entretido.

— Ela poderá voltar para os pais assim que você assinar uma carta para mim. É apenas uma formalidade, entende? Afinal, eu já estou com seu selo.

Meu anel! O coração de Francesca disparou quando ela tateou em busca do anel de Tristan. Não estava em seu dedo. Kerjean roubara o anel dela!

— Você é um ladrão.

Ele gargalhou.

— Já fui chamado de coisas piores, posso lhe garantir. — O tom dele ficou severo. — Minha querida *lady*, você assinará essa carta.

— Se está com o selo do meu marido, não precisa da minha assinatura.

— Quero que seu marido não tenha nenhuma dúvida de que estou com você. E de que você está viva. Tenho uma proposta e suspeito que ele reagirá de forma mais favorável se tiver ciência de que você está totalmente à minha mercê.

Horrendamente, a afirmação de *Sir* Joakim fazia sentido. Francesca engoliu em seco. Sua garganta parecia cheia de espinhos.

— Preciso de algo para beber.

Ela ouviu um grunhido, e a sombra se afastou.

— Temos cerveja. Um momento. — *Sir* Joakim saiu do abrigo.

Enquanto ele estava fora, Francesca ajustou a manta de Kristina e a colocou delicadamente no chão. Com um suspiro, recostou-se na parede, passando apaticamente a mão em seu dedo anelar vazio. Ela se sentia vazia por dentro. Usara o anel de Tristan todos os dias desde o casamento e se sentia nua sem ele. Perdida.

Os passos de Kerjean se afastaram. Francesca olhou fixamente para as estrelas além do toldo e tentou obrigar sua mente a clarear.

— Biel! — O vento lançou as palavras de *Sir* Joakim dentro do abrigo. — Busque cerveja. E comida. Precisamos cuidar de nossa refém. Ela é valiosa.

Sou uma refém.

Os passos retornaram, as estrelas desapareceram, e aquela silhueta escura... era como olhar para um demônio... Estava agachada diante dela. Então, ouviu-se um rangido metálico, e um fraco brilho iluminou o rosto de *Sir* Joakim. Ele trouxera uma lanterna consigo e a abrira. Seu cabelo loiro parecia ter sido pintado de ouro. A luz da lanterna também relevou que o toldo acima deles era uma vela de barco. Sim, definitivamente, fora uma vela no passado. Ao olhar para a vela, algo surgiu na mente de Francesca. Ela soube exatamente onde eles estavam.

— Estamos numa ilha da baía. — Ela pôs a palma sobre a rústica parede de pedra. — Esta é a Pedra do Eremita. Você nos trouxe de barco?

— Menina inteligente.

— É um tolo se pensa que vai escapar ileso disso. Com quantos homens pode contar? Meia dúzia? Uma dúzia? Tristan tem uma guarnição inteira. A maioria dos moradores do vilarejo é composta por pescadores. Esta ilha logo estará cercada.

Aquela cabeça clara balançou.

— Não, não estará. Quando o conde Tristan entender que temos você como nossa convidada de honra, querida *lady*, posso lhe garantir que ele obedecerá nossos planos. Nesta carta, peço que ele venha sozinho. Se ele quiser vê-la com vida, ele fará o que mando. — *Sir* Joakim bocejou. — Estou cansado desta conversa. Tome. — Um recipiente com cerveja foi colocado na mão dela. — Beba.

Retirando a rolha, Francesca fungou, desconfiada.

— Já tomei veneno suficiente por um dia. Como posso saber que não está adulterado?

Com um som de irritação, *Sir* Joakim pegou o recipiente de volta.

— É seguro. — Ele tomou um grande gole. — Vê?

Assentindo, Francesca pegou a cerveja dele e bebeu profundamente. Estava surpreendentemente refrescante, e ela tomou o máximo que pôde. Talvez demorasse um pouco até que lhe oferecessem mais.

Um pergaminho foi balançado diante dela. Francesca recolocou a rolha no recipiente com cerveja e o deixou de lado.

— Assine isto — falou *Sir* Joakim.

O pergaminho estalou ao ser desenrolado. Ao ver a bola redonda e escura na parte inferior, Francesca a tocou. Cera para selar. Ela suspirou.

— Já utilizou meu anel como bem quis. Este é o selo de Tristan.

— Assine, maldição.

— Jura por sua honra como cavaleiro que enviará a criança para casa?

Dentes brancos surgiram num sorriso no escuro.

— Minha querida *lady*, eu juro. Aguardamos apenas sua cooperação.

— Nenhum mal acontecerá a ela?

— A fedelha não será machucada. Assine.

Um pote com tinta e uma pena foram postos diante dela. Francesca esticou o pergaminho sobre seus joelhos e rabiscou seu nome na parte inferior, ao lado do selo de Tristan.

— Obrigado, querida *lady* — disse *Sir* Joakim. O documento farfalhou quando ele o tirou dela. — Agora, preciso lhe pedir para que desamarre o cabelo.

Francesca ficou rígida.

— Como?

— Fique calma, não tenho nenhum plano para a sua virtude. Uma mecha de seu cabelo será a derradeira prova de que você está *totalmente* em meu poder. — Uma lâmina prateada brilhou à luz da lamparina. — Depressa.

Francesca levou a mão à sua trança.

Enquanto a alvorada expulsava a noite, Francesca estava parada na entrada do abrigo destruído do eremita, enrolada numa manta para bloquear o vento. Durante a noite, pesadas nuvens haviam chegado, e o sol estava perdido atrás delas. A poucos metros dali, as ondas sibilavam e espumavam ao passarem com toda a força pela minúscula ilha a caminho do litoral. O cheiro de lenha queimada se misturava ao perfume salgado do mar. Os raptores dela haviam acendido uma pequena fogueira no abrigo, e um rastro de fumaça subia ao ar antes de ser levado embora pelo vento. Aparentemente, com Francesca sendo sua refém, os foras da lei podiam se dar o luxo de serem ousados.

Ela olhou fixamente para os penhascos. A maré estava alta, e uma espuma branca subia e descia no sopé. Mais para o alto, as muralhas do castelo pareciam se fundir ao cinza do céu. Ainda não estava claro o suficiente para que ela visse o estandarte de Tristan.

Àquela altura, Kristina já estaria de volta, em segurança, com sua mãe. Tristan estaria aliviado.

Como ele reagiria à convocação de *Sir* Joakim? Ele parecia certo de que Tristan logo chegaria. Francesca já não tinha tanta certeza. Não seria sensato que Tristan se pusesse em tamanho risco.

O que ele fará?

Ela passou os dedos por seu anelar vazio enquanto olhava fixamente para a entrada do porto. Não queria pensar no que poderia lhe acontecer se Tristan não viesse, mas Francesca não queria que ele fizesse algo inconsequente. Certamente, ele permaneceria distante dali.

O vento puxou a manta dela, enquanto ela ficava ali, observando fixamente.

Pouco após o amanhecer, um pequeno barco de pesca despontou no porto e zarpou baía adentro.

Tristan estava sentado na popa do barco, seu olhar fixo na Pedra do Eremita.

O que eles estariam fazendo com ela? Ela estava em segurança? Apaticamente, ele tocou sua bolsa, a bolsa na qual ele pusera aquele escuro cacho de cabelo. Num instante, ele estivera agradecendo a Deus por Kristina estar a salvo. No seguinte...

Mon Dieu, Tristan já enfrentara horrendas viradas do destino em sua vida, mas, quando ele abrira o selo da carta e aquela mecha do cabelo de Francesca caíra, ele ficara de joelhos bambos.

Sir Joakim estava com Francesca.

Aqueles desgraçados a teriam machucado? Santo Deus, que ela estivesse em segurança!

Tristan galopara diretamente para o vilarejo. Ele arrancara dois pescadores, Ivon e Alan, de suas camas. Mantivera-se surdo a todos os protestos.

— Pense, Tristan, é claramente uma armadilha — dissera Roparz. — Precisamos de um plano. Correr sozinho rumo à entrada do inferno não ajudará em nada.

A mente de Tristan tivera espaço para um único pensamento.

— Não posso abandonar Francesca.

— *Mon Dieu*, homem, ninguém está lhe pedindo que a abandone. A Pedra do Eremita é uma ilha pequena. Certamente podemos cercá-la. Há barcos o bastante no vilarejo, e você tem uma tropa inteira a seu dispor. Capturar um punhado de foras da lei deve ser brincadeira de criança.

Uma imagem de Francesca, ensanguentada e caída no chão, lampejara na mente de Tristan. Ele olhara fixamente para aquele cacho de cabelo escuro antes de enfiá-lo na bolsa.

— Kerjean quer negociar. Ele irá matá-la se tentarmos qualquer outra coisa. Não a colocarei em risco. Preciso saber o que ele quer.

O problema era que Tristan sabia muito bem o que Kerjean queria. O homem estava usando Francesca para conquistar apoio para a aliança rebelde, que se desmantelara. Sem dúvida, ele precisava de dinheiro para se manter até que mais homens fossem convencidos a se reunir sob sua causa.

— Não há necessidade de se precipitar — disse Roparz. — Peço-lhe cautela. Você já enviou a notícia a Rennes. Certamente, faz sentido esperarmos até que os reforços cheguem. Podemos negociar então.

— Ao inferno com o sentido. — Tristan não lhe dera ouvidos. Não podia. Ele estava atormentado por aquela imagem de Francesca, imóvel no chão. Kerjean a teria machucado?

E agora, embora ele estivesse tristemente ciente de que seus atos estavam sendo ditados pela paixão, não pela razão, Tristan estava sentado no barco de Ivon, o cheiro de peixe preenchendo suas narinas, enquanto os pescadores estendiam a vela.

— Teremos uma tempestade — murmurou Ivon, inclinando a cabeça na direção de uma massa de nuvens escuras.

Tristan grunhiu, seu olhar jamais se desviando da rocha na baía. Ele esperava loucamente não chegar tarde demais. A vela se inflou com o vento, e a pequena embarcação avançou para as águas cinzentas e revoltas.

Depois do que pareceu uma eternidade, Tristan saltou do barco para a Pedra do Eremita.

— Obrigado, amigos. Esperem aqui. — Ele sacou sua espada.

Kerjean estava esperando diante do eremitério destruído, a mão fechada em torno do braço de Francesca. Ela não parecia estar machucada, apesar de sua pele estar pálida e seus olhos parecerem enormes. O alívio o percorreu por completo e Tristan foi na direção deles a passos largos, suas botas triturando o caminho de cascalho. Ele não conseguia desviar seu olhar de Francesca. O véu dela se fora, e seu cabelo fluía como uma escura flâmula ao vento.

Os lábios dela se contraíram, seus olhos estavam tão tempestuosos quanto o céu.

— Não devia ter vindo.

Ele deixou sua voz leve.

— Imaginei que você precisava saber que respondo a cartas quando as recebo.

Um levíssimo sorriso ergueu o canto da boca de Francesca.

— Ainda assim, não devia ter vindo.

Sir Joakim fez um movimento com a cabeça indicando o barco de pesca que balançava para cima e para baixo perto da praia.

— Aqueles homens estão desarmados?

— São pescadores, Kerjean. Eles têm facas. Limpam peixes. — Ele suspirou. — Olhe, você tem uma proposta a me fazer. Vamos acabar logo com isso. O que quer?

— É bastante simples, milorde: quero que se junte a nós.

Tristan esperou que sua surpresa não transparecesse. Ele imaginara que sua ida até ali fosse para pagar o resgate da liberdade de Francesca.

— Não quer dinheiro?

— Ouro é sempre bem-vindo, milorde. Se quiser nos apoiar dessa maneira, não impedirei. Contudo, eu estava esperando persuadi-lo a se unir à nossa causa. Com seu apoio, outros logo se juntariam a nós.

Tristan fez um som de desdém.

— Você é louco, Kerjean. A aliança está morta.

— Está mesmo?

Tristan olhou à volta, determinado.

— Aceite: você foi expulso do continente, e tudo que lhe resta é uma pedra estéril na beira do oceano. Duvido que consiga reunir uma dúzia de homens. Esta é sua última e desesperada tentativa. Ela fracassará.

— Não fracassará se você se unir a nós.

Os dedos de Kerjean estavam brancos no braço de Francesca. Ele estava a machucando. Tristan conteve sua raiva e rezou para que parecesse mais calmo do que se sentia. Na realidade, ele estava observando Kerjean como um gavião, esperando o mais leve dos sinais de fraqueza.

— Por que diabos eu me juntaria a você?

O cabelo claro de Kerjean se ergueu ao vento.

— Tendo você como aliado, nossa sorte mudaria. Mais homens se uniriam à nossa causa.

— Que causa?

— A causa da liberdade, le Beau.

— Liberdade? — Tristan segurou sua espada com força. Estava achando cada vez mais difícil manter a tranquilidade. — Está falando de anarquia. Sua chamada aliança nunca foi mais do que um bando de barões ladrões. A duquesa Constança é menor de idade, e você e seus amigos vêm se aproveitando disso há anos.

— Não temos nenhum problema com a duquesa, le Beau. Questionamos o reinado daquele rei estrangeiro e de sua marionete. Na minha opinião, você cometeu um grave erro ao apoiar o barão Rolland.

— Não me interessa nem um pouco a sua opinião. Eu apoio a lei. Sempre apoiei, sempre apoiarei. Kerjean, de qualquer maneira que você tente disfarçar isso, você e seus comparsas não lutam pelo bem de ninguém que não o de vocês mesmos. São um bando de foras da lei. — Tristan sentiu um músculo se repuxar em seu rosto. — Eu trabalho para a Bretanha. Você trabalha em causa própria, e ao inferno com todas as outras pessoas. Você e seus cúmplices não passam de uma alcateia de lobos. Querem destroçar o ducado, membro a membro. E fracassarão.

Uma gaivota passou rapidamente por eles, rumando para os penhascos. Com um malicioso sorriso, Kerjean mudou sua pegada em Francesca e capturou uma mecha de cabelo que voava ao vento. Com lenta deliberação, ele o enrolou no punho.

— Estou surpreso por você se defender de maneira tão passional, lorde Tristan. Eu esperava mesmo que fosse se juntar a nós.

O olhar de Tristan se voltou para Francesca por um instante. Os olhos dela nunca haviam lhe parecido tão grandes. Seu rosto nunca lhe parecera tão pálido. Ocorreu-lhe que, mesmo com uma manta surrada a envolvê-la, continuava sendo a mulher mais linda do mundo. Ele faria qualquer coisa para salvá-la.

— Isso é loucura, Kerjean. Pelo amor de Deus, liberte minha esposa. Coloque-a de volta no eremitério. Podemos conversar da mesma forma com Francesca no abrigo.

— Creio que não. — Puxando Francesca pelo cabelo, Kerjean a puxou para si até que o corpo dela tocasse o dele. — Ela é minha segurança e, de qualquer forma, gosto de tê-la por perto. Mas é uma pena que você não vá se juntar a nós. E eu, pensando que você certamente seguiria os passos de seu pai...

Tristan sentiu seu próprio cenho se franzindo.

— Do que está falando?

— Não sabia? — Kerjean fez um som de desdém. — O conde Bedwyr era um de nós. Ele apoiava a causa.

Por um instante, pareceu que o vento parou de soprar, tudo ficou paralisado. Então, outra gaivota passou acima deles, piando, e o constante som das ondas retornou. Uma lufada de vento levantou a borda da manta de Francesca.

Tristan inspirou fundo o ar salgado.

— Não seja ridículo.

— Seu pai era um de nossos aliados mais valiosos.

— Você é um mentiroso. — Tristan quase se atirou no pescoço de Kerjean. Ele precisou de toda a sua força de vontade para resistir. — Ao inferno com isso. Solte minha esposa.

Kerjean envolveu a cintura de Francesca com o braço, prendendo-a firmemente junto a si.

— Tudo a seu tempo, milorde. Primeiro, gostaria da sua resposta. Irá se juntar a nós? Estou ansioso por deixar esses momentos desagradáveis entre nós para trás.

— Meu pai jamais ficaria do lado de ladrões e traidores.

Uma sobrancelha loira se ergueu.

— Está enganado, milorde. O conde Bedwyr se juntou à aliança pouco depois de sua mãe morrer.

A afirmação de Kerjean fez Tristan vacilar. Pelo que todos diziam, o pai dele ficara louco depois da morte de sua mãe. Quem poderia dizer o que um homem seria capaz de fazer quando enlouquecido pelo luto? A dúvida fez tudo dentro de Tristan se contrair. Afinal, quão bem ele conhecera seu próprio pai?

Kerjean piorou ainda mais a situação.

— Até que ponto seu precioso príncipe inglês confiaria em você se soubesse que é filho de um traidor? Você ainda teria um condado para chamar de seu?

Palavras horrendas que não podiam ser verdadeiras. Quando elas o atingiram, Tristan sentiu uma pontada de dúvida. Nunca, nem em mil anos, ele teria imaginado que seu pai se mataria. No entanto, fora o que ele fizera. O pai dele poderia ter se juntado à aliança?

Nunca, isso jamais teria acontecido.

Tristan imbuiu de ferro sua voz.

— Está blefando. Como saberia? Em primeiro lugar, você é jovem demais para se recordar. Eu mesmo era apenas um garoto, e você é mais jovem que eu. Em segundo lugar, duvido que haja alguém nesse seu grupo bagunçado ao qual você chama de aliança que se recorde de algo tão antigo.

— Recebi essa informação de uma fonte fidedigna, milorde.

O vento soprou o cabelo de Tristan para dentro de seus olhos. Impacientemente, o empurrou para trás; estava pegajoso por causa do sal.

— Kerjean, isso é ridículo. Juntar-me a você? A resposta é não. Liberte minha esposa.

— Creio que não. — *Sir* Joakim deu de ombros. — Pois bem, milorde, aceito que não se juntará a nós. Admito que a possibilidade era remota de fato. Contudo, há outra maneira de ajudar.

Tristan gargalhou.

— Admito que você é audacioso. Kerjean, não vou ajudá-lo de forma alguma.

Kerjean abriu um magro sorriso e mudou sua pegada em Francesca. A mão dele se movimentou e, subitamente, havia uma faca pressionada no pescoço dela.

— Veremos. Quero um navio. A embarcação que nos trouxe até esta ilha abandonada é ótima para navegar próximo à costa, mas não tem condições de ir a mar aberto. Precisamos de uma embarcação adequada ao mar.

Tristan sentiu suas sobrancelhas se unindo.

— Você ficou preso nesta ilha. Pode apodrecer aqui no que depender de mim.

— Um navio, lorde Tristan, certamente não é algo demais a se pedir. — *Sir* Joakim abriu um sorriso nojento. — Já que estou com sua *lady* à minha mercê. *Olivier! Biel!*

Dois capangas apareceram do nada. O sangue rugiu nos ouvidos de Tristan. Francesca estava imóvel como uma estátua, seu rosto estava tenso. Entretanto, ela permaneceu tranquila. Graças a Deus, ela era uma mulher sensata.

— Liberte. Minha. Esposa.

— Se me der um navio, nunca mais precisará me ver.

Tristan não respondeu. *Fique calma, meu coração. Mais alguns instantes, e estaremos livres desta situação.*

— Se não vai enxergar a sensatez, le Beau, precisarei fazê-lo mudar de ideia. — Kerjean largou a faca, e sua espada foi retirada da bainha.

Com a própria espada na mão, Tristan avançou. Ele precisava tomar cuidado. Francesca estava lutando para se desvencilhar de Kerjean, mas o homem não soltara o cabelo dela. Ela não conseguia escapar. Estava perto demais da espada de Kerjean.

O coração de Tristan disparou. Ele estava prestes a fazer a manobra mais delicada de sua vida. Nada menos que a precisão serviria. Uma completa precisão.

— Perdoe-me, meu coração — falou ele. Veloz como um relâmpago, ele cortou o cabelo dela.

Francesca arfou, caiu sobre as rochas e se afastou atabalhoadamente do perigo. Por um instante, Tristan não conseguiu respirar. Ali estava ela, caída sobre as rochas, exatamente como ele a imaginara antes. Porém, *Dieu merci*, não havia sangue, apenas a triste profanação da cabeça dela sem aquela linda massa de cabelos.

Kerjean, arfando de choque, estava paralisado, um desgrenhado punhado de cabelo preto numa das mãos, a espada na outra.

Tristan deixou de lado a imagem de Francesca passando os dedos pelos bagunçados cachos e se aproximou de *Sir* Joakim para lutar.

— Você tem escolha, Kerjean. Uma luta justa ou a rendição. Qual será?

A boca de Kerjean se curvou num sorriso desdenhoso.

— Milorde, deve ter esquecido que está em menor número aqui.

Tristan gesticulou, convidando-o a avançar.

— Pois bem, se é briga que querem, encontraram o homem certo.

Trêmula, Francesca ficou de pé, cambaleou até uma grande rocha e se recostou nela. Os olhos azuis de Tristan reluziam, brilhantes e determinados. Francesca não era nenhuma especialista em combate corpo a corpo, mas até mesmo ela podia enxergar que a postura de Tristan era firme, a pegada em sua espada, determinada. Ele e *Sir* Joakim estavam circundando um ao outro lentamente.

Se ela precisasse adivinhar, diria que *Sir* Joakim estava relutante em atacar. Toda vez que Tristan se aproximava, Kerjean saltava para o lado. Se ele continuasse, logo acabaria com os pés molhados, pois estava muito perto da água.

— Biel? — A voz de *Sir* Joakim estava tensa de ansiedade, seus homens haviam se afastado. — *À moi*! Venham a mim! Olivier! *Pierrick!* — Os olhos dele buscaram freneticamente na direção do eremitério.

Ninguém apareceu. Os capangas de *Sir* Joakim, se ainda não haviam partido para o mar, pareciam estar contentes em permanecer fora do campo de visão. Kerjean sussurrou um palavrão, e Tristan e ele continuaram sua enervante e circular dança em busca da vantagem.

Tristan era o mais alto entre os dois, e certamente isso lhe daria uma vantagem em termos de alcance. Seus ombros eram mais largos, e ele emanava confiança. Ele testou um ataque.

Sir Joakim saltou para o lado.

Tristan fez outra investida. O suor brilhava na testa de *Sir* Joakim. Seu calcanhar bateu na água rasa. Mais palavrões. As ondas atingiram as panturrilhas dele.

O barco pesqueiro em que Tristan chegara estava ligeiramente afastado da praia. Francesca perdeu o fôlego quando Tristan fez um gesto com a mão esquerda, e os pescadores pegaram seus remos. Eles iriam levar o barco à margem a poucos metros de distância. Tristan não estava sozinho.

E havia mais. Francesca tinha uma clara visão do vilarejo e do porto. Uma frota de barcos de pesca estava espalhada pela baía, rumando na direção da Pedra do Eremita. Ainda melhor, as cores de Tristan estavam visíveis num dos mastros. Francesca sentiu um sorriso se formar. De costas para o mar, Kerjean não percebera os barcos.

Tristan, por sua vez, percebera.

— *Sir* Roparz — murmurou ele. Sua espada cortou o ar, e Kerjean recuou. Tristan apontou sua espada para o pescoço de Kerjean. — Você não protege sua retaguarda — falou ele num tom casual que quase chegava a ser ofensivo. — É uma fraqueza e tanto.

Kerjean gargalhou e atacou loucamente. Aço atingiu aço. Francesca mal conseguiu respirar. Com a espada girando de um lado para o outro, Tristan pressionou, empurrando *Sir* Joakim inevitavelmente para a água. A frota se aproximava.

Tristan sorriu.

— Se eu fosse você, Kerjean, eu me renderia. Eu brincava nestas ilhas quando menino, e essas rochas podem ser bastante escorregadias.

— Ao inferno com você. — A espada de *Sir* Joakim se movimentou num arco largo. Uma onda o atingiu, ele perdeu o equilíbrio e desabou na espuma do mar.

Capítulo 14

O TROVÃO ECOOU NO CÉU, enquanto Francesca saía às pressas da chuva, entrando no castelo. A tempestade finalmente chegara.

Tristan estava perto dela, seu rosto estava tenso. Francesca não conseguia decifrá-lo. Desde que eles haviam partido da Pedra do Eremita, ele não permitira que ela saísse de seu campo de visão, chegando ao ponto de voltar a cavalo do vilarejo com Francesca sentada na frente dele na sela. Já dentro das muralhas do castelo, com a chuva caindo em torno deles, ele ordenara que *Sir* Roparz escoltasse *Sir* Joakim até a masmorra. Em seguida, segurara firmemente a mão dela e a levara para fora da chuva, entrando no salão.

Diversos criados estavam trabalhando no salão, carregando lenha, dobrando panos, e um pequeno silêncio dominou o local quando todos olharam na direção deles. Francesca nunca se sentira tão pouco uma *lady* e se esforçou para não olhar nos olhos de ninguém. Suas roupas estavam molhadas e duras de sal; ela estava morrendo de frio, e sua pele coçava. Com a mão livre, ela segurava a áspera manta fortemente em torno de si. Estava usando o tecido como um véu para ocultar seu cabelo bagunçado. Seu cabelo destruído e seu estado desgrenhado inevitavelmente gerariam perguntas, e ela não estava preparada para lidar com elas. Por ora, estava simplesmente aliviada por estar livre de *Sir* Joakim.

Tristan gesticulou para uma criada.

— Onde está a aia de *lady* Francesca? — Ele exigiu saber.

— Creio que ela esteja no solar, milorde.

— Leve minha *lady* imediatamente a nossos aposentos. Depois, diga a Mari que sua senhora precisa dela. Minha esposa quer uma lareira acesa e água quente com a qual se banhar.

A criada fez uma mesura.

— Pois bem, *mon seigneur*.

Tristan tocou o rosto de Francesca com a mão.

— Eu me encontrarei com você depois de me certificar que Kerjean esteja trancafiado. Até mais tarde, *milady*.

Lá em cima, Francesca se aconchegou numa banqueta perto da lareira até parar de tremer. Ela observou as chamas e ouviu o trovão, enquanto ele rumava lentamente para o norte.

Mari entrou às pressas.

— Oh, *milady*, graças aos céus que a senhora está bem! Não dormi por um segundo sequer, preocupada com a senhora. O que aconteceu? Onde esteve? Bastian disse algo sobre a senhora ter passado a noite na Pedra do Eremita. — Parando para tomar fôlego, Mari fez cara feia para a manta. — E por que está com essa coisa imunda na cabeça?

Mari tirou a manta e sua expressão murchou.

— Oh, *milady*, seu cabelo. Seu pobre cabelo.

Com uma expressão de dor, Francesca passou a mão pelo que restava de seu cabelo.

— Está tão ruim assim?

Os lábios de Mari se contraíram.

— O que aconteceu?

O instante em que Tristan erguera sua espada estava vívido na memória de Francesca.

— Fiquei presa pelo cabelo. Lorde Tristan o cortou para me libertar. — Um calafrio a percorreu com a lembrança. Fora tão perto que ela chegara a sentir o deslocamento do ar quando a ponta da espada dele passara perto de seu pescoço. A precisão daquele golpe fora enervante demais para recordar. Se Tristan tivesse calculado errado...

Mari se posicionou atrás dela, e Francesca sentiu um delicado puxão em seu cabelo.

— Não está muito digno de uma *lady* — murmurou Mari. — Curto demais. E muito bagunçado. Gostaria que eu o arrumasse?

— Obrigada. Tenho certeza de que está horrendo.

— Sinceramente, aquele homem... — resmungou Mari. — Não havia mais nenhuma maneira de libertá-la? Ele precisava cortar seu cabelo?

Francesca sentiu um sorriso se formar.

— Ele fez o melhor que pôde. Tenho sorte de lorde Tristan ser um mestre espadachim. Não importava a *Sir* Joakim se eu viveria ou não.

Mari cobriu a boca com a mão. Seus olhos ficaram reluzentes com as lágrimas.

— Oh, *milady*.

Francesca se levantou da banqueta e lhe deu um rápido abraço.

— Ora, Mari, não há motivo para chorar. Lorde Tristan e eu estamos em segurança, e meu cabelo crescerá em breve. Eles logo trarão a água. Por favor, pode me ajudar a me despir? Estou pegajosa por causa do sal.

Havia muitas coisas que Francesca precisava resolver com Tristan. Precisava fazê-lo entender que, se eles quisessem um futuro para o casamento, ele teria de abandonar a tendência a guardar segredos. E, acima de tudo, havia Kristina e Esmerée.

Tristan tinha uma filha. Francesca rezara para ser capaz de lhe dar um herdeiro, mas, durante todo o tempo deles juntos, ela nunca engravidara. Antes de ficar sabendo de Kristina, Francesca nunca se preocupara de verdade com isso. Sim, a ideia passara por sua mente, mas tivera fé que, um dia, teria um bebê de Tristan.

Ficar sabendo a respeito de Kristina lançava uma nova luz sobre o relacionamento dela com Tristan. Claramente, ele não tivera nenhum problema para ter um bebê. Novamente, os pensamentos dela a atormentaram. *Mas e eu? Serei estéril? De fato? Se Tristan quiser um herdeiro legítimo, talvez precise encontrar uma nova esposa.* A ideia de ver Tristan se casar novamente, por si só, fez tudo dentro de Francesca se contrair.

Endireitando o corpo, ela se voltou de costas para Mari, para que seu vestido pudesse ser desamarrado. Ela e Tristan tinham muito a resolver, e ela não tinha nenhuma intenção de fazer isso parecendo uma ratazana afogada. Da próxima vez que ela o visse, precisava estar com uma aparência apresentável. Ao menos o mais apresentável possível, dado o que ele fizera com seu cabelo.

Francesca estava relutante em sair do quarto depois de se banhar. Não que ela estivesse com vergonha de sua nova aparência; sua relutância vinha do fato de não estar certa em relação a sua posição de condessa de Tristan. Até que soubesse exatamente o que lhe aconteceria, ela se sentiria constrangida perto dos vassalos dele. E, certamente, eles se sentiriam constrangidos com ela. Sendo assim, até que ela e Tristan resolvessem a questão, seria melhor se manter em seu próprio quarto.

Estava sentada na banqueta ao lado do fogo, conversando com Mari. Finalmente, rápidas passadas soaram na escadaria, e a porta se abriu. Tristan estava com um frasco de vinho numa das mãos e dois cálices de prata na outra. Ele os colocou sobre a mesa de canto.

Francesca sorriu para Mari.

— Obrigada, Mari. Isso é tudo.

Gesticulando para que Mari esperasse, Tristan olhou nos olhos de Francesca.

— Adèle me disse que você não comeu nada ao meio-dia. Quer que Mari traga uma bandeja?

— Comi uma maçã e um pouco de pão mais cedo.

Ele a observou, seu cenho levemente franzido.

— Isso não dá muita sustança.

— Não estou com fome, obrigada.

Ele assentiu para Mari, que saiu.

— E vinho? Quer um pouco?

— Obrigada. — O estômago de Francesca se revirava. Talvez o vinho tornasse aquela conversa mais fácil. Ela inspirou fundo e foi diretamente ao assunto. — Como está Kristina depois de tudo que passou?

— Kristina parece estar totalmente recuperada. Estava acabando com os pães temperados da cozinha quando a vi pela última vez.

— Fico feliz por saber. Tristan, quando você iria me contar que ela é sua filha?

Ele parou enquanto servia o vinho.

— Eu lamento muito, meu coração. Queria lhe contar. Achei que você já tivesse coisas demais com que se preocupar depois da morte do conde Myrrdin. E me pareceu errado aumentar seu fardo. Tome. — Ele lhe entregou um cálice.

— Obrigada. — Francesca tomou um gole do vinho, enquanto ele puxava a banqueta de Mari e se sentava. Ela baixou o cálice e olhou diretamente nos olhos dele. — Tristan, ter ficado sabendo sobre Kristina me deixou muito atormentada. Como pôde esconder a existência dela de mim por tanto tempo? Ela não é um bebê. Nasceu no primeiro ano do nosso casamento... Há mais de três anos. Você poderia ter me contado a respeito de Kristina diversas vezes nos últimos três anos e, ainda assim, não contou.

— Tive meus motivos.

Francesca tamborilou com o dedo na lateral do cálice.

— Você temia que, se essa gente da aliança ficasse sabendo que Kristina era sua filha, pudessem usá-la contra você.

— Isso, exatamente. *Bon sang*, Francesca, precisei manter a existência dela oculta. Você mesma viu por conta própria o que homens implacáveis são capazes de fazer. Os foras da lei de Kerjean raptaram Kristina sem saber que ela era minha filha. Imagine o que poderiam ter feito se soubessem da verdade.

— Ainda assim, deveria ter me contado a respeito dela.

Ele recuou.

— Como eu poderia? Você mesma disse que, se a informação de que ela era minha filha vazasse, ela teria sido o alvo de todos os foras da lei do ducado.

— Você não confiou em mim.

Uma ruga se formou na testa dele.

— Isso não é verdade. É claro que confio em você.

— Não confiava em mim há três anos. — Francesca engoliu em seco. Apesar do vinho, sua garganta estava seca. Ela tomou mais outro gole. — Entendo isso. Eu era jovem, inexperiente e incrivelmente ingênua. Nós éramos praticamente desconhecidos. — Curvando-se à frente, ela tocou a mão dele. — Quero que saiba que o conde Myrrdin me ensinou sobre honra, discrição e lealdade. Seu segredo teria estado em segurança comigo.

Fortes dedos seguraram os dela.

— Meu coração, eu lamento muito. Um marido e uma esposa recém-casados têm muito a aprender a respeito um do outro... e um com o outro. Leva tempo.

Ela endireitou os ombros e libertou sua mão.

— Você não confiava em mim quando Kristina nasceu, assim como não confiou quando decidiu me trazer para cá depois da morte de Papa. Tristan, viajamos juntos durante todo o caminho desde Champanhe, e achei... Tive esperanças de que finalmente estivéssemos começando a entender um ao outro. Pensei que nosso casamento tivesse uma chance. Como eu estava enganada. Nada mudou.

Escuras sobrancelhas se uniram numa expressão profundamente fechada.

— Tudo mudou. E aquelas cartas?

Francesca se animou com o fato de que Tristan parecia mais confuso do que irritado. Firmemente, ela balançou a cabeça.

— Esqueça as cartas. No fundo, nada mudou. Se tivesse mudado, você teria me contado a respeito de Kristina. Ainda não confia em mim.

Com seus olhos azuis fixos nos dela, Tristan colocou seu cálice de lado e apoiou os cotovelos nos joelhos.

— Francesca, eu confio em você. Queria lhe contar sobre Kristina. Sabia de fato que seria errado você chegar aqui ignorando essa realidade. Como eu lhe disse, após a morte do conde Myrrdin, pareceu cruel colocar ainda mais esse fardo sobre você. — A boca dele se contraiu. — Já tinha sido difícil o suficiente contar a você a respeito de Esmerée. Eu estava certo de que lhe contar que eu tinha uma filha seria demais. E, além de tudo, havia Kerjean. Meus temores de que ele tentaria ressuscitar a aliança significavam que Kristina não estava mais segura como eu imaginava. Francesca, eu juro que queria lhe contar. Na realidade, estava prestes a confessar tudo quando chegamos a des Iles. Roparz me aconselhou a não fazer isso.

A luz das chamas brincou sobre os planos do rosto de Tristan, acentuando suas faces esculpidas e seu maxilar forte. Com um suspiro, ele se recostou e vasculhou em sua bolsa. Um anel de selo, o anel que dera a ela no dia do casamento, o que *Sir* Joakim roubara, reluziu em sua palma. Lábios lindamente esculpidos se contraíram enquanto ele o olhava.

— Francesca, eu lamento muito se você acha que a enganei. Cometi muitos erros em minha vida e, sem dúvida, cometerei muitos mais. No entanto, não tenho nenhum arrependimento em relação ao nosso casamento. — Engolindo em seco, ele ofereceu o anel a ela. — Preciso que você coloque isso de volta em seu devido lugar.

Francesca observou o rosto dele. Seus dedos coçavam para pegar o anel; sua mão lhe parecia nua sem ele. Tristan, porém, não dissera uma palavra sequer a respeito de amor. Talvez ele não pudesse dizer.

— Por quê?

Uma linha se formou na testa dele.

— Preciso de você, Francesca.

— Você precisa de herdeiros e concluiu que sou adequada? É isso? Tristan, já pensou na seguinte possibilidade: e se eu for estéril? E se eu não puder lhe dar um herdeiro? Você ainda me quererá como sua esposa?

— Você não é estéril.

— Não há como você saber disso. — Ela o olhou com tristeza. — Você gerou um filho com Esmerée, mas você e eu... Tristan, passamos todo aquele tempo juntos, e nada. E se eu for estéril?

— Somos jovens, Francesca, não há pressa.

— Tristan, você não pode simplesmente descartar essa possibilidade. Eu posso ser estéril, e você precisa de um herdeiro.

Ele se sentou de forma bastante empertigada, o anel cintilando em sua palma.

— Francesca, você está exagerando. Nem por um momento creio que você seja estéril e me recuso a discutir isso. Você é minha esposa e é adequada para mim. É muito adequada para mim. — Uma escura sobrancelha se ergueu, e a voz dele mudou, tornou-se marcada por um riso. — Além do mais, a esta altura, você já deve saber que a ideia de tentar engravidar você mantém sua atração para mim.

Dominada pela vontade de tocar o rosto dele, Francesca desviou rapidamente o olhar. Ele era simplesmente belo demais. Mesmo que não tivesse declarado que a amava, tudo que ela conseguia pensar era que queria estar nos braços dele novamente. Como isso era possível?

— Tristan, por favor, não faça isso.

— O quê?

— Está tentando me seduzir, e não posso permitir que faça isso.

Ele sorriu.

— *Dommage.* Que pena.

— É verdade que nunca tivemos problemas no lado carnal de nosso casamento. — Ela desviou novamente seu olhar dele, voltando-o fixamente para as chamas. — Tristan, não seremos jovens eternamente. O que acontecerá quando nosso sangue esfriar, quando a febre desaparecer?

— Francesca, você é minha esposa. Votos de casamento foram feitos para durar a vida inteira.

— Mesmo que a grande aliança que você esperava forjar com Fontaine não se realize? Não lhe trago terras. Não sou ninguém, Tristan.

Ele deu de ombros.

— Você é adequada para mim.

— Sou adequada para você? — Francesca olhou fixamente para o anel na palma dele e engoliu em seco. Sua mente estava um caos, salvo por uma única coisa: tudo que ela queria era pegar aquele anel. Tristan parecia sincero ao dizer que queria mantê-la como sua esposa. Contudo, não houvera nenhuma menção ao amor. — Não lhe trago terras. Não lhe trago nada.

Ela prendeu a respiração e esperou. Se ele a amasse, a ausência de sangue aristocrático e de riquezas dela talvez não importasse.

Sorrindo, ele balançou a cabeça.

— Você traz a si mesma, e isso é tudo que quero. Venha. — Ele retirou o cálice da mão dela e o deixou de lado. Firmemente, empurrou de volta o anel para o dedo dela. — Você é minha esposa, Francesca. Não aceitarei mais nenhuma outra.

A garganta de Francesca se fechou, sua visão ficou turva. Não era exatamente a declaração de amor pela qual ela estivera ansiando. Seria o suficiente para sustentar um casamento? Ela piscou os olhos, e as feições morenas dele entraram em foco. Sua testa estava enrugada, ele parecia quase ansioso.

Certamente havia mais do que mero orgulho em jogo ali, não? *Tristan se importa comigo. Acredito que ele se importe de verdade. Apenas não sabe como expressar isso.*

— Você usará meu anel? — A voz dele estava rouca. — Ficará?

— Eu ficarei.

As rugas da testa de Tristan desapareceram como num passe de mágica. Francesca rezou para que tivesse tomado a decisão certa. Ele devia amá-la; apenas não sabia como lhe dizer isso. Ela envolveu o anel com os dedos.

— Com uma condição.

— Basta dizer.

— Nada mais de grandes segredos.

Tristan ergueu a mão dela e a beijou.

— Pois bem, nada mais de segredos. — Puxando-a pelo braço, ele a colocou em seu colo, acariciando o pescoço de Francesca com o rosto. — Imagino que isso signifique que eu preciso lhe contar a respeito do exército de amantes que está me esperando em Rennes.

Ela o olhou com surpresa, percebeu um brilho nos olhos azuis e soube que ele estava brincando. Tristan já lhe dissera que fora fiel a ela durante a separação deles, e Francesca acreditava nele. Também acreditara quando disse que pensou em lhe contar a respeito de Kristina quando haviam chegado a des Iles. Tristan tinha um poderoso senso de certo e errado. Ele não mentia. Seu pecado, ao menos para ela, era o fato de não ter sido franco. De ter mantido coisas escondidas. Mas Francesca entendia isso. Ele fora treinado para depender apenas de si mesmo e se manter de boca fechada.

De certa forma, ela devia se sentir lisonjeada por ele ter querido lhe contar a respeito de Kristina. Já era um começo.

Seria o suficiente para que ela arriscasse sentir a dor de perdê-lo novamente?

Precisava ser. Ela o amava e, se houvesse uma pequena chance de encontrar a felicidade com Tristan, ela precisava correr esse risco.

Ela abriu um terno sorriso para ele.

— Céus, um exército de amantes? Você deve ter aprendido muito sobre as artes do amor. Estou esperando uma confissão completa. — Deslizando os dedos pelo rosto dele, ela alinhou a boca de Tristan para um beijo e rezou para que não estivesse se iludindo em relação à verdadeira natureza dos sentimentos dele.

Tristan precisava amá-la. Em algum momento, Francesca precisaria lhe dizer que detestava a ideia de a ex-amante dele permanecer em des Iles. E o que ele pretendia fazer a respeito de Kristina? Agora que aqueles foras da lei estavam presos, Tristan reconheceria publicamente que Kristina era sua filha? Muitos desafios os aguardavam, e a única certeza era a de que eles não seriam vencidos num único dia.

Francesca pressionou seus lábios nos de Tristan.

Incrivelmente aliviado por Francesca ter aceitado seu anel de volta, Tristan tentou ignorar a inquietude que se estabelecera como uma placa de chumbo dentro de seu estômago. A acusação de Kerjean ecoava em sua mente: *o conde Bedwyr era um de nós. Ele apoiava a causa.*

Kerjean estava mentindo. O pai de Tristan não era nenhum traidor. Tristan mal conseguia aguentar pensar nisso. Contudo, ele não fizera muito além disso desde que partira da Pedra do Eremita. Ele poderia ter se enganado em relação a seu pai? Teria se juntado à aliança?

O pai dele se matara. Não havia dúvidas disso. Tristan passara anos pensando nisso. Aquilo não lhe parecera nada do feitio de seu pai. Seria possível que ele tivesse agido por impulso e se arrependido depois? Ele podia ter se juntado à aliança? E, depois, o remorso o levara ao desespero?

Francesca se recostou nele e murmurou junto à sua boca.

— Beije-me, Tristan. — Os dentes dela mordiscaram o lábio superior dele, seus seios pressionando o peito de Tristan. Era a melhor das distrações. — Preciso ser abraçada.

Recuando, Tristan olhou nas profundezas dos olhos acinzentados dela, e suas preocupações desapareceram. Ele pensaria no envolvimento de seu pai com a aliança depois. Estava com Francesca em seus braços, seu anel estava novamente no dedo dela, e tudo ficaria bem entre eles. Ela aceitara ficar. E queria que ele a abraçasse. Ao menos isso ele era capaz de fazer.

Os estalos das chamas desapareceram quando os lábios deles se encontraram. Ela devia estar exausta. Depois daquela provação, precisaria de um descanso adequado. Quando Tristan retirou os grampos do véu dela, o martelar das ondas abaixo do castelo pareceu desaparecer. O fogo pareceu menos brilhante. Havia apenas Francesca. Seu véu deslizou para o chão. Ver aquele cabelo escuro, pendendo em curtas e sedosas ondas em torno do rosto dela, fez Tristan sentir um choque. Graças a Deus, ele não a ferira.

Envergonhada, ela tocou o próprio cabelo.

— Mari disse que não está digno de uma *lady*. Devo estar parecendo um pajem.

— De forma alguma. Você é bonita e feminina demais para ser confundida com um pajem. — Segurando o queixo dela, Tristan virou o rosto de Francesca para um lado e, em seguida, para o outro. — Eu lamento de verdade, meu coração. — A boca dele se curvou. — Mas pelo menos podemos ter certeza de que ninguém tentará prendê-la pelo cabelo por algum tempo.

— É verdade. Mari o arrumou para mim.

— É o que vejo. Ela fez um bom trabalho. — Tristan sentiu um sorriso se formando e passou os dedos no cabelo dela, testando a textura. O cabelo de Francesca tinha o brilho da seda preta. Ele se curvou à frente e sentiu a tensão se esvair. O cabelo tinha o cheiro dela; de Francesca e aquela leve fragrância de jasmim, dois perfumes que ficariam unidos na mente dele para sempre. — Está mais cacheado do que quando estava comprido. Gostei bastante.

Os olhos dela se arregalaram.

— Gostou?

— Sim. Talvez a moda se espalhe.

Ela gargalhou.

— Bajulador. — Ela beijou o nariz dele. — Estou simplesmente agradecida por você ser um espadachim tão habilidoso, milorde.

— Parte instinto, parte treinamento. Eu precisava tirá-la de perto dele. — Ele a segurou firmemente, viu-a fazer uma expressão de dor e afrouxou imediatamente a pegada. — O que houve?

— Meu braço. — Afastando-se do abraço dele, ela massageou a parte de cima de seu braço. — Está um pouco dolorido.

— Ele a machucou? — Tristan sussurrou um palavrão. — Deixe-me ver.

Tirando-a de seu colo, Tristan se levantou e levou a mão à presilha do cinto dela. Francesca não discutiu enquanto ele, de forma cuidadosa e metódica, tirava as roupas dela; cinto, vestido, anágua. Quando chegou à pele nua, Tristan engoliu em seco. Ela era tão adorável! Sua pele era clara e levemente perfumada. Mais jasmim. Mais Francesca. A sombra escura no braço chamou a atenção.

— Aquele cão! Os dedos dele deixaram marcas. — Ele beijou o hematoma, envolvendo a cintura de Francesca com o braço, enquanto ela fazia o mesmo com o pescoço dele. — Um momento, minha pequena. — Ele recuou e a fez girar, analisando cada deslumbrante centímetro dela; a delicada curva do traseiro, aquela leve reentrância na base da espinha, as pernas esbeltas. — Não há mais nenhum hematoma.

— Não.

— *Dieu merci.* — Percebendo o olhar voltado para baixo e as faces coradas de Francesca, *eu a estou deixando tímida*, ele a levou para a cama. — Imagino que você não tenha dormido muito na noite de ontem.

— Ele me drogou. Demorou um pouco para o efeito terminar.

Tristan contraiu o maxilar. Machucada. Drogada. Ele puxou as cobertas.

— Vá para a cama. Você precisa de um descanso adequado.

Ela arqueou uma das sobrancelhas para ele.

— Tristan, estamos em pleno dia!

— Você precisa descansar. — Tristan falava firmemente para ocultar seu desejo. De fato, Francesca era seu ponto fraco. Apesar da hora, ele precisava tê-la em seus braços novamente. Ela precisava descansar, e ele precisava sentir o corpo dela repousando em segurança junto ao dele.

Por mais que a desejasse, naquele dia, simplesmente a abraçaria. Observaria a esposa até que dormisse. Era estranho como a necessidade de mantê-la em segurança sobrepujava outras necessidades mais básicas.

Ela entrou debaixo das cobertas rapidamente, e outro pensamento ocorreu a Tristan.

— Francesca?

— Sim?

— Kerjean ainda não explicou como você foi parar nas mãos dele. Roparz mencionou um carregamento de vinho. — Indo até a janela, Tristan fechou as persianas, e a luz se reduziu. Ela descansaria melhor à meia-luz.

Ela bocejou.

— Eu estava do lado de fora do castelo, esperando Mari, e o carroceiro falou comigo. Tive a impressão de que ele estava querendo me encontrar.

Tristan virou rapidamente a cabeça. Tudo que ele conseguiu ver foi o alto da cabeça dela despontando do ninho de cobertas.

— O carroceiro estava procurando por você, pessoalmente?

— Creio que sim. — Outro bocejo. Os lençóis farfalharam. — Ele me disse que eles estavam com Kristina. Não consegui suportar pensar nela assustada. Por isso, fui com ele.

— Você não foi forçada? — Tristan olhou fixamente para a protuberância sob as cobertas. Então, fora por isso que os guardas do passadiço não haviam percebido algo de errado. Não houvera luta, pois ela fora por vontade própria.

— Você teria feito o mesmo, tenho certeza.

Balançando a cabeça para ela, Tristan foi se deitar na cama. Arrumando as cobertas, ele a puxou para seus braços.

— Foi muita coragem. E muita tolice. — E totalmente do feitio de Francesca. Não fora fácil para ela a descoberta de que Kristina era filha dele. Mesmo assim, se pusera voluntariamente nas mãos dos foras da lei para salvá-la. Tristan franziu o cenho. Não, isso não lhe fazia justiça. Francesca não entrara naquela carroça simplesmente porque Kristina era filha dele. Ela teria feito o mesmo por qualquer criança.

Ela soltou um pequeno suspiro, e Tristan beijou sua testa. Não demorou muito para que o corpo dela ficasse prostrado nos braços dele. O vento fez as persianas balançarem, e as cortinas sopraram numa leve brisa. O fogo estava pintando estampas tremeluzentes nas paredes. Tristan as observou se movimentando, balançando. Ele não ficaria muito tempo ali, apenas o suficiente para garantir que ela estivesse dormindo profundamente.

Ele ouviu o vento e o som das ondas. Francesca fora drogada e tivera sua vida ameaçada em defesa de Kristina. Isso não significava que ela fosse ficar feliz por viver sob o mesmo teto que Kristina e Esmerée.

No entanto, o que ele poderia fazer? Roparz era seu cavaleiro mais confiável, seu braço direito. Era o homem mais qualificado para ser o comissário de des Iles, e tanto lorde Morgan quanto o pai de Tristan haviam incutido nele a crença de que o comissário de sua principal propriedade devia ser seu braço direito, sua rocha.

Não posso perder Roparz.

Tristan deu outro beijo na testa de Francesca.

Não fazia sentido dispensar Roparz. Militarmente, não fazia absolutamente nenhum sentido.

Ele suspirou. Talvez a dispensa de Roparz de des Iles pudesse ser evitada se ele falasse com Esmerée. Sim, se Esmerée percebesse até onde fora o envolvimento de Francesca no resgate de Kristina, se ela entendesse que Francesca se pusera deliberadamente em perigo pelo bem de Kristina, certamente se sentiria agradecida. Talvez as duas mulheres pudessem até mesmo se tornar amigas.

Ele falaria com Esmerée assim que pudesse. Então, interrogaria Joakim Kerjean. Depois que Tristan fizesse Kerjean admitir que estivera mentindo em relação ao envolvimento do pai dele com a aliança, ele enviaria o homem para o barão Rolland, em Rennes.

O conde Bedwyr não era nenhum traidor.

Sozinha no mirante da torre acima do quarto deles, Francesca estava recostada no parapeito, olhando para o mar. A maré estava baixa, e as rochas da baía pareciam maiores do que de costume. Pontiagudas e afiadas. Algas escuras vagavam pelas águas rasas como roupas sujas. Parara de chover horas antes, embora o céu permanecesse encoberto e uma soturna massa de nuvens estivesse acumulada a oeste. A brisa estava forte, puxando o véu dela e fazendo calafrios descerem pela espinha de Francesca.

Atrás dela, a porta rangeu, e *lady* Esmerée saiu para a sacada.

— Com licença, *lady* Francesca, é conveniente falarmos agora?

— É claro.

Com o véu fluindo ao vento, *lady* Esmerée foi até o lado dela. Ela olhou por um instante para a Pedra do Eremita e tocou a mão de Francesca.

— *Milady*, vim lhe agradecer. Lorde Tristan me contou que a senhora se pôs em perigo para garantir o retorno seguro de Kristina.

Francesca sorriu.

— Não há de quê. Qualquer pessoa teria feito o mesmo.

Lentamente, *lady* Esmerée balançou a cabeça.

— Não, *milady*, não creio que fizesse. Especialmente com as circunstâncias do nascimento de Kristina. A senhora é esposa do lorde Tristan. Descobrir que ele tem uma filha deve ter sido um choque.

Francesca sentiu seu rosto ficar tenso.

— Não negarei. Isso me surpreendeu de fato.

— Ainda assim, a senhora foi com aqueles foras da lei pelo bem de Kristina. — A voz de *lady* Esmerée estava trêmula de emoção, e ela se ajoelhou, baixando a cabeça. — Estou indescritivelmente agradecida, *milady*. Kristina significa tudo para mim.

— Por favor, *lady* Esmerée, não há necessidade de se ajoelhar. — Com as faces em chamas, Francesca urgiu *lady* Esmerée a se levantar. — Lorde Tristan me disse que sua filha está se recuperando bem. Ele mencionou algo a respeito de pães temperados.

Os lábios de *lady* Esmerée relaxaram.

— Kristina os adora. Eles a deixam muito gananciosa.

Francesca segurou a mão da *lady* firmemente, dando um toque de animação em sua voz.

— Fico feliz por nada de ruim ter acontecido à sua filha. Isso já é agradecimento o suficiente. Por favor, não diga mais nada a respeito disso.

Lady Esmerée assentiu e se virou de costas.

— Abençoada seja, *milady*. — Na porta, ela hesitou e olhou para trás. Seus olhos estavam vidrados de lágrimas. Ela parecia profundamente desconfortável.

Francesca teve uma péssima sensação.

— Há mais, não há?

Lady Esmerée ficou parada na porta, remexendo as mãos, a imagem da tristeza.

— *Lady* Esmerée?

— Eu me sinto terrível, *milady*. Sua bravura é muito superior à minha. A senhora salvou minha filha. — A voz dela falhou. — Ao passo que eu lhe fiz um grande mal.

Francesca sentiu um frio que nada teve a ver com o vento.

— O quê? O que você fez?

Lady Esmerée baixou a cabeça.

— Eu me confessei totalmente ao padre Paol, e ele sugeriu que eu lhe contasse tudo também. Estou tão envergonhada.

Uma torrente de chuva molhou o véu de Francesca. Calmamente, ela gesticulou para a porta.

— Venha, *milady*, está chovendo novamente. Podemos continuar esta conversa no solar.

Capítulo 15

FRANCESCA ESTAVA CHEIA DE PERGUNTAS e se sentia estranhamente nervosa. Ainda assim, ela conteve sua língua até que ela e *lady* Esmerée estivessem sentadas diante da lareira do solar. Do que *lady* Esmerée estava falando? O que ela poderia ter feito? E Tristan sabia a respeito daquilo?

Ela se recostou numa almofada.

— Sua menção a uma confissão é intrigante, *lady* Esmerée. Por favor, continue.

— Como quiser. — *Lady* Esmerée enxugou uma lágrima e uniu as mãos sobre seu colo. — Minha família vivia no vilarejo. *Milady*, conheço o conde Tristan desde que nasci.

— Você se tornou a *belle-amie*, a amante, dele.

Com as faces coradas, *lady* Esmerée olhou fixamente para o chão.

— Sim, *milady*. Foi pouco depois da morte de meu pai. — Ela empinou o queixo. — Por mais pecaminoso que tenha sido, eu não senti vergonha. Tive orgulho de ser, como disse, a *belle-amie* de lorde Tristan. Ele cuidava de mim e não me fazia sentir vergonha. Nunca teve outras amantes.

— Você o amava?

— Era o que eu pensava, embora nunca tenha ousado dizer isso a ele. Sabe como ele pode ser apático.

Francesca assentiu e esperou.

Lady Esmerée ergueu seu olhar, seus olhos estavam tristes.

— Tudo estava bem até lorde Tristan me dizer que estava planejando seu casamento. Uma aliança dinástica, foi o que ele disse. Meu relacionamento com ele foi encerrado. Fiquei arrasada. Foi apenas depois que a senhora se casou com ele que descobri que estava esperando um bebê.

— Então, *Sir* Roparz se casou com você.

— Sim. — A expressão de *lady* Esmerée se abrandou. — Roparz pediu minha mão em casamento. *Milady*, por favor, entenda, só passei a apreciar as qualidades de meu marido muito depois de Kristina ter nascido. — Ela fez uma expressão de dor. — Antes de isso acontecer, eu sentia um amargo ciúme. Tinha muito ressentimento pela senhora e por lorde Tristan.

— Você se sentia prejudicada.

— Sim.

Francesca se preparou quando lhe ocorreu que uma mulher nada convencional como *lady* Esmerée, a filha de um mercador que assumira abertamente um caso de amor com um nobre, apesar das dificuldades que isso devia ter lhe causado num vilarejo onde todos a conheciam, não ficaria parada, assistindo a tudo, quando se sentisse prejudicada.

— O que você fez?

Lady Esmerée desviou o olhar.

— Quando lorde Tristan foi convocado para servir ao ducado, ele lhe escreveu. As cartas dele passaram por des Iles.

A realidade surgiu num lampejo.

— Você interceptou nossas cartas e as destruiu!

Com a boca pálida, *lady* Esmerée olhou envergonhadamente para o fogo.

— Sim, *milady*, estou envergonhada por dizer que fiz isso.

Francesca sentiu uma onda de náusea a atingindo. Ela se levantou, cambaleando. Toda aquela dor, todos aqueles meses esperando em vão por uma resposta de Tristan. Todo aquele tempo durante o qual ela contestara seu lugar no mundo. E ela não fora a única a sofrer; Tristan também pensara que ela lhe dera as costas. Passara a acreditar que Francesca não confiava nele o suficiente para lhe pedir ajuda.

— Como conseguiu acesso a elas? O que fez com elas?

— Convenci o sargento Jagu, ele comanda a guarita, a dá-las para mim. *Milady*, a senhora não deve culpar o sargento. Eu disse a ele que as repassaria a Roparz.

— E depois?

Engolindo em seco, *lady* Esmerée assentiu de forma culpada para as chamas que saltavam na lareira.

— Eu as queimei.

— O quê? Todas elas?

— Sim, todas. — *Lady* Esmerée estava mordendo o próprio lábio, uma lágrima escorrendo lentamente por seu rosto. — Pode me perdoar, *milady*?

Francesca massageou a própria testa.

— Eu... Eu não sei ao certo. — As unhas dela estavam cravadas em suas palmas. Ela estava com vontade de bater naquela mulher. Claro, ela não faria isso, mas queria. E muito. — *Lady* Esmerée, você entende o tamanho do problema que causou?

— Eu lamento de verdade, *milady*.

— É muito difícil aceitar isso. — Francesca pôs as mãos nos quadris ao pensar naquilo. Algo na confissão de *lady* Esmerée não se encaixava com o resto, e ela estava determinada a descobrir o que era. — Você ama *Sir* Roparz?

— Muito, *milady*.

— Mas não o amou de início — disse Francesca, pensando em voz alta. — Há quanto tempo o ama?

— Demorou um pouco de fato. Roparz era bondoso com Kristina. Eu não parava de pensar que ele acabaria por rejeitá-la, mas isso nunca aconteceu. Ele a venerou desde o dia em que nasceu, e Kristina, por sua vez, também o venera. Eu fui mais lenta para retribuir esse amor. — *Lady* Esmerée sorriu tristemente. — Roparz foi muito paciente. Levei dois anos para que eu aprendesse a amá-lo.

Francesca fez um rápido cálculo. A última vez que ela escrevera para Tristan fora no outono do ano anterior. Ele devia ter recebido aquela carta, mas não recebera.

— Você poderia ter parado de destruir nossas cartas depois de ter encontrado o amor. No entanto, não parou, continuou a destruí-las. Por quê?

Olhos preocupados encontraram os dela.

— Depois que comecei a queimá-las, precisei continuar. *Milady*, muitas das cartas que vieram depois faziam referências às anteriores. Se as últimas cartas tivessem sido entregues, a senhora ou o conde Tristan certamente teria percebido que algo estava errado.

— Então, você não apenas as destruiu, mas leu todas as nossas correspondências particulares primeiro! E, fazendo isso, não pôde parar, pois teve medo de ser descoberta.

— Exatamente. *Milady*, eu lamento de verdade. Pode me perdoar?

Francesca suspirou fortemente.

— Tentarei.

— Obrigada. *Milady*, por favor, não culpe o sargento Jagu. A culpa foi totalmente minha.

— O sargento Jagu não será culpado.

— Obrigada. — *Lady* Esmerée se levantou. — Percebo que não estou em posição de lhe pedir nenhum favor, mas gostaria de lhe suplicar para não mencionar isso a lorde Tristan. Isso pode prejudicar o relacionamento dele com Kristina.

Francesca ficou paralisada.

— Não consigo imaginar que lorde Tristan possa ser mesquinho a ponto de permitir que os seus pecados se reflitam de forma negativa sobre sua filha.

— Ainda assim, eu preferiria que lorde Tristan não ficasse sabendo do que fiz. Ele pode mencionar isso ao meu marido, e eu não aguentaria isso. Contra todas as expectativas, encontrei a felicidade com *Sir* Roparz. Talvez ele nunca perdoe uma esposa que tenha se comportado de maneira tão desonrada.

— Está pedindo muito. *Lady* Esmerée, reluto em contar histórias, mas a perda daquelas cartas causou muita tristeza. Quase destruiu meu casamento. Lorde Tristan precisa saber.

Lady Esmerée grunhiu.

— *Milady*, por favor... Se Roparz souber o que fiz, ele me desprezará.

— Duvido disso. — Francesca manteve sua postura. — *Lady* Esmerée, creio firmemente que maridos e esposas não devam esconder segredos um do outro. Eu contarei ao conde Tristan a respeito das cartas. No entanto, tenha a certeza de que pedirei a milorde para não discutir as cartas com *Sir* Roparz.

Lady Esmerée uniu as mãos.

— Que Deus a abençoe, *milady*.

— Obrigada por sua confissão. Não deve ter sido fácil. — Francesca olhou fixamente nos olhos dela. — Tenho confiança que o conde Tristan respeitará seu desejo de discrição. *Lady* Esmerée, entendo que o que você conta ou não a seu marido é apenas da sua conta. Contudo, eu recomendaria fortemente que também confesse tudo a ele. — Ela sorriu. — Tenho certeza de que será uma ação que o padre Paol aprovará.

Tristan ficou tão envolvido com assuntos militares que Francesca pouco o viu naquele dia. A conversa particular precisaria esperar até que ele se juntasse a ela no quarto deles naquela noite, e Francesca já estava na cama quando ele entrou em silêncio.

— Tristan?

Ele abriu um cansado sorriso para ela e começou a se despir.

— Sinto muito se a acordei.

— Eu não estava dormindo. — Apaticamente, Francesca enrolou uma mecha de cabelo em torno do dedo. A sensação de ter um cabelo tão curto era estranha; ela levaria algum tempo para se acostumar. — Seu interrogatório de *Sir* Joakim está progredindo? Irá enviá-lo ao barão Rolland, em Rennes?

Tristan tirou sua túnica e balançou a cabeça.

— Ainda não. O homem é mais fechado que uma ostra. Na ilha, ele afirmou que meu pai estava apoiando a aliança rebelde. Estou relutante em entregá-lo antes de ele me contar tudo que sabe.

— Ele pode ter blefado em relação ao seu pai.

Havia círculos escuros sob os olhos de Tristan. Claramente, os comentários de *Sir* Joakim sobre o conde Bedwyr o haviam atingido profundamente.

Ele suspirou.

— Rezo para que sim. Já tive o bastante de Kerjean por um dia. — Tristan apagou as velas com os dedos, deixando apenas o brilho da lareira para iluminar o aposento. O colchão afundou quando ele subiu na cama, e braços quentes se estenderam na direção dela. Ele bocejou fortemente. — Você estava querendo me dizer algo?

Ela beijou o peito dele.

— Você está cansado. Isso pode esperar.

Uma grande mão bagunçou o cabelo dela, os lábios dele se curvaram num exausto sorriso.

— Pelo seu tom, percebo que é importante. Conte.

— Primeiro, gostaria que você prometesse que não dirá uma palavra sequer do que vou lhe contar a *Sir* Roparz.

Segurando-a pelo queixo, ele olhou bem no fundo dos olhos dela.

— O que aconteceu? Francesca?

— Prometa.

— Eu prometo. Seja o que for, não mencionarei a *Sir* Roparz.

— É em relação a nossas cartas perdidas.

Os dedos dele ficaram paralisados no cabelo dela.

— Descobriu o que aconteceu com elas?

— Sim. — Apoiando a cabeça no peito de Tristan, Francesca lhe contou tudo que *lady* Esmerée lhe contara a respeito das cartas terem sido queimadas.

Os olhos dele se arregalaram.

— Esmerée? Foi Esmerée quem destruiu nossa correspondência?

— Sim.

Tristan rolou de costas e olhou fixamente para as cortinas da parede oposta.

— Todas as cartas passaram por des Iles. Mesmo assim, acho difícil acreditar que ela fosse fazer algo assim. — Ele inspirou fundo. — *Mon Dieu*, Francesca, admito que você me surpreendeu. Eu jamais teria imaginado que ela fosse capaz de tamanha farsa, mas agora que você me contou, consigo entender como ela pode ter ficado irritada.

— Ela amava você. — Francesca o abraçou com força. — Acho que ela tinha esperanças de um casamento.

Uma escura sobrancelha se ergueu.

— Eu não poderia ter me casado com Esmerée.

Francesca sentiu tudo de si se contrair.

— Ela não era nobre. Não lhe traria nenhum dote.

Virando-se para ela, Tristan emoldurou o rosto de Francesca com suas mãos.

— Francesca, não. Esmerée, por mais encantadora que seja, não é você. Não há comparação.

Ela o olhou e sentiu um latejamento de desejo por ser amada. Mesmo esgotado, Tristan era incrivelmente lindo; o único homem do mundo a ter olhos azuis com cílios tão compridos, cabelo tão escuro. Entristecida, ela passou as pontas dos dedos pelo peito dele.

— Tristan, você se casou comigo por causa do meu dote. Do contrário, jamais teria pensado nessa possibilidade.

Os dedos dele se fixaram na cabeça dela.

— Pode ser verdade, mas, tendo me casado, preciso de você e de mais ninguém. Você me ensinou que não preciso de uma esposa nobre com um grande dote.

Mudando-a de posição em seus braços, Tristan a rolou de costas. Lábios quentes encontraram os dela.

— Meu coração, você jamais deve duvidar de mim — murmurou ele. — Jamais.

Ele beijou a boca de Francesca, demorando-se ali por um tempo, tocando sua língua na dela antes de seguir para beijar as faces e as pálpebras. Tristan beijou até mesmo o cabelo cortado dela antes de inclinar a cabeça de Francesca para beijar seu pescoço. Em seguida, ele começou a descer lentamente, indo até a base do pescoço, descendo para os seios...

Ele ergueu a cabeça.

— Não duvide de mim, Francesca.

— Não duvido. — Francesca suspirou quando os lábios de Tristan se movimentaram de forma inexorável sobre sua pele. Ela estava mentindo; duvidava dele de fato. Mesmo com seu sangue se esquentando e seus membros se movimentando inquietos junto aos dele, uma fria mão envolvia o coração dela. *Não duvide de mim.* Se, com aquilo, ele queria dizer que a amava, por que não lhe dizer de uma vez? Se ele a amasse, certamente lhe diria isso.

Fortes pernas tocaram as dela, e Francesca subiu com a sola de seu pé pelas musculosas panturrilhas dele, deleitando-se com a sensação da força máscula. O contato, a pressão rítmica de um corpo no outro... Como ela adorava tudo aquilo! Céus, seu lindo marido era o melhor amante do mundo. Ele era capaz de expulsar tudo da cabeça dela. Tudo, menos uma coisa.

Tristan poderia lhe dizer que a queria, que precisava dela, mas nada mudara. Ele a estava mantendo como sua esposa por ser ferozmente honrado e não querer violar seus votos matrimoniais. Não lhe dissera que a amava uma vez sequer. Seus sentimentos não estavam verdadeiramente envolvidos.

Francesca passou os dias que se seguiram num estado de torpor. Tristan parecia se esforçar para evitá-la, e ela não conseguia entender. Era extremamente desanimador. Ele parecia ter retornado a seu comportamento antigo; logo após ter permitido que ela se aproximasse, ele se recolhera, escondendo-se atrás de seus deveres. Ela precisava encontrar alguma maneira de acabar com aquele padrão de comportamento.

Francesca resolveu explorar o castelo com Mari enquanto tentava pensar que tipo de casamento Tristan esperava. Havia muitas coisas incomuns no Château des Iles, e ela e Mari se perderam muitas vezes enquanto aprendiam a navegar pelos corredores, que mais pareciam labirintos.

Elas chegaram a um pequeno terraço encrustado entre as muralhas do castelo. O local fora transformado num jardim e, a não ser pelo solitário banco de pedra, estava cheio de vasos de plantas. Ranhuras para arqueiros na muralha oeste davam vista para o oceano. Francesca perguntou a uma criada a respeito do jardim e recebeu a informação de que fora a mãe de Tristan quem o fizera. A julgar pelas fileiras organizadas de vasos e pela ausência de ervas daninhas, o lugar continuava sendo cuidado. As rachaduras no pavimento estavam preenchidas por tomilho, pequeninas flores cor-de-rosa balançando à brisa. Havia vasos com ervas; cebolinha, alecrim e louro.

Os rostos das pessoas passaram a se tornar conhecidos, e os nomes vieram logo em seguida. Havia Paskella, que trabalhava na confeitaria. Ela era a responsável pelos pães de cassis que Kristina tanto adorava. Antoine e Guirec trabalhavam nos estábulos. O padre Paol costumava ficar na capela. Havia Nazaire, o ferreiro. Ao longo dos dias, a lista foi crescendo.

Francesca e Mari descobriram que a adega debaixo do salão fora esculpida na rocha. Francesca disse a si mesma que era importante aprender tudo sobre o local, mas, na realidade, ela preferiria conhecer melhor seu marido. Depois de ele ter ido às pressas resgatá-la na Pedra do Eremita, tudo parecera tão promissor! Tivera certeza de que ela e Tristan estavam prestes a desenvolver aquela profunda intimidade que ia muito além da mera conexão física.

Infelizmente, não. Depois de pôr de volta o anel no dedo dela, depois de prometer que não haveria segredos entre eles, Tristan voltara a ser como antes. Estava frio e distante. O indefectível guerreiro eficiente; o indefectível servo leal do ducado. Não haveria mesmo espaço em seu coração para que ele se tornasse o marido amoroso pelo qual ela ansiava?

À noite, Francesca conseguia se apegar ferrenhamente à esperança, pois ele a abraçava na cama, beijava sua testa e lhe dizia para ir dormir. Infelizmente, não fazia confidências a ela. E, a não ser pelo casto beijo de boa-noite, ele não a tocou novamente. Até mesmo a paixão que eles haviam compartilhado no passado parecera ter desaparecido, como fumaça ao vento.

Todas as noites, Francesca dizia a si mesma que, assim que Tristan terminasse o interrogatório de *Sir* Joakim, ele encontraria tempo para ela. Sabia que ele queria herdeiros. E, embora a paixão, por si só, não fosse mais o suficiente, Francesca estava começando a pensar que, se a paixão fosse tudo que Tristan tinha a oferecer, ela se esforçaria para aproveitá-la ao máximo.

O que ele dissera? *Votos matrimoniais devem durar para sempre.*

Parecia que ele pretendia ser fiel. Ela estaria errada em querer mais dele do que a mera paixão? Francesca esperara uma alma gêmea. Apesar de suas esperanças, estava ficando claro que a ideia que Tristan tinha de um bom casamento não correspondia à dela. Talvez jamais correspondesse.

Toda manhã, ela acordava e via que ele saíra do quarto deles e, sempre que perguntava a respeito do paradeiro do marido, recebia a mesma resposta:

— *Sir* Roparz, onde está lorde Tristan?

— Interrogando *Sir* Joakim, *milady.*

Ela tentava não fazer cara feia.

— Certamente, ele não pode estar interrogando *Sir* Joakim até *agora.*

— Infelizmente, está.

Depois de vários dias recebendo a mesma resposta, Francesca tomou uma decisão. Tristan precisava enxergar que sua insistência em caçar até o último fora da lei da Bretanha era uma forma de fuga. Se ele não queria mais da vida do que isso, o casamento deles chegaria ao fim.

Só porque estou muito abaixo dele na hierarquia social, Tristan pensa que aceitarei tudo o que faz. Ele logo descobrirá que as coisas não são assim.

Francesca entrou irritadamente no gabinete do comissário.

— *Sir* Roparz, gostaria de falar com meu marido.

— Ele está lidando com os foras da lei, *milady*.

Ela manteve a voz firme.

— Preciso falar com ele sem delongas. Onde ele está?

— Na masmorra.

— Gostaria que me levasse até lá.

As sobrancelhas dele se ergueram.

— À masmorra? *Milady*, não posso fazer isso.

— Tenho certeza de que pode.

— A masmorra não é lugar para uma *lady*.

— Ainda assim, estou lhe pedindo que me leve. — Ela bateu com o pé no chão. — Imediatamente, por favor.

Sir Roparz analisou o rosto dela e assentiu.

— Pois bem. É frio lá embaixo. A senhora precisará de um manto.

A entrada da masmorra ficava sob a casa da guarda. A porta era de carvalho, escurecida pelo tempo e envolta por ferro. Parecia forte o suficiente para aguentar um ataque de uma horda de vikings. *Sir* Roparz falou com os guardas postados em cada um dos lados da porta, e uma grande chave lhe foi entregue.

Francesca estremeceu.

— Lorde Tristan está trancado na masmorra.

— Ele não está disposto a correr o risco de permitir que Kerjean fuja.

A porta se abriu com um rangido. Francesca se preparou; ela nunca estivera dentro de uma prisão e não sabia ao certo o que esperar. Também não sabia ao certo o que esperar de Tristan. Ele era um guerreiro leal do ducado, e *Sir* Joakim e seus comparsas vinham causando problemas havia anos.

Um lance de degraus rústicos entalhados na pedra descia de forma íngreme. Espiando lá dentro, Francesca conseguiu enxergar o leve fulgor de uma tocha lá embaixo.

— Siga-me, *milady*. Por favor, tome cuidado. Os degraus são escorregadios.

Ao fim dos degraus, um túnel descia ainda mais. A masmorra fora escavada na rocha sobre a qual o castelo fora construído. Paredes escuras brilhavam. Enquanto eles desciam, passavam por diversas portas reforçadas. O lugar parecia uma colmeia de celas. Tochas sibilavam e gotejavam. Como *Sir* Roparz avisara, o ar era frio.

Ao final do corredor, a última porta estava entreaberta. *Sir* Roparz parou do lado de fora. Tristan estava falando lá dentro. Sua voz ecoava pelas paredes rochosas.

— Kerjean, se você se recusar a me dar provas, apodrecerá aqui dentro até o dia do Juízo Final.

— Maldito seja, le Beau — falou *Sir* Joakim. — Já lhe disse mil vezes que não tenho provas. Simplesmente me disseram que seu pai serviu à aliança.

— Essa é a sua palavra final?

— Não tenho como ajudá-lo. Que inferno, le Beau, de que adianta tudo isto? A aliança está acabada. Você devia saber especialmente disso.

— Pois bem, você permanecerá aqui. Será alimentado e receberá água, mas jamais verá a luz do dia. Contudo, tudo isso poderá mudar quando você me contar o que quero saber.

— Para mim, não importa — falou *Sir* Joakim com uma voz apática. — Sou um homem morto de um jeito ou de outro.

Francesca foi até a porta. *Sir* Joakim estava encostado na pedra, correntes em torno de seus punhos e tornozelos. Sua barba crescera. Ele parecia sujo e desgrenhado, mas não parecia ter sido surrado. Na realidade, ele parecia surpreendentemente saudável.

Tristan se virou na direção dela, e seu rosto empalideceu.

— Aqui não é lugar para você, *milady*. — Ele segurou firmemente o punho dela, levou-a de volta ao túnel e fez cara feia para Roparz. — O que passou pela sua cabeça para trazê-la aqui?

Francesca libertou seu punho.

— Não culpe *Sir* Roparz. Eu insisti para que ele me trouxesse.

— Você não devia estar aqui.

Francesca olhou fixamente para a cela.

— *Sir* Joakim também não devia. Tristan, sua parte nisso já terminou. Envie *Sir* Joakim para o barão Rolland, deixe que ele lide com isso.

Tristan a olhou com tanta frieza que Francesca estremeceu.

— Kerjean e seus homens permanecerão aqui até que eu termine com eles.

O pavor a dominou. Francesca já ouvira a respeito de até onde certos homens estavam dispostos a ir para extrair informações de seus inimigos. Prisioneiros eram açoitados, torturados. Certamente Tristan não recorreria a isso, recorreria? Não Tristan.

— Tristan, gostaria de falar com você e, de preferência, não aqui embaixo.

— Pois bem. — A voz dele estava ríspida. Eficiente. — Roparz, tranque as portas ao sairmos, está bem?

Francesca se apressou a percorrer o corredor, subindo os degraus.

— Aonde vamos? — perguntou Tristan.

Ela não hesitou; o sol brilhava, e eles precisavam ir a algum lugar onde pudessem conversar sem serem interrompidos.

— Ao jardim da sua mãe.

Ela seguiu em frente, atravessando a parte interna da muralha e subindo pelo íngreme caminho que levava ao terraço do jardim. Tristan a seguiu em silêncio. Francesca não precisou olhar para trás para saber que o fato de ela ter descoberto o jardim da mãe dele o surpreendera.

Chegando à porta na muralha, Francesca abriu os trincos, girou a chave e saiu para o vento. Acima dela, as gaivotas piavam e rodopiavam.

Tristan a seguiu. Sua expressão estava paralisada, embora a avidez com a qual o marido inspirou fundo provasse que ele estava secretamente aliviado por ter saído da masmorra.

Ele tocou um vaso de hortelã com a ponta da bota.

— Eu havia me esquecido deste lugar.

— Fiquei sabendo que sua mãe o adorava.

— É verdade.

Aproximando-se dele, Francesca pôs a mão na manga de Tristan.

— Tristan, o que você estava fazendo naquela masmorra?

Ele franziu o cenho para ela, seu cabelo preto bagunçado pelo vento.

— Você sabe o que eu estava fazendo. Kerjean acusou meu pai de ser um rebelde. Pretendo provar que ele é um mentiroso.

— Pensei que a causa deles estivesse morta e que Kerjean e os homens dele fossem apenas foras da lei.

Tristan deu de ombros.

— É verdade, até certo ponto. Kerjean precisaria de muito dinheiro para ressuscitar a aliança rebelde.

— E também precisaria de muito apoio de homens poderosos. Era por isso que ele queria que você se juntasse a eles.

Tristan assentiu.

— Tristan, *Sir* Joakim fez aquela acusação para vencer sua guarda. Ele conseguiu. — Um músculo se contraiu no rosto de Tristan. Francesca ignorou isso. — Percebo que o que ele disse o atingiu profundamente, mas talvez você precise aceitar que jamais saberá a verdade.

— Meu pai era um homem frio, não um traidor. Não aceitarei que o difamem.

Ela olhou nos olhos dele, estavam cheios de sombras.

— Mesmo correndo o risco de perder sua própria alma, Tristan?

Ele ficou rígido.

— O que quer dizer com isso?

Francesca focou seu olhar na parede atrás da cabeça dele.

— Você vem interrogando aquele homem há dias e não está chegando a lugar nenhum.

— Ele acabará cedendo. Todos cedem.

Ela recuou, franzindo o cenho.

— E como você garantirá que ele ceda? Você o ouviu. Ele não tem nada a perder. *Sir* Joakim sabe que será acusado de traição, e existe apenas uma pena para isso.

— A morte.

— Exatamente. Mesmo que *Sir* Joakim saiba mais do que lhe contou, está óbvio que ele não tem nenhuma intenção de ajudá-lo. Está planejando torturá-lo?

Os olhos de Tristan se arregalaram.

— Como é?

Graças a Deus, a pergunta o deixara chocado, o que devia significar que ele não estivera planejando o uso de tortura.

— Bem, ao que me parece, você embarcou por esse caminho.

— Céus, Francesca, eu não torturaria o homem.

— Não? Tem certeza? Você está se recusando a enviá-lo ao barão Rolland, e ele está se recusando a falar. — Ela abriu as mãos. — Para mim, parece um impasse.

— Francesca, preciso saber a respeito do meu pai. Certamente você entende.

Ela se curvou na direção dele.

— Por quê? Por que precisa saber?

Ele a olhou como se, subitamente, uma segunda cabeça tivesse brotado do pescoço dela.

— Imaginei que fosse óbvio. Isso afeta minha honra.

— Está dizendo que, se o seu pai tiver se unido à aliança, a *sua* honra está em questão?

— Sim.

— Não entendo por que você deve assumir responsabilidade pelos atos de seu pai.

— Você é uma mulher, não entenderia.

A raiva explodiu dentro dela, uma escaldante ardência dentro de seu estômago.

— Não, provavelmente, não entenderia de fato. Tristan, sei que você é um homem de honra. — Ela inspirou fundo para se acalmar. — Eu amo você, Tristan.

A mão dele segurou a dela, seus olhos continham uma profunda emoção. Anseio? Desejo?

— Francesca...

— Peço que me deixe terminar. Tristan, amei você desde o início. Acho que já lhe disse isso.

— Disse. — A voz dele estava rouca; seu olhar, melancólico. Aquilo deu forças a Francesca. E esperança.

— Tristan, naquela época, meu amor era inexperiente. Nós não nos conhecíamos muito bem. Amo você de forma mais verdadeira hoje, sei que é um homem honrado. É honesto e trabalhador. — Ela abriu um sorriso autodepreciante. — De fato, às vezes, você é um tanto trabalhador demais para o meu gosto, mas aceito isso como sua natureza. Eu sempre o amarei. E preciso lhe dizer que meu amor não mudará, independentemente do que descubramos o que seu pai fez. — Erguendo a mão, ela tocou levemente a boca dele. — Tristan, você diz que quer me manter como sua esposa. No entanto, não sabe nada a respeito da minha família. E se, um dia, você descobrir que minha mãe era uma ladra e meu pai era um assassino? Você iria me querer assim?

Tristan envolveu a cintura dela com os braços e a puxou firmemente para si.

— Para mim, não faz diferença o que seus pais eram. Você não é uma ladra e não é uma assassina. Você é Francesca. É meu coração.

O triunfo a preencheu. Tristan a amava de fato! Ele não estava preparado para enxergar isso, sua obsessão pela honra de seu pai o cegava para todo o resto, mas Francesca tinha certeza de que ele a amava. Se ao menos pudesse deixar a mente dele tranquila com relação ao pai, eles finalmente poderiam seguir em frente com o casamento.

— Tristan, você consideraria um homem culpado pelos pecados do pai dele?

— É claro que não.

— Sendo assim, devia fazer a mesma cortesia por si mesmo. Tristan, independentemente do que seu pai tenha feito, você não é o seu pai.

Um pequeno sorriso surgiu na boca dele.

— Percebo que me casei com uma mulher inteligente. — O sorriso dele desapareceu, e ele apoiou sua testa na dela. — Meu coração, aceito o que você diz, mas não poderei descansar até saber a natureza do envolvimento do meu pai com a aliança rebelde.

Capítulo 16

TRISTAN NÃO CONSEGUIA DESVIAR O olhar de Francesca. Ele conseguia enxergar os pequenos pontos prateados e dourados dentro dos olhos dela, e seu sorriso continha uma ternura que sabia ser reservada unicamente para ele. Ao olhá-la, as incertezas dele a respeito de seu pai foram, de certa forma, reduzidas. Sua esposa era uma feiticeira, uma atraente e inteligente feiticeira, e ele abençoou o dia em que ela se tornara sua noiva. Poderia ter escolhido qualquer mulher. Aquela, porém, a mulher que não lhe trazia nada além da bela pessoa que era, tinha a chave para seu coração.

Fora por mero acaso que a escolhera. Céus, como tivera sorte! Pensar numa vida, num futuro sem ela era insuportável. Uma tortura! Tristan não fazia ideia de como ela conseguia isso, mas, por vezes, apenas pelo fato de estar na companhia de Francesca, o mundo se ajustava. Seria uma fraqueza desejar a companhia dela tanto quanto desejava seu corpo? Ele sempre achara que sim.

— Tristan? — A voz interrompeu os pensamentos dele. — O que aconteceu com os cúmplices de *Sir* Joakim? Eles também estão na masmorra?

— Naturalmente.

— Já os interrogou?

— Tenho me concentrado em Kerjean.

— Suponho que ele não esteja disposto a falar.

— Não.

A expressão dela ficou pensativa.

— Quando estávamos partindo da ilha, percebi que um dos foras da lei parecia um pouco mais velho que os outros. Talvez ele saiba até onde foi o envolvimento de seu pai, se é que ele aconteceu. Por que não o interroga?

Tristan ficou rígido.

— É uma boa ideia.

Ela inclinou a cabeça para o lado.

— Estou surpresa por você mesmo não ter pensado nisso.

— Eu devia ter pensado, se não tivesse ficado tão cego de fúria. — Ele tocou o rosto de Francesca e abriu um meio sorriso para ela. — Fiquei obcecado com a ideia de provar a culpa de Kerjean. Queria que ele fosse punido por ter tido a temeridade de planejar seu rapto. Você, meu coração, é minha fraqueza.

— Sou sua fraqueza? — Ela riu. — Você fala como se eu fosse algum tipo de mal.

Ele pegou a mão dela.

— Talvez seja. Quando penso no que poderia ter acontecido com você se eu não tivesse ido àquele maldito baile, meus pensamentos se embaralham. Isso não devia acontecer. Preciso ter domínio de minha própria mente. — Ele deu de ombros. — Você é meu calcanhar de Aquiles.

Ela levou a mão ao peito, e seus olhos se avivaram.

— Tristan, você sabe mesmo como elogiar uma mulher.

Entretido, Tristan apenas a olhou. Ao contrário de suas expectativas, Francesca parecia satisfeita com o que ele dissera. Certamente nenhuma *lady* ficaria feliz por saber que seu marido não conseguia pensar com clareza, atrapalhado por pensar nela? Mulheres... Que grande mistério!

Determinado a se concentrar no assunto em questão, ele inspirou fundo. No entanto... Maldição, quando Francesca sorria para ele daquela maneira, sua mente se enchia de pensamentos que tinham pouco a ver com interrogar foras da lei e tudo a ver com tomá-la nos braços e beijá-la até que o mundo se perdesse para eles. Ele pigarreou.

— Interrogarei os outros rebeldes em breve.

Ela apertou a mão dele.

— Irei com você.

Ele sentiu sua testa se franzindo.

— Francesca, não recorrerei à tortura.

— Sei disso, seu bobo. — Olhando para as mãos deles, ela entrelaçou seus dedos aos de Tristan. — Isso é importante para você. Eu gostaria de estar presente.

Firmemente, ele balançou a cabeça.

— Você não voltará àquela masmorra.

— Graças aos céus por isso. Aquele lugar me causa arrepios.

Ele conteve uma gargalhada.

— A masmorra não tem a intenção de ser agradável. Ela foi feita como ameaça.

Olhos acinzentados o observaram.

— O que você fará? Mandará que os foras de lei sejam levados ao solar? Imagino que você tenha guardas suficientes para interrogá-los lá.

Os lábios dele se contraíram quando se deu conta de que Francesca achava que ele permitiria que ela estivesse presente.

— Francesca, eu não disse que você poderia testemunhar o interrogatório.

Uma linha se formou na testa dela.

— Preciso estar presente.

— Por quê?

Levantando a mão dele, Francesca a beijou.

— Porque amo você.

Ele não teve resposta para aquilo. E, quando deu por si, flagrou-se aceitando o pedido.

— Não creio que o solar seja o local certo. O gabinete do comissário seria melhor.

Quando Francesca inclinou a cabeça para trás e abriu um sorriso que lhe tirou o fôlego, Tristan percebeu que, se sua esposa quisesse algo e estivesse dentro das possibilidades lhe dar aquilo, ele o faria. Céus, parecia que não conseguia lhe negar nada! Ela, que lhe dava forças, era também sua fraqueza de fato.

Partículas de poeira brilhavam num facho de luz que entrava pelas janelas. Tristan estava sentado à mesa do comissário com Francesca à sua direita e Roparz à esquerda, com uma pena na mão.

Diante deles, fortemente acorrentado e vigiado por guardas, estava o mais velho dos foras da lei. Ele tinha cerca de cinquenta anos, e seu rosto e sua cabeça raspada continham muitas cicatrizes. Entretanto, não eram as cicatrizes, mas a ausência de expressão nos olhos do homem que indicavam uma vida cheia de violência e sonhos despedaçados. Aparentemente, seu nome era Albin.

— E você testemunhou essa reunião com meu pai? — perguntou Tristan. Ele estava mais satisfeito do que poderia expressar por ter seguido o conselho de Francesca e trazido Albin das masmorras. Eles o vinham questionando fazia meia hora, e o que Albin lhes dissera deixara a mente dele aliviada. Tristan queria confirmação, perante testemunhas, de que ele entendera corretamente. — Deve ter acontecido há anos. Meu pai morreu quando eu era um escudeiro.

A pena de Roparz escrevia rapidamente no pergaminho, tudo que era dito estava sendo cuidadosamente registrado.

— Sim, milorde, faz muitos anos de fato. O pai de *Sir* Joakim, *Sir* Gregor, pensou que o conde Bedwyr poderia ser persuadido a se juntar a nós. Ele se enganou. Seu pai não quis sequer ouvir a proposta.

Graças a Deus. Tristan trocou um rápido sorriso com Francesca antes de se voltar novamente para o fora da lei.

— E havia outras testemunhas quando meu pai recusou os termos de *Sir* Gregor?

— Nenhuma que esteja viva, *mon seigneur*.

— Albin, como pode ver, meu comissário está registrando o que você diz. Está disposto a repetir isso perante o barão Rolland?

Os olhos de Albin brilharam.

— O que ganharei com isso?

Sir Roparz ergueu o olhar.

— O que ganharei com isso, milorde?

Tristan ergueu uma das sobrancelhas.

— Você tem família, Albin?

— Esposa. Nenhum filho, *milorde*.

— Não posso lhe prometer sua liberdade. Essa decisão competirá ao barão Rolland. Mas posso lhe prometer que cuidarão de sua esposa.

— Obrigado, milorde. — Albin hesitou, mordendo o lábio.

— Algo mais?

— Sim.

— Prossiga.

Albin ajustou sua posição, e as correntes tilintaram.

— Se tiver a intenção de pedir misericórdia em meu nome, eu lhe contarei. Do contrário... — Ele deu de ombros e contraiu os lábios.

Tristan manteve seu olhar fixo.

— Já disse que me pronunciarei a seu favor. Garantirei que sua esposa seja sustentada. Mais do que isso, não poderei fazer. — Ele se recostou na cadeira. — Albin, talvez seja interessante levar em consideração que quanto mais solícito você for neste momento, mais persuasivo poderei ser em seu nome. E mais generoso será meu auxílio à sua esposa.

A boca de Albin se movimentou. Com os olhos fixos em Tristan, ele deu um arisco passo para trás. Suas correntes fizeram barulho.

— Tem... Tem a ver com a condessa Suzanna, milorde.

O cenho de Tristan se franziu.

— Minha mãe?

— Não foi uma doença que a matou.

Tristan se levantou de um salto e, num instante, já havia contornado a mesa. Bem distante, ele ouviu o som de Francesca arfando de surpresa e o da cadeira de Roparz arranhando o chão quando ele também ficou de pé. Tristan olhou com irritação para Albin.

— É claro que foi uma doença. Minha mãe contraiu um resfriado.

Ele balançou a cabeça.

— Não, milorde, não foi isso.

— O que está dizendo?

— A condessa Suzanna foi assassinada. — A voz de Albin soava enferrujada. Ele umedeceu os lábios. — Havia pessoas na aliança que acreditavam que seu pai precisava de um pouco de persuasão para que seguisse a maneira de pensar deles.

Tristan lutou para encontrar palavras.

— Minha mãe foi assassinada? — Albin só podia estar mentindo; a mãe dele pegara um resfriado e morrera pouco depois, todos sabiam disso. O homem só podia estar mentindo.

— Milorde, a condessa Suzanna foi assassinada.

Sentindo um vazio por dentro, Tristan olhou fixamente para Albin, mas não o estava vendo de fato. Estava relembrando, vasculhando em sua mente para tentar se recordar do pouco que lhe fora dito acerca da morte de sua mãe.

— Lorde Morgan disse que ela morreu de um resfriado.

— Milorde, ela foi envenenada.

A mente de Tristan estava um caos.

— Alguém entrou em des Iles... É isso que está dizendo? — Ele segurou a frente da túnica de Albin. — *Jésu*, como isso foi feito?

— Foi... Eu não sei exatamente. Eu era sargento de *Sir* Gregor na época, e um companheiro e eu o ouvimos falando. Sua mãe foi morta para tentar obrigar o conde Bedwyr a ficar do lado dos rebeldes. É tudo que sei. — A garganta de Albin se contraiu. — Benedig, meu companheiro, tinha uma língua muito solta. Ele morreu pouco depois, e eu sempre fiquei me perguntando o motivo disso. Creio que ele possa ter tentado usar o que ouvimos para ganhar dinheiro.

— Benedig foi silenciado?

Ele deu de ombros.

— Imagino que sim. Ao menos a morte dele me fez hesitar. Até agora, eu não tinha dito nenhuma palavra a ninguém.

Tristan se sentia perplexo. A ideia de que sua mãe fora morta numa tentativa de forçar o pai dele a se juntar aos rebeldes nunca lhe ocorrera.

— Kerjean sabe que o pai dele está envolvido na morte de minha mãe?

— Não, milorde, *Sir* Gregor levou esse segredo para o túmulo.

Entorpecido, Tristan soltou um imenso suspiro. Francesca parecia tão surpresa quanto ele, e seus olhos acinzentados estavam cheios de solidariedade. Um nó se formou na garganta de Tristan.

— Roparz?

— Milorde?

— Preciso pensar. Leve este homem de volta à masmorra, sim?

— Sim, milorde.

— E se certifique de que ele receba uma refeição decente.

— É claro.

Tristan saiu do gabinete, seus pensamentos completamente desordenados.

Francesca esperou até onde aguentou antes de ir em busca dele.

Não foi difícil encontrar Tristan. Sabia exatamente onde ele estaria: sentado no banco de pedra no jardim de sua mãe. Francesca não sabia o que iria dizer, mas, se Tristan precisasse de conforto, ela queria estar presente.

Ele ergueu o olhar, seus olhos tristes.

Francesca segurou a porta.

— Se não quiser companhia, posso voltar depois.

Lentamente, ele balançou a cabeça.

— Fique. Por favor.

Atravessando o terraço, Francesca se acomodou ao lado dele no banco. Conseguia sentir o cheiro de alecrim. Tristan colhera um galho e o estava girando em seus dedos. Deixando o galho de lado, pegou a mão da esposa, entrelaçando os dedos deles.

— Eu sinto muito, Tristan.

O sorriso dele foi tenso, seu olhar azul pareceu enxergar dentro da alma dela.

— Preciso confessar que a afirmação de Albin em relação à minha mãe... *Jésu*, eu jamais esperava aquilo.

— Como está se sentindo?

— Não sei ao certo. — O peito dele subiu e desceu. — Minha mãe... assassinada. Não consigo aceitar isso, e, mesmo assim, de uma maneira pavorosa, faz todo o sentido.

Francesca apoiou a cabeça no ombro dele. Uma abelha, açoitada pelo vento, zumbia em torno do vaso de cebolinha. Enquanto ela observava a abelha se movendo de uma flor roxa para a outra, um pensamento extraordinário lhe ocorreu, um que explicaria muito a respeito de Tristan e de seu relacionamento deturpado com seu pai.

— Tristan, chegou a lhe ocorrer que a morte da sua mãe pode explicar por que seu pai manteve você distante?

Os músculos dele se contraíram.

— Como assim?

— Albin insinuou que a morte de *lady* Suzanna foi parte do plano de *Sir* Gregor para atrair o conde Bedwyr para a rede dele.

— Sim. — Confuso, ele franziu o cenho. — Prossiga.

— E se essa não for a verdade toda? E se sua mãe tiver sido morta para mostrar a seu pai o que ele poderia perder se não se juntasse a *Sir* Gregor?

Tristan soltou uma ríspida risada.

— O que mais havia? A morte da minha mãe destruiu meu pai, ela era o mundo dele.

Francesca segurou a mão de Tristan.

— Sim, tenho certeza de que é verdade. Fiquei sabendo como seu pai a venerava. — Ela inspirou fundo. — No entanto, acho que havia mais para o seu pai perder, muito mais.

Ele fez um som de irritação.

— Pelo amor de Deus, seja direta.

— Havia você, Tristan. Seu pai tinha você.

Tristan ficou sentado ali, seus olhos fixos nos dela. Ele não moveu um músculo. A abelha zumbia em torno da cebolinha, uma gaivota piava no céu acima dos penhascos, e Tristan simplesmente a olhava fixamente.

Francesca desviou seu olhar do dele e se apoiou no ombro de Tristan.

— Você era o verdadeiro alvo, estou certa disso. Ao matar *lady* Suzanna, *Sir* Gregor estava avisando ao conde Bedwyr o que poderia acontecer se ele não acatasse os planos deles. Você, o herdeiro do conde Bedwyr, seria morto.

Ela esperou, observando a abelha e ouvindo as gaivotas.

Depois de um tempo, ele suspirou.

— Essa versão dos fatos pode ser verdadeira, mas, tendo apenas Albin como testemunha, creio que jamais a verificaremos.

— Seu pai deve ter ficado enlouquecido depois que sua mãe morreu. Não é de se admirar que ele não tenha permitido que você fosse ao funeral dela.

Tristan a olhou fixamente.

— Ele achou que eu ficaria mais seguro em Vannes?

— Exatamente. Mantendo você afastado, ele esperava protegê-lo.

Tristan balançou a cabeça e murmurou um palavrão.

— O pior de tudo é que jamais teremos certeza do que meu pai pensou.

Francesca abriu um triste sorriso.

— É verdade, mas deve ajudar saber que a aparente frieza do conde Bedwyr pode ter se originado do amor, não da indiferença.

— Amor — murmurou ele, olhando fixamente para o vaso de alecrim com olhos atormentados. Tristan inspirou fundo. — Francesca, ficamos sabendo que minha mãe foi assassinada e que meu pai foi ameaçado por foras da lei e rebeldes. Isso poderia lançar uma nova luz sobre a morte do meu pai, sobre o pecado mortal dele.

Francesca abriu um delicado sorriso para ele.

— Eu estava me perguntando quando você pensaria nisso. De fato, poderia. É inteiramente possível que seu pai, sempre sob ameaça, tenha decidido que o melhor caminho para proteger você era se retirar da situação.

O rosto de Tristan empalideceu.

— Meu pai morreu para me salvar? Ele se sacrificou? — Tristan massageou a própria testa. — Céus, que reviravolta. Eu jamais teria imaginado que isso fosse possível e, no entanto, é plausível.

— Seu pai amava você, Tristan, estou certa disso. — Erguendo a mão dele, Francesca deu um beijo no dorso. — É uma pena que jamais saberemos os verdadeiros motivos de seu pai. Não temos como saber tudo.

— Não. — Ele esfregou novamente sua testa. — Passei todos esses anos acreditando que ele fosse indiferente.

— Você precisará aceitar o que descobrimos. Porém, creio que seu pai o amava tanto quanto amava sua mãe. — Francesca deslizou a mão pelo pescoço dele, puxou-o para perto e lhe deu um beijo no rosto. — É fácil amar você.

A resposta que ela esperava, a resposta pela qual Francesca ansiava, uma declaração de amor da parte dele, não veio. Em vez disso, ele a olhou, pensativo.

— Francesca?

Ela conteve um suspiro e afastou a mão.

— Sim?

— Você pensa nos *seus* pais? Nos seus pais de verdade?

— Depois que *lady* Clare foi a Fontaine, pensei neles incessantemente. Nunca deixei de me perguntar quem eles eram, que tipo de vida eles tinham e se ainda estavam vivos. Ultimamente, já quase não penso mais neles. — Ela deu outro beijo no rosto dele, e uma onda de tristeza a atingiu. — Desde que você foi a Provins, não pensei em mais nada.

Ele a olhou com seriedade.

— Despedir-se do conde Myrrdin. Sei que foi difícil.

— Isso dói de fato. Em parte, porque me sinto culpada por ter passado tanto tempo longe. No entanto, desde que vim a des Iles, estou aprendendo a pensar nele novamente como meu pai. Quando fugi para Paimpont, creio que eu tenha esquecido disso.

O vento lançou uma mecha de cabelo preto dentro dos olhos dele. Impacientemente, Tristan a afastou.

— O conde Myrrdin morreu mais tranquilo por tê-la visto. Francesca, ele amava você, e tenho certeza de que sempre a considerou sua filha.

Francesca piscou os olhos. Tristan estava falando de amor. Que extraordinário! O coração dela disparou. Ela não conseguiu respirar, na esperança de que aquilo fosse uma maneira de começar a admitir que a amava.

— O conde Myrrdin pode não ter gerado você, Francesca, mas ele era seu verdadeiro pai. Ele lhe ensinou tudo que importava.

Com confusão no olhar, ela o olhou.

— Está falando do meu treinamento? De quando aprendi a administrar uma casa e a deixar os visitantes confortáveis? A manter os criados felizes?

— Nada assim tão simples, eu lhe garanto. — Um forte braço envolveu a cintura dela, puxando-a para o calor de seu corpo. — Ele lhe ensinou a fazer o que ele fazia de melhor. Especificamente, a inspirar o amor e a dedicação em outras pessoas.

— Em outras pessoas?

— Mari adora a Bretanha. No entanto, ela viajou todo o caminho até Champanhe simplesmente para ficar ao seu lado. Mari a ama. Sua nova irmã, *lady* Clare, também a ama. Todos que conhecem você aprendem a amá-la.

Francesca olhou fixamente nos olhos de Tristan.

— Todos?

A boca de Tristan se ergueu num dos cantos.

— Todos — falou ele firmemente. — E eu me incluo nisso. Francesca, eu a amo com todo o meu coração.

A visão de Francesca ficou turva, sua garganta se contraiu. Cegamente, tateou em busca de Tristan, e lábios sorridentes encontraram os dela.

O tempo parou. Quando o beijo se estendeu, ela não conseguiu mais sentir a salgada brisa brincando com seu véu. As gaivotas pararam de piar; as abelhas pararam de zumbir. Tristan era quente e forte, e seus braços a envolviam firmemente. Não havia outro lugar em que Francesca preferisse estar.

Tristan me ama.

Quando ela parou para tomar fôlego, estava respirando fortemente e não conseguia parar de sorrir.

— É bom saber que você me considera mais do que uma fraqueza. Diga novamente, por favor.

A boca dele se curvou num terno sorriso. Um sorriso amoroso.

— Francesca, eu a amo.

Com um suspiro, ela deslizou seus dedos para o cabelo dele, escuro e bagunçado pelo vento.

— Esperei muito tempo para ouvir isso.

Ele lançou um olhar confuso para ela.

— Venho lhe dizendo isso há anos.

— Não vem, não.

O olhar não se desviou.

— Meu coração, é verdade.

Meu coração. Ela piscou os olhos. *Meu coração.* A garganta dela se apertou ainda mais.

— Céus, eu jamais havia percebido. — Francesca fechou os dedos no cabelo dele. — Você devia ter deixado isso mais claro. — No instante em que ela disse aquilo, deu-se conta de que a severa criação de Tristan tornara isso impossível. A aparente rejeição por parte do pai o levara a acreditar que o amor fosse uma fraqueza. Ela fora a fraqueza dele. — Nós quase nos perdemos. Eu estava convencida de que você precisava de uma aliança dinástica. — Francesca inclinou a cabeça para o lado. — Admita, você se casou comigo por achar que eu lhe traria as terras do conde Myrrdin.

— Não posso negar. Naquela época, pensei que eu precisava delas. — Ele balançou a cabeça, um melancólico sorriso brincando em torno de sua boca. — Se eu detivesse o ducado inteiro, não teria sido suficiente. A morte do meu pai, entende? Eu sentia tamanha vergonha. Tamanha culpa!

Ela o observou.

— Você pensava que mais responsabilidades o ajudariam a redimir o pecado de seu pai?

— Exatamente. — Curvando-se para perto, ele acariciou o pescoço dela com o rosto. — Meu anjo da guarda deve ter cuidado de mim, pois meu desejo por redenção me levou diretamente a você. Francesca, você é infinitamente mais importante do que qualquer propriedade. Agradeço a Deus por termos nos reencontrado.

— E eu digo amém a isso. Rezo para que nada nos separe novamente. Nunca mais.

Um terno beijo tocou o queixo dela.

— Quer dizer que você não retornará para a sua amiga em Provins?

Ela balançou a cabeça rapidamente.

— Creio que não. Se você ainda aceitar isso, eu convidarei Helvise para vir a des Iles.

— Ela será muito bem-vinda.

— Obrigada. — No instante em que Francesca disse aquilo, o rosto de *lady* Esmerée surgiu em sua mente. Ela franziu o cenho, pensativa, olhando para o vaso de alecrim.

Um grande dedo inclinou o rosto dela de volta para o dele.

— Por que o suspiro?

Ela deu de ombros.

— Estava pensando em *lady* Esmerée. O bebê dela logo nascerá, imagino.

Tristan ficou tenso.

— Você não quer que ela permaneça em des Iles.

— Não, não é isso que estou dizendo. Admito que, no início, eu quis que ela partisse. — Francesca sorriu e tocou o rosto dele. — Isso foi quando eu acreditava que você era um caso perdido.

Sobrancelhas escuras se uniram, e Francesca conteve uma risada.

— Não há necessidade de fazer essa expressão, mas, por um longo tempo, acreditei que você estava tão distante do amor que tudo em que pensava era seu dever em relação ao ducado. Ironicamente, foi Esmerée e a maneira como você a tratou que me deu esperança. Ela era uma mulher, não um dever. Você não a descartou simplesmente, quando muitos homens em sua posição teriam feito isso. Além do mais, como eu poderia lhe pedir que enviasse *Sir* Roparz para outro lugar?

— Obrigado, meu coração, você é extremamente generosa. — Tristan inspirou fundo. — Há algo que você precisa saber. É a respeito de Kristina.

— Sim?

— Como sabe, é meu mais sincero desejo que você e eu tenhamos filhos. Isso está nas mãos de Deus. Contudo, Kristina será sempre minha filha, mesmo que ela jamais tenha precedência em relação aos nossos filhos.

— Você deseja reconhecê-la?

— Sim. A rebelião terminou. Não há mais motivo para ocultá-la. — Ele passou os dedos pelo próprio cabelo. — Eu concederei terras a ela, uma mansão que ficará separada de minhas outras propriedades. O que estou dizendo é que as terras de Kristina não estarão disponíveis para nenhum dos filhos que possamos ter. Francesca, não preciso da sua aceitação para isso, mas ficaria satisfeito se a recebesse.

Os lábios dela se curvaram.

— É claro que você a tem. Como eu poderia não aceitar? Papa permitiu que eu ficasse com St. Méen, afinal.

— De fato.

Com o coração inflado, Francesca passou os dedos pelo cabelo dele, mensurando delicadamente seu comprimento ao deixá-lo escorrer por entre seus dedos. Ela recuou, de cenho franzido.

— Tristan, seu cabelo precisa bastante de um corte. Percebe que ele está mais comprido que o meu?

Tristan gargalhou e a puxou totalmente para seu colo.

— Francesca des Iles, eu a amo de verdade.

Publisher
Omar de Souza

Gerente Editorial
Mariana Rolier

Assistente Editorial
Tábata Mendes

Copidesque
Daniele Gullo

Revisão
Marcela Isensee
Thamiris Leiroza

Diagramação
Laura Arbex | Ilustrarte Design e Produção Editorial

Design de capa
Osmane Garcia Filho

Este livro foi impresso em São Paulo, em 2017,
pela RR Donnelley, para a Harlequin.
A fonte usada no miolo é Adobe Caslon Pro, corpo 11/15,2.
O papel do miolo é Avena 80g/m2, e o da capa é cartão 250g/m2.